KB232181

새하곡 (塞下曲)

五月天山雲　오월에도 눈 쌓인 천산엔

無花祇有寒　꽃은 없고 추위만이 있을 뿐

笛中聞折柳　절양류 피리 소리 들려오건만

春色未曾着　봄빛은 일찍이 찾을 길 없다

曉戰隨金鼓　새벽에는 종과 북 따라 싸우고

宵眠抱玉鞍　밤에는 말안장 끼고 잠드노라면

願將腰下劍　허리에 찬 칼을 뽑아

直爲斬樓蘭　곧바로 누란을 베려다

이하원
李河元

이하원 1
소유 新무협 판타지소설

초판 1쇄 찍은 날 § 2005년 11월 4일
초판 1쇄 펴낸 날 § 2005년 11월 14일

지은이 § 소유
펴낸이 § 서경석

편집장 § 문혜영
편집책임 § 최하나
편집 § 서지현

펴낸곳 § 도서출판 청어람
등록번호 § 제1081-1-89호
등록일자 § 1999. 5. 31
어람번호 § 제2-0734호

주소 § 경기도 부천시 원미구 심곡1동 350-1 남성B/D 3F (우) 420-011
전화 § 032-656-4452 팩스 § 032-656-4453
http://www.chungeoram.com
E-mail § eoram99@chollian.net

ⓒ 소유, 2005

ISBN 89-5831-808-2 04810
ISBN 89-5831-807-4 (SET)

소유 新무협 판타지 소설

Fantastic Oriental Heroes

1

이하원

李劒俊

도서출판 청어람

목차

우르릉.

날은 흐렸다. 천둥이 치고 곧 비라도 쏟아질 듯했다.

"아아아악!"

안에서 비명이 터져 나왔다. 벽 하나를 사이에 두고 복도에서 서성이던 이경윤(李儆斎)은 비명 소리가 들릴 때마다 움찔했다.

"아아아악!"

또 다시 터져 나온 비명 소리. 그 처절하기까지 한 소리에 소름이 다 돋았다. 기어이 이경윤의 눈에 눈물이 차 올랐다.

"아아, 도저히 안 되겠다. 더 이상은 안 돼!"

그는 자리에서 벌떡 일어났다.

"형님!"

재빨리 이경영(李儆英)이 잡았지만 막무가내였다.

"놓아라!"

“그럴 수 없습니다.”

“놓으라고 하질 않느냐! 벌써 나흘째다! 저러다 죽겠다!”

“그렇다고 어쩌실 겁니까? 딱히 방도도 없는데, 들어가서 어쩌시려구요!”

“그건…….”

입만 벙긋댈 뿐, 그는 더 이상 말을 잇지 못했다.

방법이 없다. 의술에 대해 밝지도 않다. 들어간다 해도 분명 아무 도움도 되지 못할 거다. 하지만 그렇더라도, 이렇게 있기에는 너무 힘이 들었다. 속이 다 타 들어가는 것 같았다.

그는 거의 울먹이듯 입을 뗐다.

“놓아라. 좀…….”

우르릉.

쏴— 쏴아아아아—

애원에 가까운 이경윤의 음성 뒤로 대찬 천둥 소리와 함께 소나기가 쏟아지기 시작했다. 그리고 그때,

“으앙, 으아앙.”

생명의 탄생을 알리는 소리가 그곳을 가득 메웠다.

그렇게 혼인 후 오 년 만에 가진 아기는 스무녁 달이라는 시일이 흘러서야 겨우 세상에 발을 디딜 수 있었다.

第一章

신비로운 아기

려흔(濾昕)은 책장을 넘기다 말고 고개를 들었다. 창 너머로 들어오는 훈훈한 바람에 절로 미소가 지어졌다.

"어머니~"

문지방 너머로 아이가 종종 뛰어오며 그녀를 불렀다. 시선을 돌리다 아이가 눈에 들어오자 려흔의 미소가 짙어졌다. 하지만 아이의 뒤로 어른거리며 따라오는 것을 보기 무섭게 그 미소는 사라졌다.

"하원(河元)!"

흠칫, 멈추어 섰다. 려흔의 살벌한 음성이 공중을 갈랐다.

"내 분명 저것들을 몰고 다니지 말라고 했을 텐데?"

"에?"

아이는 일순 알아듣지 못하고 어리둥절한 표정으로 려흔의 손짓을 따라 주변을 둘러보았다.

'아차!'

"아니~ 내가 몰고 다니고 싶어서 몰고 다니는 게 아니라요~ 애들이
그냥 막 날 따라다니는 거예요. 일부러 부른 게 아니라니까요!"

려흔이 잠자코 있자 아이는 지레 찔려 마구 손을 흔들었다.

"진짜! 진짜예요!!"

아이는 아직도 주위를 빙글빙글 돌고 있는 나비들을 쫓았다.

"훠이~ 훠이~ 가! 저리 가!"

'어머니가 있을 때는 따라오지 말라고 했는데도……. 너희들 때문에
나만 야단맞았잖아!'

속으로 투덜거리며 손을 휘젓자 아이의 손짓을 따라 빙글빙글 돌던 오
색의 나비들이 한꺼번에 하늘로 날아올랐다.

'휴우…….'

나비가 완전히 사라지자 아이는 가슴을 쓸어내리며 슬금슬금 려흔의
눈치를 살폈다. 그러다 눈이 마주치자 혀를 쏙, 내밀었다.

"이제 됐죠?"

자랑스레 가슴을 내밀고 하는 말에 려흔은 다짐이라도 받듯 말했다.

"한 번 더 이런 일이 있을 시에는 그냥 넘기지 않을 거야. 알겠니?"

"헤헤."

대답은 않고 배시시 웃어버리는 아이의 모습에 려흔은 그만 한숨을 내
쉬고 말았다.

'그때 그토록 걱정을 했건만 고작 나비나 몰고 다니고, 벌꿀이나 모으
고, 새알 따위나 품는 것 말고 다른 능력은 조금도 없을 줄이야!'

당시, 며칠 밤낮을 새어가며 걱정했던 자신이 무척이나 한심하게 느껴
졌다.

그녀는 머리가 아픈 듯 꾹꾹, 관자놀이를 눌렀다.

'그런데도 왜 이렇게 불안할까? 저 아이에게 저런 조잡한 것 이상의

특별한 능력이 없는 건 분명한데 어째서……'

이런 저런 생각에 머리 속이 복잡했다. 그러다 보니 저절로 미간이 찌푸려졌다. 어느새 아이는 헤실헤실 웃던 것도 잠시, 려흔의 표정이 심상치 않자 엉덩이를 뒤로 쭉 빼고 슬금슬금 물러나고 있는 중이었다. 일부러 모른 체하며 생각을 접고 책장으로 눈길을 돌렸다. 그러다 문득, 저 말썽꾸러기를 낳은 후의 일이 떠올랐다.

그것은 그토록 걱정을 끼치던 아기가 태어난 지 한 달째 되던 무렵이었다.

그날은 아침부터 심상치가 않았다.

주변 공기가 마치 폭풍전야를 연상시키듯 잠겨들어 있었다.

뭐 하나 달라진 게 없는데도 려흔은 알 수 없는 위화감을 느꼈다.

'왜 이러지? 도대체 왜……'

려흔은 불안했다. 예지력 같은 것은 없지만 이런 종류의 느낌은 지금까지 한 번도 빗나간 적이 없었다. 그리고 그때, 동쪽 별실에서부터 비명이 터져 나왔다.

"까아아아아악!"

려흔은 눈살을 찌푸렸다.

이른 아침부터 비명 소리라니, 반가울 리 없지 않은가. 하지만 곧 그 비명 소리가 들려온 곳이 어디인지 떠올리고는 새하얗게 질려 버렸다.

동쪽 별실이라니? 분명 그곳에는…….

"하원이가… 아아, 안 돼!"

려흔은 자리에서 벌떡 일어났다.

"무슨 일이오?"

별실로 가던 중 남편, 이경윤과 마주쳤다. 그는 대뜸 그렇게 물었다.

려흔은 고개를 흔들었다.

"저도 몰라요."

그들은 나란히 별실로 들어섰다. 그리고 경악했다.

그곳에는 감히 상상도 못할 일이 벌어지고 있었다. 멍한 표정으로 벽에 붙어 허공에 대고 헛소리를 하는 하녀와 한쪽에 꼬꾸라져 있는 무사들. 둥둥 공중을 부유하는 물건과 그 사이에서 평온하게 잠들어 있는 아기까지.

믿을 수 없는 광경에 이경윤의 입이 벌어졌다. 동시에 려흔의 눈이 천천히 감겼다 떠졌다.

'할 수만 있다면 끝까지 숨기고 싶었는데…….'

더 이상은 숨길 수 없다.

려흔은 앞으로 나서며 손을 들어올렸다. 공기도 아니고 기도 아닌, 딱히 '무엇'이라 정의할 수 없는 어떤 것이 려흔의 손을 중심으로 주변을 장악해 나가기 시작했다.

툭툭.

공중에 떠 있던 의자와 책상, 탁자가 바닥에 내려앉았다.

툭. 떼구르르.

꽃병이 바닥에 떨어져 굴러다녔고, 그 외 자질구레한 것들이 바닥으로 낙하했다. 마지막으로, 이런 상황에도 불구하고 새근새근 잘도 자고 있는 아기가 천천히 내려왔다.

얼떨결에 아기를 받아 든 이경윤은 경악하여 려흔을 보았다.

"당신이 어떻게……."

나이도 모르고 출신도 모른다. 아는 거라고는 이름 하나. 그럼에도 그저 평범한 여염집 자식이라 생각했다. 그런데 아니었단 말인가?

경악해서 보는데 려흔이 그를 향해 돌아섰다.

왜인지 슬퍼 보인다. 아무것도 묻지 말라는 듯이, 그냥 넘어가 달라는 듯이. 하지만 그는 묻지 않을 수 없었다.

"이게 도대체… 도대체 어떻게 된 일이오?"

려흔과 같이, 범인과 다른 능력을 가진 이들을 보면 대부분은 비명을 지르거나 도망을 간다. 아니면 어떻게든 그 사람을 죽이려고 하거나. 하지만 그는 그런 이들과는 반응이 달랐다.

려흔은 순간 어리는 기대감을 애써 떨치며 슬프게 웃었다.

이제는 사실을 털어놓을 때, 그리고… 아프지만 떠날 때였다. 모든 진실을 들은 그가 용서할 리 없으므로.

그녀는 입술을 세차게 깨문 후 입을 열었다.

"혹시 은 일족에 대해 들어보신 적 있나요?"

그 일이 있은 후로 세 달이라는 시일이 흘렀다.

각오한 바와는 달리 사실을 들은 이경윤은 모든 것을 받아들였다.

그리고 그날 려흔과 아기는 별채로 처소를 옮겼다. 그렇게 바깥과의 격리된 생활이 시작되었다. 하지만 결코 불행하지 않았다. 범인과 다른 능력을 가진 그녀를 괴물처럼 보고 멀리할 수도 있었지만, 이경윤은 변함없이 아끼고 사랑해 주었다.

려흔은 매일이 행복했다. 하지만 그럼에도 이따금 불안했다. 그것은 아마도 정확히 파악할 수 없는 아기의 능력 때문일 것이다. 일족이 아닌 이의 피가 섞이면 사라지는 게 당연한 것인데, 능력을 갖고 태어난 것만 해도 불가사의한 일이었다. 그런데 태어난 지 한 달밖에 안 되었으면서 그런 일을 벌였다.

이 아이는 과연 어떤 능력을 가지고 있는 걸까?

문득 든 의문에 그녀는 장난처럼 아기를 향해 말했다.

“하원아, 너는 아직 어려 잘 모르겠지만 보통의 아기란 생후 오 개월이면 말을 한단다. 앞으로 한 달 남았구나. 그러니까 서른 밤을 더 자면 한 달이라는 시일이 흐르게 되는데, 그때가 되면 너는 말을 해야만 해. 알겠니? 만약 그때까지 말을 못 하면 넌 바보인 거야.”

당연히 생후 오 개월 만에 말을 하는 아기가 있을 리 없다.

빠르다 해도 십 개월은 흐른 후에나 가능하고, 보통 첫 돌이 지나면 말을 한다.

걸음마가 시작되면 좀 더 제대로 된 말을 하게 되는데, 그전까지는 옹알이가 전부였다. 려흔은 그것을 잘 알면서 장난 아닌 장난을 쳤다. 이 말이 후에 어떤 결과를 낳을지 짐작도 하지 못한 채.

“우웅… 아흔~”

려흔은 흠칫했다.

막 아기 방에 들어섰다. 안에는 침상에서 떼굴떼굴 구르는 아기만 있을 뿐 사람이라곤 없었다. 그런데 누가 그녀를 불렀단 말인가? 그것도 어째 무척이나 앙증맞은 음성으로 말이다. 게다가 아흔이라니, 그건 엄연히 이경윤만이 쓰는 호칭이었다. 그런데 도대체 누가 있어 그 호칭으로 그녀를 부를 수 있단 말인가?

‘서, 설마……’

아니겠지? 아닐 거야. 태어난 지 겨우 오 개월밖에 안 되었는데 말을 할 리가 없잖아. 그것도 이토록 정확한 발음으로.

하지만 려흔은 그 혹시나가 맞다는 것을 직감했다.

꿀꺽, 침을 삼키고 천천히 몸을 돌렸다. 침상에 엎드린 채로 고개만 들어 자신을 보는 아기가 보였다. 눈이 마주치자 아기는 환하게 웃으며 다시 침상 위를 떼굴떼굴 굴러다니기 시작했다.

그 태평함에 려흔은 이번만은 자신의 직감이 틀렸다고 생각했다.

'그러면 그렇지.'

하지만 려흔은 혹시나 하는 생각을 버리지 못해 떼굴떼굴 굴러다니기에 바쁜 아기를 향해 물었다.

"하원아, 설마… 네가 말한 건 아니겠지?"

대답을 못할 거라 생각하면서 묻는 자신도 참 바보같다.

려흔은 피식, 웃어버렸다. 그 순간 아기가 갑자기 박수를 쳤다. 그리고 그녀를 홀리기라도 하려는 듯 너무도 예쁜 미소를 지으며 조금 전과 똑같은 음성으로 까르륵거렸다.

"아흔 웃는다~"

려흔은 그대로 굳어버렸다.

풍림장(風林莊)은 난리가 났다.

태어난 지 이제 겨우 오 개월이 지났을 뿐인데 벌써부터 말을 하는 아기는 처음이었던 것이다.

놀랄 땐 언제고 려흔은 그저 기뻐 이경윤에게 자랑했다. 그리고 이경윤은 오다가다 만난 장로에게 자랑했다. 장로는 그 즉시 신동 났다며 장로들에게 말했고, 그것은 눈덩이처럼 불어나 풍림장은 물론이거니와 강호 전체에 퍼졌다.

오 개월 된 아이가 자장가를 불렀다는 소리부터 시작해서 천자문과 소학을 떼고 사서오경을 뗐다는 소리까지 들리니, 그야말로 기가 막힌 일이라 하지 않을 수 없었다.

려흔은 기뻤던 것도 잠시, 사태가 이렇게까지 커지자 덜컥 겁이 났다. 그녀는 떨리는 눈으로 아기의 손을 잡고 말했다.

"하원아, 혹시나 해서… 정말 혹시나 해서 하는 말이다만 보통의 아기들은 돌이 지나기 전까지는 절대 걷지 않는단다. 돌이라 함은, 그러니까… 앞으로 몇 밤을 더 자야 하느냐 하면…… 칠삼은 이십일. 그래, 이백 일은 넘게 자야 하는 거야. 아니, 아니, 이왕 자는 김에 삼백 일… 아니다. 그냥 육백 일쯤 자버리자. 알겠니? 하원아, 보통 아기는 육백 일은 자야 걸을 수 있는 거야. 그전에는 절대 걸으면 안 돼. 만약 그전에 걸어다니면 엄마는 너랑 안 놀아줄 거야. 알겠니? 응? 꼭 알아야 한다!"

당연히 아기는 전혀 알아들은 것 같지 않았다.

풍림장은 다시 난리가 났다.

어떻게 된 게 말은 그리도 빨리 오 개월 만에 해보인 아기가 이 년이 넘도록 걷지를 못하는 것이 아닌가?

종종 그런 아기도 있다지만 걸음마를 할 기미조차 보이지 않으니 그게 걱정이었다. 그런데다 말을 빨리 한 덕분에 걸음마에 대한 기대가 컸던 터라 충격은 더욱 컸다. 하지만 그 충격은 곧 경악이 되었다.

서는 시도도 한 번 해보지 않은 아기가 어느 날 갑자기 벌떡 일어서더니 걸어다니기 시작한 것이다.

여타의 아기처럼 더듬거리며 곧 기울어질 듯이 걷는 것도 아니요, 아주 대놓고 아장아장 잘도 걸어다녔으니 이 어찌 놀라지 않을 수 있겠는가. 하지만 그 누구보다도 경악한 사람은 다름 아닌 려흔이었다.

"믿을 수 없어. 어떻게… 어떻게……."

려흔은 눈으로 보면서도 믿을 수 없는지 같은 말을 반복했다.

그럴 수밖에 없는 것이, 아기가 어떤 징조도 없이 벌떡 일어나 걷기 시작한 바로 그날이 다름 아닌 려흔이 몰래 아기에게 가서 헛소리를 해댄 지 정확히 육백 일이 되는 날이었던 것이다.

그랬다. 아기는 범상치 않았다.

뱃속에 있을 때부터 그렇더니 태어나서는 더욱 심했다. 어느 날 갑자기 공중에 둥둥 떠서 웃어대 부모를 경악시키더니, 급기야는 매일 밤이면 밤마다 공중에서 굴러다녔다.

단지 떠 있는 것도 아니고 이리저리 굴러다니면서, 그것도 놀이라고 생각하는 건지 엄청난 속도로 굴러다니면서 까르륵 웃어대는 아기는 그야말로 신기, 그 자체였다. 혹시라도 다른 사람이 볼까 려흔은 아기의 힘이 별채 밖으로 새어나가지 않도록 제어했다. 그런데 그조차도 시간이 갈수록 힘겨워지는가 싶더니, 태어난 지 채 사 년이 되기도 전에 힘에서 밀리기 시작했다.

'이대로라면 제어할 수 없게 되고 만다!'

려흔은 위기감을 느꼈다.

유례가 없는 아이의 힘은 그녀에게 기쁨보다는 걱정을 주었다.

이보다 더 강해지면 어떻게 하지? 더 이상 제어가 되지 않으면 어떻게 되는 거지? 모든 사람들이 저 조그만 아이를 괴물처럼 보고 죽이려 들면 어쩌지? 물론 이경윤이 막아주겠지만 혹시라도 그조차 막을 수 없을 만큼 일이 커져 버리면… 그렇게 되면 어떻게 해야 하지?

려흔은 얼른 머리를 흔들었다.

아닐 거다. 일족이 아닌 이의 피가 섞였음에도 능력을 가진 것만 해도 말도 안 되는데 그럴 리가 없다. 잠깐 이러다 말 거다. 분명히 그럴 거야. 려흔은 아이의 능력이 뛰어남을 인정하지 않았다. 아니, 인정하고 싶지 않았다. 혹시라도 이 행복이 깨어질까 봐서.

그러던 어느 날이었다. 그날도 아이는 공중을 날아다녔다.

뭘 얼마나 먹었는지 볼록하게 튀어나온 배만 밑으로 처지는 가운데 붕

붕, 잘도 날아다니던 아이는 려흔이 안으로 들어서자 척 날아와서는 그녀의 팔에 달라붙었다.

하는 행동이 얼마나 특이하든 어쨌거나 자신의 아이였고, 또 그 귀여움이 타의 추종을 불허할 정도였기에 려흔은 저도 모르게 미소까지 지으며 아이를 보았다:

그때 아이가 대뜸 그녀의 배를 가리키고 말했다.

"어머니, 뱃속에 아기가 있어요!"

어머니라 부르는 것으로도 모자라 저토록 완벽한 경어라니. 고작 네 살 된 아이의 입에서 나온 말이라고는 상상도 못할 정도다.

려흔은 기가 막혀 푹, 한숨을 내쉬었다.

그러다 멈칫.

"뭐, 뭐?"

그녀의 놀람이 조금도 느껴지지 않는지 아이는 천진하게 웃으며 같은 말을 반복했다.

"엄청나게 작은 여자 아기가~ 어머니 뱃속에서 잠자고 있어요!"

그 후로 얼마 지나지 않아 두 번째 회임을 한 사실을 알게 되었고, 그때서야 비로소 려흔은 도저히 이 아이를 홀로 감당할 수 없음을 인정해야 했다.

유감스럽게도, 아이는 그 대단하다는 은 일족에게서도 볼 수 없는 엄청난 능력을 타고난 듯했다.

"얘는 이상해요."

부풀어 오른 배를 가만히 쳐다보다 하는 말이다. 려흔이 고개를 갸웃했다.

"뭐?"

"따뜻하고 좋은 곳에 있으면서 왜 자꾸 나오려고 하는지 모르겠어요. 난 나오기 싫던데……. 어머니, 얘가 하는 말이 앞으로 백 밤만 자고 나올 거래요."

'이게 무슨 소리야? 앞으로 백 밤만 자고 나올 거라고?'

처음에는 아이가 무슨 말을 하는지 알아듣지 못했다. 하지만 곧 뱃속에 있는 아기를 두고 하는 말이라는 것을 알아챘다.

려흔은 대충 손으로 날짜를 꼽아보았다.

"백 밤이라면… 맙소사!"

스무넉 달 만에 아이를 낳은 것도 놀라운데 이제는 육삭둥이라고?

달을 넘기는 것도 위험하지만 덜 채우는 것 역시 그 못지않게 위험하다. 게다가 달을 덜 채우고 나오는 아기는 미숙아라 제대로 클 수 있을지도 미지수고. 그리고 무엇보다…….

"하원아, 너… 어떻게 그걸 알았니?"

그랬다. 이 아이는 도대체 그것을 어떻게 알았을까?

려흔의 물음은 당연한 것이었다. 하지만 아이는 오히려 그녀를 이상하다는 듯이 봤다.

"그거야 당연히 애가 말해 주니까 알죠."

"말을 해줘?"

끄덕끄덕, 고개를 끄덕이는 아이를 보며 려흔은 이마를 짚었다.

뱃속에 들어 있는 아기가 어떻게 말을 해준단 말이야? 설혹 말을 한다고 해도 그걸 어떻게 알아들은 것이며. 아무리 생각해도 이해가 안 된다. 하지만 그녀는 납득했다.

"그래, 그렇구나."

아이의 머리를 쓰다듬어 주며 려흔은 뛰는 가슴을 진정시켰다.

더 이상은 싫다. 아이를 보며 놀라는 것도 싫고, 거리를 두는 것도 싫다. 그동안 알게 모르게 아이를 멀리해 왔다. 너무 뛰어난 능력은 그녀조차도 아이에게서 멀어지게 했다. 세상 사람들이 은 일족을 보는 시선으로 려흔은 아이를 봤다.

역대 은 일족에서도 볼 수 없는 엄청난 능력.

짐작조차 할 수 없는 능력은 으레 그렇듯 두려움을 불러일으킨다. 그것은 그녀라고 해서 예외는 아니었다. 능력에 대해 잘 아는 그녀조차도 두려웠다. 아무리 봐도 자신의 아이 같지 않았다. 옆에만 있어도 꼭꼭 숨겨둔 것들을 모두 읽어버리는 것만 같아 두려웠다. 알몸으로 서 있는 것 같았다. 그래서 두려웠다. 하지만 더 이상은 그러기 싫었다.

아무리 뛰어난 능력을 갖고 있어도 아이다. 그것도 자신의 아이, 이제 겨우 네 살이 된 아이. 그뿐이다. 더 이상은 놀라지도, 의문을 갖지도 않을 거다. 아이는, 그냥 아이일 뿐이니까.

려흔은 속으로 그렇게 다짐했다.

그때 지금까지 귀엽게 웃으며 살갑게 대하면서도 어딘가 슬픈 듯 바라보던 아이가 어느새 환하게 웃고 있다는 것을 그녀는 알지 못했다. 그리고 마치 예언처럼, 려흔은 그날 이후 정확히 백 일이 지나 어여쁜 여아를 낳았다.

그 일은 어떤 징조도 없이 일어났다.

아무런 준비도 되어 있지 않은 그들에게 소나기처럼 찾아왔고, 그들은 그 어떤 대처도 할 수 없었다.

려흔은 손가락 하나 움직일 힘이 없었다. 출산 후의 산모들이 그러하듯 려흔 역시 마찬가지였다. 비록 진통 후 두 시진도 되기 전에 아이를 낳았다 할지라도.

그녀는 눈을 감고 누워 있었다.

주변은 고요했다. 려흔은 미소를 지었다. 예전에는 심심하기만 했던 평온이 지금은 달콤했다. 영원히 지속될 듯한 그런 느낌. 하지만 그것은 채 일각을 버티지 못했다.

콰아앙! 우르르르.

갑자기 어디선가 굉음이 터져 나왔다. 뒤이어 뭔가가 무너지는 소리도 들렸다.

"뭐지?"

려흔은 저도 모르게 몸을 일으켰다. 그러다 미간을 찌푸렸다.

온몸이 쑤시고 아팠다. 움직일 힘도 없고 쉬고 싶었다. 하지만 다시 눕지는 않았다. 그녀는 배를 감싸 쥐고 앉아 고개를 돌렸다. 왠지… 지금 들린 일련의 굉음이 자신과 무관하지 않으리란 느낌이 들었다.

"아아……."

고통에 신음하면서도 자리에서 일어났다.

왜인지 자꾸만 가봐야 한다는 생각이 들었다. 한쪽 다리를 끌며 겨우 밖으로 나왔다. 그리고 소리가 들리는 곳을 향해 걸음을 옮겼다. 아니, 옮기려고 했다. 하지만 채 걸음을 떼기도 전에 려흔의 눈동자가 부릅떠 졌다.

"헉!"

그녀는 경악했다.

탁.

뒤쪽으로 문이 닫히는 소리가 났다. 하지만 려흔은 그조차 듣지 못했다. 바로 앞에서 건물 하나가 통째로 무너지고 있는 광경을 보며 과연 무슨 생각을 할 수 있을까.

쿠구구구구—

건물은 그냥 무너지지 않았다. 뿌연 먼지와 함께 가라앉으며 옆 벽을

밀었고 도미노처럼 벽은 차례차례 무너져 내렸다.

"이… 이게…….."

말을 잇지 못하고 더듬었다. 그러다 깊게 숨을 몰아쉬고 천천히 걸음을 떼었다. 먼지 사이로 걸음을 옮기며 '설마' 하던 마음은 '아마도' 가 되었다가 결국 '확실히' 가 되었다.

이 소란의 중심지에는 바로 그 아이가 있었다.

바닥에 주저앉아 작은 몸을 웅크리고 있는 아이는 너무도 힘들어 보였다. 고개를 숙인 채 작게 신음하는 아이. 그 아이를 중심으로 려흔조차 감당할 수 없는 엄청난 힘이 흘러나오고 있었다.

풍림장의 많은 무사들은 아이의 주위를 둥글게 감싸고 인의 장막을 치고 있었다. 그 힘의 대단함도 그렇지만, 소란을 일으키는 이의 신분도 신분인지라 어떻게 제지하지도 못하고 그저 수수방관만 하고 있었던 것이다. 그런 이들 사이에는 이경윤이 아이에게 다가가려 노력하고 있었다. 몇 번이나 아이에게로 다가가려다 실패하고 초조하게 주변을 둘러보던 그가 려흔을 발견했다.

"아흔!"

그는 깜짝 놀라 려흔에게로 뛰어왔다.

"어떻게 여길…….."

"무슨 일이죠?"

"그게…….."

"하원은 왜 저러고 있는 거고?"

려흔의 눈을 따라 시선을 옮긴 이경윤은 어떻게 대답해야 할지 망설이다 설명했다.

"나도 정확히 어떻게 된 일인지 모르겠소. 전간(癲癎:간질)에 걸린 것처럼 갑자기 발작하더니 저리 되었다고…….."

뒤로도 이경윤의 설명이 이어졌다. 하지만 려혼에게는 들리지 않았다. 그녀는 입술을 깨물었다.

발작이라고?

힘을 가진 이상 피할 수는 없는 거라지만 그건 분명 열 살은 넘기고 오는 거다. 그런데 이제 겨우 다섯 살이 된 저 아이가 왜!

인간을 초월한 능력을 가진 것은 어떻게 봐도 행운이다. 비록 그 사실을 안 이들이 괴물처럼 보며 피해 다니든, 죽이려고 하든지 간에 말이다.

신은 인간에게 무한정 베풀기만 하지는 않는다.

뭔가를 주었으면 그만큼의 뭔가를 받길 바란다. 남들보다 뛰어난 능력을 갖게 되면 그에 상응하는 고통이 있는 게 당연하고, 그들 역시 같다.

은 일족은 대대로 어떤 특별한 능력을 갖는 대신에 열 살을 넘긴 후로 능력이 안정되기 전까지 일 년에 한 번씩 짧게 일주일, 길게는 보름간 '발작' 이라고 부르는 힘든 고통의 시간을 갖게 된다. 그리고 그 후로도 한계치 이상의 힘을 썼을 때 같은 고통을 겪는다. 그로 인해 표정이 없어지고 마음을 닫게 되는 이들이 부지기수이다.

그런데 그 발작이 이제 겨우 다섯 살이 된 저 조그만 아이에게 찾아온 것이다. 이것은 뛰어난 능력에 따른 부작용인가?

아이를 보았다.

참아보려 애를 쓰지만 되지 않는 듯 아이는 온몸으로 고통을 호소하고 있었다. 얼마 전에 출산을 하지만 않았더라도 어떻게든 고통을 덜게 해줄 수 있을 텐데……. 지금은 힘이 없다. 몸을 가누는 것조차도 힘이 든다. 이런 상태에서 저 아이에게 해줄 수 있는 것은 없었다. 그래도…….

'어떻게든… 어떻게 해서든!'

조금이라도 고통을 덜어주고 싶다.

려혼은 이를 악물고 힘을 끌어올렸다. 하지만 아무리 해도 힘이 모아지지 않았고 급기야는 피를 토했다.

"아흔!!"

깜짝 놀란 이경윤이 허겁지겁 쓰러지려는 려혼을 안았다. 그녀는 그의 옷자락을 잡고 말했다.

"윤랑, 저 아이를… 인적이 드문 산속으로 데려가세요. 장로들의 힘을 빌리면 될 거예요. 저 현상은 앞으로 짧으면 일주일, 길면 보름간 계속될 거예요. 그때까지… 아이를 부탁드립니다."

그 말을 끝으로 그녀는 의식을 잃었고, 이경윤은 무너지는 흙더미 속에서 고통스러워하는 아들을 보았다.

'하원아……'

아내를 안은 팔에 힘을 주며 그는 아프게 아들을 불렀다.

사건은 의외로 잘 마무리되었다.

풍림장에 목숨을 건 장로들은 시키지도 않았는데 함구했고, 목격자들은 모두 별채로 옮겨졌다. 그리고 그로부터 보름이 흘렀다.

아이는 늦은 밤 풍림장으로 돌아왔다. 도움을 주었던 장로들도, 풍림장의 식구들도 모르게 돌아온 아이는 밖에서 지내야 했던 보름간이 힘겨웠던 듯 도착하기 무섭게 잠들었다.

탁.

문이 열리며 려혼이 안으로 들어섰다. 몸이 불편한지 힘겹게 안으로 들어선 그녀는 잠시 방 안을 둘러보다 아이가 잠들어 있는 침상으로 걸어갔다. 아이는 깊이 잠들어 있었다.

려혼은 흔들리는 눈으로 아이를 보았다. 손을 들어 앞으로 넘어온 머리카락을 뒤로 넘겨주었다. 손끝이 가늘게 떨리고 있었다.

“하원아……”

가만히 아이의 이름을 읊조렸다. 한숨이 입술을 타고 흘렀다.

‘이제 어떻게 해야 하나. 나는 이제 어떻게…….’

려흔은 아이의 머리를 쓰다듬었다. 몇 번이고, 몇 번이고.

“하원아, 하원아. 내 아들. 왜 하필이면 네게 그런 능력이……. 내가 왜 일족을 저버렸는데. 내가 왜 이단아라는 소리를 들어가며 그곳을 나왔는데! 어떤 노력도 없이 얻어지는 힘에는 그만큼의 부작용을 동반하기 마련이라, 내 아이에게만은 그를 물려주고 싶지 않았었다. 그랬는데 결국에는 이리 되고 마는구나. 너는 유례없는 힘을 가지게 되었고, 그로 인해 나로서는 상상도 할 수 없는 고통을 겪는구나. 이리 고통을 주려 널 낳은 것이 아닌데…….”

말을 잇기 힘든 듯 려흔은 힘겹게 숨을 몰아쉬었다.

“전생에 내가 무슨 죄를 그리 지어 하필이면 네가…….”

이를 악물고 참았지만 두 눈 가득 맺혀 있던 눈물은 볼을 타고 흘러내렸다.

뚝.

눈물이 볼을 적시고 바닥에 떨어지자 결국 려흔은 참지 못하고 통곡했다.

열 살이 되던 해부터 겪어왔던 고통이 싫었다. 평생을 숨어 살아야 하는 운명이 싫었다. 그래서 뛰쳐나왔건만, 아이는 자신의 운명까지 감당해야 하는가 보다. 평생 짊어져야 하는 운명을 벗어 던진 결과가 이렇게 나타나고 있었다. 그래서 려흔은 더욱 슬펐다, 모든 게 자신의 죄만 같아서.

한참을 목놓아 울다 동이 터오자 자리에서 일어났다. 려흔은 새근새근, 잘도 자고 있는 아이의 얼굴을 한참이나 쓰다듬다 방을 나섰다.

탁.

문이 닫히는 소리가 나자 자고 있던 아이의 눈이 떠졌다. 어느새 아이의 커다란 눈동자에도 눈물이 맺혀 있었다. 아이는 물끄러미 닫힌 문을 보다 입을 삐쭉였다.

그렇게 날이 밝아오고 있었다.

은상(銀霜)과의 만남

툭.

열려 있는 문에 엉덩이가 걸렸다.

하원은 움찔했다. 얼른 고개를 들어 어머니를 봤다. 려흔은 여전히 책장에 시선을 두고 있었다. 다행히 그가 몰래 도망치고 있다는 것을 모르는 듯했다.

'이번에 잡히면 족히 두 시진은 잔소리를 들어야 할 거야. 빨리 도망치자!'

슬그머니 문을 옆으로 밀었다.

얼굴을 앞으로 쭉 빼고 려흔을 살피는 한편 뒤로는 엉덩이를 빼고 살금살금 걸음을 옮겼다. 려흔이 일부러 모른 체해주고 있다는 것도 모르고 하원은 방에서 벗어나기 무섭게 좋아라하며 정원으로 뛰어나갔다.

그가 밖으로 나오자 조금 전까지만 해도 보이지 않던 나비들이 기다렸다는 듯이 떼로 몰려들었다.

하원은 울상을 지었다.

"얘들이 왜 이래? 내가 무슨 꽃이라도 되는 줄 알아? 바보들아, 나 꽃 아냐!"

소리를 질렀지만 나비들은 여전했다. 빙글빙글 그의 주위를 돌아다녔다. 시간이 흐를수록 나비의 수는 많아져 갔다. 그에 맞춰 하원의 얼굴도 점점 찡그려졌다.

하원이 바락 소리를 질렀다.

"진짜~ 나 꽃 아니라니까! 내가 무슨 꿀 같은 거라도 갖고 있는 줄 아나본데, 그런 거 안 갖고 있어! 알겠어? 나 그런 거 없다고! 그러니까 저리 가!"

휘휘, 손을 흔들어 나비들을 쫓았다. 하지만 나비들은 하원에게 정말 꿀이라도 묻어 있는 줄 아는 모양이었다. 아무리 쫓아도 가려고 하지 않았다.

한참이나 손을 흔들다 팔이 아파오자 결국 하원은 항복했다.

"아, 몰라, 몰라! 있든지 말든지. 이제 나도 몰라!"

호기롭게 소리치면서도 얼른 주위를 둘러보는 모습이 혹시라도 려흔이 보고 있을까 봐 겁이 나는 모양이었다.

"후우."

려흔이 없음을 확인한 하원은 가슴을 쓸어내리며 안도의 한숨을 내쉬었다. 하원은 오색의 나비 무리를 줄줄 달고서 걸음을 옮겼다. 무작정 움직이기는 했는데 딱히 갈 만한 곳이 생각나지 않았다.

심심했다.

나비와 노는 것도, 꿀을 모으는 것도, 새알을 품는 것도 지겨웠다. 오늘은 다른 게 하고 싶었다. 이런 유치한 것 말고.

그때였다. 뇌리에 어떤 소리가 각인되듯 새겨졌다.

「하원아!」

하고.

"헉!"

화들짝 놀라 펄쩍 뛰었다. 휙휙, 주변을 둘러보았다. 하지만 아무도 없었다.

믿을 수 없게도 하원은 타인의 생각을 읽을 수 있었다. 그리고 지금 들린 소리는 그것과 비슷했다. 하지만 사람이 없었다.

'잘못 들었나?'

고개를 갸웃했다. 분명 부른 것 같은데, 보이지 않았다. 그래서 답답했다. 하원은 인상을 썼다.

"누구야? 누가 나 불렀어?"

소리를 높이며 주변을 뱅글뱅글 돌았다. 하지만 여전히 그 누군가는 보이지 않았다. 결국 하원은 자신이 잘못 들은 것이라 생각하고 포기했다.

하원은 그렇게 생각하고 반대편으로 걸어갔다. 그때 다시 그 소리가 들렸다.

「하원아… 하원아…….」

굉장히 간절하게 느껴져 그냥 지나칠 수 없게 했다.

하원은 '소리'가 들리는 곳을 향해 걸음을 옮겼다. 그리고 그가 멈춘 곳은 담장의 끝자락이었다.

'이 너머인데…….'

소리는 반대편에서부터 들려오고 있었다.

하원은 아쉬운 듯 담장 너머를 보았다. 소리의 주인공이 보고 싶었다. 이곳은 너무 좁고 갑갑했다. 이제는 더 넓은 곳으로 나가 많은 사람들을 만나고 싶었다. 자신을 부른 소리의 주인공도, 또 다른 사람들도.

하원은 잔뜩 볼을 부풀렸다.

"나가고 싶은데……."

불만 어린 어조로 중얼거렸다. 그런데 순간 앞이 캄캄해져 왔다.

하원은 몸이 붕, 뜨는 느낌에 저도 모르게 눈을 감았다. 그리고 그때 어디선가 간절한 울림이 하원의 뇌리를 파고들었다.

「도와줘! 누군가가… 나를…….」

자신을 부르는 소리의 주인공을 만나고 싶다고만 생각하던 하원이었다. 하지만 바로 그 순간, 하원은 언뜻 방금 들린 다른 '소리'의 주인공을 생각했다.

그때 희뿌연 빛이 그곳을 가득 메웠다. 그리고 그곳은 정적에 휩싸였다. 빛이 사라진 곳은 그야말로 고요했다. 어디에도 작은 아이의 모습은 보이지 않았다. 마치 방금 전의 그 빛이 아이를 삼켜 버린 것처럼.

담장의 끝자락에는 더 이상 사람의 향기가 느껴지지 않았다.

친구를 잃은 나비들은 몇 번 그곳을 맴돌다 하늘로 날아올라 갔다.

웅성웅성.

정확히 알아듣기 힘든 말들이 귀 끝을 걸치고 흘러갔다.

주위는 소란스러웠다. 하원은 속이 울렁이는 듯한 느낌에 코를 찡그렸다. 왠지 모를 이질감에 쉽게 눈을 뜨지 못하고 망설이다 슬그머니 한쪽 눈만 떴다. 그리고 깜짝 놀랐다.

"에엑?"

두 눈을 동그랗게 하고 주위를 둘러보는 모양이 꽤나 당황스러운 모양이다.

하원은 울상을 지었다.

'어떻게 된 거야? 여기는 어디고? 이제 어떻게 해~ 어머니…….'

방금 전까지만 해도 정원에 있었다. 그런데 눈을 감았다 뜨니 주변 환경이 변해 있었다. 어느새 자신은 두 벽 사이의 그늘에 있었고, 바로 앞으로 엄청난 수의 사람들이 지나다니고 있었다.

시끌시끌.

떠들어대는 소리에 귀가 아플 정도였다. 단지 나가고 싶다는 생각만 했을 뿐인데, 설마 정말 나와 버린 건가? 하지만… 이런 곳에 오고 싶다고 생각하지는 않았어!

하원은 속으로 불만을 터뜨렸다. 그러면서도 생전 처음 보는 엄청난 수의 사람들에게서 눈을 떼지 못했다. 저절로 입이 벌어졌다.

"진짜 많다!"

곧 울 것처럼 굴 때는 언제고 이제는 신기한 모양이다.

두 눈 가득 호기심을 담고 여기저기를 쳐다보는 하원의 표정은 더 이상 울상이 아니었다. 그리고 그때였다.

「도와줘. 제발…….」

하원의 어깨가 움찔했다.

'누구?'

「도와줘… 날 좀 도와줘…….」

새로운 세계는 낯설고 두렵다. 하지만 하원은 한 치의 망설임도 보이지 않고 그늘을 벗어났다. 그리고는 무작정 걷기 시작했다. 방금 들려온 '소리'의 주인공을 향해서.

연은상(燕銀霜)은 슬펐다.

대대로 무관인 가문의 장자로 태어나 무관이 되기를 꿈꾸었다. 하지만 상황은 그리되지 않았다. 어처구니없게도 산도 없는 곳에서 산적의 침입을 받아 멸문지화(滅門之禍)를 당한 것이다.

　권력 다툼이 정점에 올라 있었던 만큼 산적의 소행이라 하지만 그 모든 것이 정적들이 꾸민 짓이라는 것은 쉽게 짐작이 갔다. 하지만 복수는 생각하지 않았다. 힘없는 아낙들과 어린아이들만 살아남아 무슨 복수를 할 수 있을까. 살아남은 아이들 중 가장 나이가 많은 연은상도 고작해야 열두 살이었다.

　그런데 복수? 말도 안 된다.

　그들은 수도에서 벗어나 인적 드문 산으로 올랐다. 화전민이라도 될 생각이었다. 그런데 언제부터인가 하나둘씩 목숨을 잃기 시작했다. 아무런 이유도 없는 죽음에 그들은 어떤 대처도 할 수 없었다.

　백 명을 족히 넘던 무리가 반으로 줄었을 때야 모습을 감춘 무림 고수에 의한 짓이라는 걸 알았다. 하지만 힘없는 아낙들과 아이들이 할 수 있는 것은 없었다.

　그들은 속수무책으로 죽음을 맞이했고, 결국에는 정신을 잃고 시체 더미 속에 묻혀 있던 연은상만이 살아남았다. 눈가에서 볼까지 한 뼘가량 되는 상흔을 남겨놓고.

　아무리 힘이 없다지만 이런 상황에서 어찌 복수를 꿈꾸지 않을 수 있겠는가. 복수를 해야 했다. 허무하게 죽어간 이들을 위해 복수를 해야만 했다. 복수를 하다 목숨을 잃는 한이 있어도, 아니, 분명 그리되겠지만 그래도 해야만 했다.

　연은상은 힘을 주어 철검을 다잡았다.

　웅성이는 소리와 함께 대로가 반으로 갈렸다. 화려한 궁장을 한 이들이 옆으로 물러나는 사람들 사이에서 튀어나왔다. 그 뒤로는 활을 멘 이들이 경계를 서고 있었다. 경계의 삼엄함은 마차 안 인물의 신분이 어떠한지를 말해 주었다.

　바로 재상, 소응탁(蘇鷹卓)의 행차였다.

순간 연은상의 얼굴에 비장함이 서렸다. 그는 마차가 자신의 앞에 다다르기를 기다렸다. 손끝이 가늘게 떨렸다. 꽉, 다시 한 번 철검을 쥔 손에 힘을 주었다.

막 자리를 박차고 뛰어가려 할 때였다. 갑자기 누군가가 그의 손을 잡아챘다.

"어?"

"어디 가?"

아이였다. 열 살은 고사하고 다섯 살은 되었을까 싶은 아이가 작은 손으로 그를 붙잡았다.

연은상은 미간을 찌푸렸다.

'뭐야?'

아이가 말했다.

"싫잖아. 싫으면서 왜 해?"

연은상은 순간 멍해졌다.

"뭐?"

"그렇게 싫다고 하면서… 바보같아."

연은상은 당황해서 아이를 보았다.

어떻게 이 아이는 자신이 복수 따위를 하고 싶어 하지 않는다는 것을 알까? 솔직히 두려웠다. 되도 안 한 복수를 꿈꾸는 게 두려웠다. 아니, 사실은 죽는 게 제일 두려웠다. 아직 그는 죽음을 떨칠 수 있을 만큼 성장하지 않았다. 하지만 그는 바로 눈앞에서 죽어가던 이들의 얼굴을 떠올리며 약해진 마음을 떨쳤다.

"꼬마야, 네가 상관할 일이 아니다. 물러나!"

"안 될 거야. 복수 못할 거야. 복수, 그거 안 돼."

악담을 하는 듯했다. 기분이 나빠진 연은상은 버럭, 소리쳤다.

"야! 네가 뭘 안다고……."

말을 하다 말고 마차가 앞을 지나치려 하자 얼굴을 굳히고 팔을 흔들었다. 한 번 팔을 흔들면 떨어져 나갈 줄 알았는데, 조그만 주제에 힘은 센 모양이다. 아이의 손이 여전히 떨어지지 않자 소리쳤다.

"놔!"

아이는 가만히 그를 보다 입을 열었다.

"지금 가면 죽어."

연은상은 순간 흠칫했다.

조용히 내뱉는 말은 섬뜩했다. 뭘 제대로 알 것 같지도 않은 작은 아이의 말이다. 신경 쓸 것도 없다. 그런데도 연은상은 그 말이 진실로 들렸다.

'죽어도… 여기서 그만둘 수는 없어!'

연은상은 이를 악물었다. 동시에 팔을 들어 아이의 손을 떨치려 했다. 그런데 그전에 아이가 손을 놓아버렸다. 연은상은 잠시 당황했다. 하지만 곧 아이를 옆으로 밀고 기합성을 내지르며 땅을 박차고 뛰었다.

"이야압! 악적! 죽어라!!"

어린아이가 자기 팔뚝만한 검을 들고 달려드는 광경에 모두들 어이없다는 표정이었다. 맨 앞에 선 사내가 가볍게 연은상을 막았다. 슬쩍 손을 떨치자 작은 체구는 속절없이 뒤로 밀렸다.

"뭐 하는 짓이냐! 저리 가라! 감히 이분이 누구인 줄 알고……."

"악적 소응탁이 아니냐! 너나 비켜라!"

연은상은 맨 앞에 선 사내조차 넘기지 못하고 뒤로 밀리자 화가 나 소리쳤다.

다들 어처구니가 없다는 표정으로 그를 보았다. 어린것이 뭘 몰라도 참 모른다고 생각했다. 나는 새도 떨어뜨린다는 재상을 앞에 두고 감히 악적을 운운하다니. 연은상을 막았던 사내가 검을 뽑았다.

"아무리 철부지 아이라지만 그냥 넘길 수 없구나. 너는 날 원망하지 말고 네 분별없는 행동을 원망해라."

말과 함께 검을 들었다.

연은상은 얼른 뒤로 한 걸음 물러났다가 몸을 날렸다. 검을 든 사내의 오른쪽으로 파고들려 했다. 하지만 사내는 왼손으로 간단히 그를 잡았다. 귀찮은 듯 손을 털자 연은상은 뒤로 나동그라졌다. 사내가 다시 검을 들었다. 연은상은 질끈 눈을 감았다.

역시 안 된다. 복수는 고사하고 저 한 명조차도 이길 수 없다. 저 한 명조차…….

절망감에 빠져 푹, 고개를 숙였다. 그때였다.

"멈추어라!"

말과 함께 마차의 문이 열렸다. 안에서 하얀 수염이 멋들어진 노인이 내렸다.

그는 검을 든 사내를 향해 꾸짖듯 말했다.

"어른이 되어 어찌 어린아이를 상대로 검을 드는가. 치워라!"

사내는 말 한마디 없이 고개를 숙이고 옆으로 물러났다. 연은상은 이를 갈며 노인을 노려보았다. 동시에 연은상을 살펴보던 노인은 고개를 갸웃했다. 아이의 얼굴이 무척 낯익었다.

'어디선가 본 것 같은데, 어디서 봤지?

"아이야, 네 이름은 무엇이냐?"

다른 사람도 아니고 저 악적에게 목숨을 구원받다니, 차라리 죽고 싶다. 연은상은 수치심을 이기지 못하고 버럭, 소리쳤다.

"연은상이다! 네 간악한 음모에 돌아가신 평(平) 자 균(均) 자 쓰시는 분의 장자! 설마 하니 벌써 잊어버린 것은 아니겠지?"

당당하게 소리치는 것이 어린아이답지 않았다.

잘 키우면 큰 인물이 될 아이. 평소였다면 높게 쳐주었을 호기다. 하지만 노인은 그전에 얼굴부터 찌푸렸다. 아이의 말이 걸렸다.

'연평균의 장자라고? 저 아이가?'

놀라움을 숨기지 못하고 연은상을 살피던 노인은 잠시 생각에 빠졌다. 저토록 어린아이까지 죽이고 싶진 않았다. 그래서 검을 빼 든 사내를 말렸건만, 아이의 눈을 보니 잘못한 듯했다. 이대로 살려두면 두고두고 후환이 될 아이였다.

노인은 뒤로 물러나 있던 사내에게 눈짓했다.

'죽여라.'

노인의 눈은 그렇게 말하고 있었다. 사내는 가타부타 말도 없이 집어넣었던 검을 다시 뽑았다.

한 걸음, 한 걸음.

연은상의 바로 앞에 당도하자 검을 들어올렸다. 처음 사내가 목숨을 취하려 할 때만 해도 고개를 푹 숙이고 있던 연은상이다. 하지만 지금은 죽음이 두렵지도 않은 듯 검이 공중을 가르고 내려오는 순간에도 노인을 노려보았다.

"이대로 죽어 저승에 가서도 저주를 퍼부어줄 것이다!"

연은상이 그렇게 소리칠 때 사내의 검이 궤적을 그리며 그의 목으로 내려왔다. 눈 깜짝할 사이에 몸이 두 동강 날 것만 같았다. 주변을 둘러싸고 있던 이들이 눈을 감았다. 곧 피가 튀고 잘린 목은 바닥을 뒹굴 것이다. 그들은 그렇게 예상했다.

그런데 그때였다.

피잉—

날카로운 소리와 함께 연은상의 목을 향해 가던 검이 갑자기 하늘로 날아올랐다.

사내가 퍼뜩 고개를 들었다. 하늘에 둥둥 떠 있는 검이 보였다.

"이게 무슨……?"

채 말을 잇기도 전에 곳곳에서 검이 공중으로 솟구쳤다. 누가 손을 쓴 것도 아닌데 뽑지도 않은 검이 검집을 벗어나 하늘로 날아올랐던 것이다.

"헉!"

"이런!"

놀란 이들이 공중에 떠 있는 검을 회수하려 했지만, 그럴 때마다 검은 조금씩 위로 올라갔다.

우우우웅.

어느 순간 하늘을 수놓고 있던 검이 중앙에서 뭉쳐지기 시작했다. 끽끽, 소리를 내며 빙글빙글 돌아가며 뭉쳐지더니 어느 순간 멈추었다.

퉁.

둥글게 뭉쳐져 본래의 모양이 어떠했는지조차 구분이 가지 않는 쇳덩어리는 엄청난 속도로 낙하했다.

"으앗!"

"피해!!"

사람들은 놀라는 것도 잠시, 허겁지겁 자리를 피했다. 엄청난 속도로 낙하한 쇳덩어리는 바닥에 큰 균열을 내며 박혔다.

꿈에서나 볼 듯한 광경이다.

사람들은 너나 할 것 없이 놀라 자리에 주저앉았다. 반쯤 바닥에 박힌 쇳덩어리를 멍하니 보던 이들은 꽤나 시간이 흐른 후에야 연은상이 사라진 것을 알아차렸다.

털썩.

연은상은 그 자리에 주저앉아 버렸다.

'뭐, 뭐야? 이거?

도저히 믿을 수가 없었다. 몇 번이나 눈을 깜빡였다. 하지만 여전히 검은 하늘에 둥둥 떠 있었다.

어떻게 검이 공중에 떠 있을 수 있지?

말도 안 된다고 생각했다. 눈이 잘못된 거라고 생각했다. 그러나 그 생각은 오래가지 않았다. 사방에서 수많은 검이 일제히 공중으로 솟구쳤던 것이다. 공중으로 떠오른 검은 어느 순간 빙글빙글 돌며 뭉쳐지기 시작했다.

우우우웅.

괴이한 소리와 함께 작은 쇠붙이가 사방으로 튀었다. 도저히 믿을 수 없는 광경. 눈으로 보고는 있지만 그럼에도 믿기지 않는 광경이었다.

주춤주춤, 그는 떨리는 다리로 바닥을 밀어 뒤로 물러났다.

그때였다. 누군가가 그의 어깨를 잡았다.

"헉!"

깜짝 놀라 고개를 돌리자 아이가 서 있었다. 그가 마차 앞으로 뛰어들려고 할 때 악담을 해가며 말렸던 그 아이가.

기괴한 현상에 그곳에 있는 모든 이들이 놀랐다. 그런데 아이는 놀라기는커녕 귀엽게 웃고 있었다. 왠지 모를 현실과의 괴리감을 느끼며 입을 열었다.

"뭐… 뭐……."

제대로 말이 나와주지 않았다. 목이 막히는 듯하자 꿀꺽, 침을 삼켰다. 아이가 그의 어깨를 잡았다.

갑자기 눈앞이 흐려졌다. 그리고 어느 순간 빛이 번쩍였다. 그는 저도 모르게 눈을 감았다.

다시 눈을 떴을 때 그는 혹시 자신이 미친 건 아닌가 의심했다. 분명 그는 대로 정중앙에 있었다. 그런데 단지 눈 한 번 깜빡였을 뿐인데, 어느새 어두운 골목에 있었다. 양옆으로 벽 두 개가 우뚝 서 있는 골목에 말이다.

"하……."

헛웃음과 함께 주변을 둘러보던 그는 한 가지 가정을 생각해 냈다.

'꿈인가?'

황당해서 중얼거리다 눈을 동그랗게 떴다.

아이였다, 자신의 어깨를 잡았던 아이. 바로 그 아이가 두 다리를 펴고 바닥에 퍼질러 앉아 있었다.

뚝뚝.

아이는 엄청난 양의 땀을 흘리고 있었다. 얼굴은 이상할 정도로 창백했고, 새파랗게 질린 입술 위로 땀방울이 맺혔다 떨어졌다.

'아픈 건가?'

문뜩 든 생각이었다. 좀 전 일을 생각하면 괘씸한데도 그냥 가지 못하고 몸을 숙여 아이를 들여다봤다.

"꼬마야, 어디 아파?"

걱정스레 물었다. 그러자 아이가 잔뜩 몸을 웅크렸다.

"아파, 아파."

작게 중얼거리는 소리가 들렸다. 말을 하는 중에도 입술이 가늘게 떨리고 있었다.

연은상은 가늘게 떨리는 아이의 손을 잡았다. 손바닥이 땀으로 흥건히 젖어 있었다. 이유를 알 수는 없었지만 괜히 마음이 아팠다.

"어디가? 어디가 그렇게 아픈 건데?"

“아파, 아파.”

아이는 같은 말만 반복했다. 연은상이 말했다.

“그래, 알아. 아프다는 거 알고 있어. 그러니까 어디가 그렇게 아픈데? 말을 해. 그래야 알지.”

아이의 손을 꼭 잡고 부드럽게 재촉했다. 아이는 땀방울이 맺힌 입술을 소매로 문지르고 말했다.

“배가…….”

“배?”

“배가 자꾸 아파.”

아이가 얼굴을 찡그리며 배를 부여잡았다. 그 순간에도 뚝뚝, 식은땀은 계속해서 바닥으로 떨어졌다. 식은땀을 흘리는 것하며 떠는 것까지. 아이는 정말 심각하게 아파 보였다.

연은상은 다급하게 물었다.

“어떻게 아픈데? 얼마나 아픈데? 응?”

‘이거 의원이라도 찾아봐야 하는 거 아냐?’

얼른 고개를 빼들고 주변을 둘러보았다. 의원이 보이면 당장이라도 아이를 업고 달릴 생각이었다. 그때 아이가 말했다.

“아파, 아파. 너무 아파. 나 아무래도…….”

“아무래도?”

연은상이 주변을 둘러보며 앵무새처럼 뒷말을 따라 하자 아이는 잔뜩 인상을 쓰고 말했다.

“뭘 먹어줘야 할 거 같아.”

먹어줘야 할 것 같다고? 순간 맥이 탁 풀렸다. 연은상은 멍해졌다. 설마…….

“그거, 배가 고프다는 뜻?”

아이는 고개를 갸웃했다.

"배가 고파? 음… 그런가?"

잠시 생각하다 고개를 끄덕였다.

"응. 그런가 봐."

"……."

툭.

연은상은 잡고 있던 아이의 손을 놓고 발걸음을 돌렸다. 혹시라도 많이 아프나 싶어 그렇게 걱정했는데, 뭐? 배가 고픈 거라고? 어이가 없어서.

단단히 기분이 상한 연은상은 성큼성큼 앞으로 걸어갔다. 그러자 아이가 당황한 듯 소리쳤다.

"어? 같이 가! 배가 아프단 말이야~"

'고픈 거겠지.'

속으로 비꼬며 앞서 걸어가자 아이가 다다다, 엄청난 속도로 뛰어와 그의 손을 낚아챘다. 연은상이 황당해서 아이를 봤다.

"야!"

"배 아프다니까!"

아이가 바락 소리쳤다. 창백한 얼굴이 보였지만 그것도 다 배가 고파서 그런 거라 생각하니 더 화가 났다.

연은상은 이죽거렸다.

"아픈 게 아니라 고픈 거라니까! 꼬마야, 넌 배가 고픈 거야! 알겠어?"

아이는 잠시 생각하다 말했다.

"응, 알았어. 난 배가 고파."

거기까지 말하고 아이는 해맑게 웃었다.

"그러니까 밥 사줘."

연은상은 그대로 얼어붙었다. 아무래도 잘못 걸린 듯싶었다.

연은상은 주머니를 흔들어보았다.

짤랑……. 짤랑…….

꽤 긴 간격을 두고 소리가 이어졌다. 공간에 비해 그만큼의 은자가 없을 때나 나는 소리. 그는 팍, 얼굴을 구겼다. 그리고는 바로 앞에서 국수를 먹는 아이를 노려봤다.

'저 먹보.'

으드득, 이가 갈린다.

조그만 게 얼마나 먹어대는지 밑 빠진 독에 물을 붓는 기분이었다. 고작 두 시진 만에 한 달 생활비가 다 날아갔다, 저 조그만 꼬마의 뱃속으로. 기가 막혀서 한마디라도 할라치면 아이는 너무 많이 먹어서 뽈록해진 배를 내밀며 말했다.

"달아놓으라니까? 외상이야, 외상! 집에 가면 줄게. 누가 떼먹는데?"

"어휴……."

한 대 패고 싶도록 얄밉다.

'확 때려줄까 보다.'

속으로 중얼거리다 아이가 허겁지겁 먹어대는 꼴을 보고 눈꼬리를 위로 치켜 올렸다.

'뱃속에 거지라도 들은 거 아냐?'

의심이 들었다. 벌써 몇 인분을 먹고 있느냐 말이다.

보통 저 정도로 어린 나이에는 일 인분도 다 먹기 힘든 것 아닌가? 그런데 저 아이는 장정도 다 먹기 힘들 만큼 많은 양을 혼자서 먹어대고 있었다.

저쪽에서 주인인 듯 보이는 중년 여인이 귀여워 죽겠다는 표정으로 아이를 보았다. 두 시진 동안 저 아이가 먹어댄 양을 안다면 그런 표정은 지을 수 없을 걸?

연은상은 속으로 그렇게 중얼거렸다.

마치 어디 시골 촌구석에 갇혀 있다 나온 것처럼 아이는 시장을 돌아다니길 좋아했다. 잠시도 가만히 있지 못했고, 엄청난 양을 먹어대고 있었지만 한곳에서 일 인분 이상을 먹는 법이 없었다. 그러니 가끔 오해를 한 주인 아주머니들이 얼마나 배가 고팠으면, 이라는 말도 안 되는 소리를 해가며 이것저것 내오곤 했다. 그때마다 놀라울 정도로 귀엽게 웃어, 보는 이의 소름을 돋게 하는 재주까지 있었다.

물론 그것뿐이면 말도 안 한다.

먹으면서 떠들기는 또 얼마나 떠드는지, 어떤 때는 귀를 막고 싶을 정도였다. 아는 것도 별로 없는 것 같은데 시답잖은 이야기를 하고 또 하고. 질리지도 않는가 보다.

진짜 어디 산속에라도 갇혀 있었던 거 아냐? 그렇지 않고서야 사람 좀 봤다고 이렇게 떠들 수는 없는 거다.

아이가 국물까지 다 비우고 자리에서 일어나자 그는 푹, 한숨을 내쉬었다. 얼마 남지 않은 돈으로 계산을 하고 밖으로 나왔다. 그러자 아이는 그를 질질 끌고 다시 시장을 돌기 시작했다.

이미 반 시진 전에 반항하기를 포기한 연은상은 아이에게 끌려 시장을 돌아다녔다.

그렇게 얼마나 시간이 흘렀을까.

어느새 날이 어두워져 오고 있었다. 아이는 체력이 대단했다. 연은상은 흘러내리는 땀을 닦으며 아직도 펄펄 나는 아이의 체력에 혀를 내둘렀다.

'어?'

땀을 닦다 말고 멈칫했다.

천천히 손을 들어 얼굴을 쓸었다. 땀으로 범벅이 된 얼굴은 매끈했다. 어디에도 걸리는 것은 없었다.

세안을 할 때든 언제든 얼굴에 손을 델 때마다 느껴지던 이질감.

어느덧 익숙해져 있던 그 자국이 만져지지 않았다. 몇 번 더 얼굴을 더듬어 살펴본 그는 기가 막힌 듯 잠시 멍하니 서 있었다. 목숨 값이라고 치면 싼값이지만 흉터는 깊었다. 평생을 가도 없어질지 알 수 없는 그런 흉터. 그런데 그 흉터가 없었다.

'어떻게?'

연은상의 눈동자가 저절로 저쪽 앞에서 간식거리를 고르고 있는 아이에게로 향했다.

'설마……'

당연히 아니라고 생각했다. 하지만 자신도 모르게 고개를 끄덕이고 있었다.

생각해 보면 황당한 일이 일어날 때마다 아이가 있었다. 검이 하늘을 날아오를 때도, 갑자기 장소가 바뀌었을 때도, 그리고 흉터가 사라진 지금도. 그의 곁에는 오로지 아이만이 있었다. 믿을 수 없지만 저 아이는 보통 아이가 아닌 듯했다.

'하긴, 보통 아이가 그렇게 많은 양의 음식을 먹어치울 수 있을 리 없지.'

엉뚱한 이유를 들어 결론을 도출한 그는 슬금슬금 뒤로 물러났다.

저 아이는 자신과 다르다. 어딘가 범상치 않다. 정확히 알 수는 없지만 어딘가 다르다. 같이 있으면 무슨 일을 겪을지 알 수 없다.

이미 충분히 기구한 삶을 살았다. 고작 열두 살밖에 안 되었는데도 친인들이 죽는 것을 봐야 했고, 이제는 갈 곳조차 없다. 더 이상은 어떤 것에도 엮이고 싶지 않다.

'꼬마야, 네게는 미안하지만 여기서 헤어져야겠다.'

마치 그의 속마음을 들은 것처럼 한참 간식거리를 고르던 아이가 바로 그 순간 고개를 돌려 그를 봤다. 정면으로 눈이 마주치자 연은상은 움찔해서 시선을 돌렸다.

아이가 다다다, 뛰어왔다.

"왜 가만히 서 있어?"

아이의 물음에 연은상은 머뭇거리다 곧 입매를 굳혔다.

"잘 있어라, 꼬마. 난 가야겠다."

"어딜?"

아이는 당연한 권리라도 되는 듯 물었다. 연은상은 입을 열었지만 대답하지 못했다. 갈 곳이 없었으니까. 그러자 그럴 줄 알았다는 표정으로 아이가 말했다.

"그럼 안 돼. 갈 곳도 없으면서 어딜 가겠다는 거야?"

연은상은 울컥했다.

"있어! 갈 곳 정도는."

"어딘데?"

"그게……."

말꼬리를 흐리며 한참 머리를 굴렸다. 하지만 쉽게 대답을 할 수가 없었다. 없다. 갈 곳도 없었고, 기다려주는 사람도 없었다. 혼자라는 생각에 눈물이 날 것만 같았다.

그때 아이가 대뜸 그의 손을 잡았다.

"그럼 나랑 가자! 내가 책임져 줄게!"

"뭐?"

연은상은 당황했다.

"책임이라니, 무슨……?"

"내가 기다리는 사람이 되어줄게. 나랑 같이 가."

마치 그의 생각을 읽기라도 한 듯 아이는 그렇게 말했다. 단순히 같이 가자는 게 아니라 앞으로도 같이 지내자는 뜻으로. 황당하다고 생각하면서도 기쁜, 그 이중적인 마음에 순간 아무 말도 하지 못했다. 무엇 때문일까? 그는 잡아끄는 아이의 손을 떨칠 생각도 하지 못했다.

第三章
십사 년 후

십사 년 후

맴— 맴—

매미가 줄기차게 울어댔다.

올해도 어김없이 무더위가 찾아왔다. 햇살이 얼마나 따가운지 그 아래 일각만 있어도 지칠 정도다.

그래서일까? 주위는 한산했다. 그 흔한 거지조차도 보이지 않았다. 그런데 이 찌는 듯한 더위가 느껴지지 않는지 오늘도 정자에는 두 명의 청년이 나와 있었다.

아래위로 백의를 걸친 모습을 보자면 어딘가 비슷해 보이지만, 자세히 보면 둘은 전혀 다른 모습을 하고 있었다.

한 사람이 이십대 중반이라면 다른 한 사람은 막 약관을 넘어선 모습이었고, 한 사람이 차가운 인상이라면 다른 한 사람은 부드러운 인상이었다. 또한 한 사람이 정좌를 하고 있다면, 다른 한 사람은 거의 눕다시피 퍼질러 앉아 있었다.

그렇게, 단지 백의를 걸친 것만 같을 뿐, 전혀 다른 그들 사이에는 네모반듯한 장기판이 놓여 있었다.

딱. 딱.

대략 이십대 중반쯤으로 차가운 인상에 정좌를 하고 있는 전자의 청년은 잔뜩 인상을 쓰고 장기판을 노려보았다.

딱. 딱.

손 안에 든 장기 말이 부딪치며 나는 소리가 규칙적으로 울려 퍼졌다. 청년은 그렇게 장기판을 뚫어져라 쳐다보며 고민에 고민을 거듭했다.

"흐음."

'시간을 끌면 끌수록 내가 불리해지는데…….'

그동안의 경험으로 그 사실을 잘 아는 전자의 청년은 속히 결말을 지으려 했다. 하지만 아무리 고민을 해도 좋은 수가 생각나지 않았다.

장기라는 것이 상대방의 후수(後手)까지 예상해야 하는 것이기에 더욱 고민이었다. 청년의 상대는 지난 십사 년간을 같이 지내고도 무슨 생각을 하고 있는지 도통 알 수 없는 이였던 것이다.

청년은 슬쩍 고개를 들어 상대를 살폈다.

전자의 청년과는 전혀 다른 모습을 한 후자의 청년이 책으로 얼굴을 가리고 정자 기둥에 기대어 있었다. 전자의 청년이 고민을 거듭한 지 반 시진 가까이 흘렀음에도 그는 그동안 어떤 미동조차 보이지 않았다.

'뭐야? 설마 자고 있는 건 아니겠지?'

말도 안 된다고 생각하면서도 혹시나 싶어 그를 불렀다.

"주군."

"……."

대답이 없었다.

'설마…….'

의심스레 보는데, 그때 눈 위까지 걸치고 있던 책이 코 아래로 내려왔다. 그러자 드러난 두 눈은 황당하게도 꼭 감겨 있었다. 거기다 책에 가려져 잘 들리지 않았을 뿐, 그는 낮게 코까지 골고 있었다.

전자의 청년은 자리에서 벌떡 일어났다.

"주군!"

남은 이토록 고민하는데 태평하게 낮잠이나 자고 있었다고 생각하니 화가 나 참을 수가 없었다.

"주군! 주군! 주군!!"

전자의 청년이 버럭버럭 소리쳐 부르자 다섯 차례에 걸쳐 주군이라 불린 후자의 청년이 게슴츠레 눈을 떴다.

잠에서 덜 깬 듯 몽롱한 눈으로 눈동자만 굴려 주변을 훑어본 그는 전자의 청년을 보더니 쓱, 손을 들어 입가를 닦았다. 침까지 흘리고 잔 모양이다. 하지만 그는 아무렇지도 않은 듯 태연스레 전자의 청년을 보며 말했다.

"뒀어?"

'저… 저……'

크게 하품까지 하며 머리를 긁적이는 게 자고 있었다는 것을 숨길 생각도 없는 듯했다.

장기를 두면서 자는 건 엄연히 상대에 대한 기본적인 예의에 어긋나는 일이다. 분명 그걸 모르지도 않을 텐데 저런 행동이라니! 어찌나 뻔뻔한지 말로도 다 못할 지경이었다. 기가 막힌 눈으로 후자의 청년을 보던 전자의 청년은 뭐라 쏘아붙이려다 입을 다물었다. 무슨 말을 하든 뻔뻔스레 대응할 청년임을 잘 알았던 것이다.

슬쩍 전자의 청년을 살펴본 후자의 청년은 뒤늦게 변명이라도 하려는 건지 하품을 하며 중얼거렸다.

"아니, 일부러 자려고 한 건 아닌데 네가 좀 오래 생각을 해야지. 나도 네가 둘 때까지 기다리려고 했는데, 너무 지겨워서 그만……. 그러게 빨리 좀 두지 그랬어? 그랬으면 이런 일은 없었을… 어? 아직도 안 뒀네? 뭐야~ 왜 아직도 안 뒀어! 장기판 앞에 두고 제사라도 지냈어? 뭐했어? 응? 뭐라고 말 좀 해봐!"

변명 비슷한 소리를 하다 말고 장기판을 본 그는 오히려 전자의 청년을 질책했다. 황당스레 그를 보던 전자의 청년은 인상을 쓰며 장기판을 봤다. 그러다 번뜩, 순간 좋은 수가 생각나자 두 눈을 반짝였다.

'옳거니! 드디어 첫 승이다!'

"지금 둡니다. 지금요."

말과 함께 전자의 청년은 씩, 웃고 상(象)을 옮겼다.

탁.

"장군입니다, 주군!"

그는 자신만만하게 외쳤다.

분명 후자의 청년은 사(士)를 위로 올려 상의 길을 막을 것이다. 그럼 전자의 청년은 마(馬)로 그걸 먹는다. 후자의 청년은 남은 사로 마를 먹을 것이다. 그러면 이번에는 차(車)를 움직여 그걸 먹는다. 그리고 뒤로 한 칸만 물리면 완벽한 자신의 승리였다.

그대로 있으면 상장(象將)이다. 그렇다고 갈 곳이 있는 것도 아니다. 어디로 가든 차장(車將)이 기다리고 있다. 즉, 가만히 있으면 상장이요, 피하기만 하면 차장인 상황이 되는 것이다.

전자의 청년은 흐뭇한 미소를 지었다.

'흐흐, 완벽해. 완벽해!'

좋아하며 후자의 청년을 향해 턱을 내밀었다. 어디 막을 수 있으면 막아보라는 뜻이었다.

후자의 청년은 약간 한심하다는 시선으로 전자의 청년을 봤다.

"물리기 없다. 알지?"

'왜 저런 걸 묻는 거야? 불안하게⋯⋯.'

왠지 찝찝했다. 전자의 청년은 장기판을 훑어보았다. 하지만 어디에도 허점은 보이지 않았다.

그는 천천히 고개를 끄덕였다.

"두시죠."

"분명 물리기 없다고 했다?"

"아, 얼른 두라니까요!"

불안감에 소리쳐 재촉했다. 후자의 청년은 피식, 웃고는 맨 끝에 있는 포(包)를 움직여 상의 첫 길목을 막았다.

"어?"

전자의 청년은 얼이 빠져 장기판을 봤다.

'언제 포가 저기 있었지?'

당연히 사로 상의 길을 막을 거라 생각했는데, 있는지도 몰랐던 포로 막을 줄이야! 이렇게 되면 처음부터 예상이 틀어진다.

'어쩌지?'

고민하던 전자의 청년은 슬쩍 마로 사를 먹었다.

계획은 틀어졌지만 그래도 남은 사가 마를 먹으면 차로 먹겠다는 속셈이었다. 사 둘을 먹고 마 하나 내주는 거면 괜찮은 수라 생각했다. 그런데 이번에도 후자의 청년은 그의 예상을 벗어났다. 사로 마를 먹기는커녕 기다렸다는 듯이 자신의 차를 움직여 그의 사를 먹어버렸던 것이다.

"엇!"

전자의 청년이 놀란 듯 소리치자 후자의 청년은 피식, 웃었다. 그는 툭, 사를 옆으로 치우고 차를 그곳에 갖다 놓으며 전자의 청년을 봤다.

"차장이다, 은상."

전자의 청년, 은상은 반사적으로 장을 들어 차를 먹으려 했다. 그러자 후자의 청년, 이하원(李河元)이 검지로 은상의 진영에 있는, 하지만 있었던지도 몰랐던 자신의 포를 툭툭 쳤다.

"그거 먹으면 포장(包將)이다."

"헉!"

미처 모르고 있던 은상은 휘둥그레 뜬 눈으로 장기판을 보았다.

차장을 받은 자신의 장은 갈 곳이 없었다. 위로 한 칸 올라가도 여전히 차장이었고, 사는 반대편에 있었다. 그러니 사로 차를 먹을 수도 없다. 어쩔 수 없이 장으로 차를 먹어야 하는데, 그렇게 되면 포장이 된다. 차를 막을 것도 없었고 피할 곳도 없었다.

생각할 것도 없이 자신의 패였다.

"어, 언제 저기 차가 있었지? 주군! 이건 반칙입니다!"

이하원은 심드렁한 표정이었다. 은상이 질 때면 항상 억지를 쓴다는 것을 익히 아는 탓이었다. 그는 건성으로 말했다.

"뭐가 반칙이라는 거야?"

"원래 차(車), 거기 없었잖아요!"

"있었어. 네가 못 본 거지."

"아, 없었다니까요!"

"또 시작이다, 또 시작이야. 언제쯤 되면 철들려고 그래? 떼 좀 그만 써라, 다 큰 어른이."

쯧쯧, 혀를 차며 말한 이하원은 자리에서 일어났다.

'으아~ 믿을 수 없어! 또 지다니, 이럴 수는 없어!'

잔뜩 일그러진 얼굴로 장기판만 하염없이 보던 은상은 이하원이 정자에서 내려가려 하자 허둥지둥 소리쳤다.

"좋아요! 있었다고 쳐요! 있었다고 칠 테니까 한 판 더 해요! 딱 한 판만 더 해요!!"

"지겹다, 지겨워. 만날 그 소리지. 그런 소리 하기 전에 실력이나 좀 더 키우는 게 어때? 십 년째 고만고만한 실력 가지고 나를 이기겠다는 자신감은 어디에서 나오나 몰라?"

십 년째 고만고만한 실력이라니…….

무심한 그의 말에 울컥, 화가 치밀었다. 하지만 이하원이 정자 밑으로 내려가 별채로 걸음을 옮기자 얼른 정신을 차리고 벌떡 일어났다. 그는 이하원을 쫓아가며 졸랐다.

"주군~ 한 번만! 딱 한 번만 더 해요! 딱 한 판이라니까요! 주군!!"

"귀찮다니까, 진짜!"

이하원은 바짝 들이밀어진 은상의 얼굴을 밀어내려고 끙끙댔다. 볼을 잡아당기며 미는 데도 은상은 쉽게 물러나지 않았다. 오히려 옷자락을 잡고 늘어지는 끈질김을 보여주기까지 했다.

결국 이하원은 두 손을 들고 소리쳤다.

"졌다, 졌어. 좋아, 한 판만이다! 그 이상은 안 돼! 아버님께 가봐야 한다고. 알았어?"

은상은 히죽히죽 웃으며 고개를 끄덕였다.

"딱 한 판이면 된다니까요."

이번에야말로 이기고 말겠다고 속으로 중얼거리며 환한 미소까지 지어 보였다. 하지만 유감스럽게도 그 미소는 오래 가지 못했다.

차 하나와 상까지 떼고 시작했는데도 이각도 채 되지 않아 지고 말았던 것이다. 이번에도 역시나 믿기지 않는 듯 장기판을 멍하니 보던 은상은 이하원이 히죽히죽 웃고는 가버리자 울상이 되어 절규했다.

지난 십 년간 계속된 장기에서 단 한 번도 이기지 못한 자의 설움을 담고 절규는 별채 전체로 울려 퍼졌다.

"뭐, 저런 괴물이 다 있어!!"

이하원은 걷다 말고 피식, 웃었다.

다른 능력과는 달리 타인의 생각을 읽는 능력은 커감에 따라 점점 사라져 갔다. 지금에 이르러서는 강한 감정을 담은 생각이 아니면 읽을 수 없을 정도였다.

물론 처음부터 타인의 생각을 읽고 싶지 않았던 그로서는 조금도 아쉬울 것이 없었다. 그런데 신기한 것은 유독 은상의 생각만은 고스란히 다 읽힌다는 거였다. 읽으려고 한 것도 아닌데 읽혀 버리니, 이거야 원 장기에서 지려고 해도 질 수가 없었다. 물론 뛰어난 실력도 그 이유 중에 하나였지만 말이다.

그는 아직도 장기판에 매달려 고민하고 있을 은상을 생각하며 절레절레 고개를 저었다.

'아마 앞으로도 나를 이길 생각은 하지 말아야 할 거다, 은상. 생각을 읽히지 않는 방법을 강구해 내지 않는 한은 말이지.'

물론 은상은 그 방법을 생각해 내지 못할 거다. 이하원에게 타인의 생각을 읽는 능력이 있다는 것도 모를 테니까.

그는 재미있다는 표정으로 서재를 향해 걸어갔다.

별채와 본관은 멀리 떨어져 있었다. 려흔이나 이하원과는 달리 본관에서 지내는 이경윤은 아들과 만날 때면 별채의 서재로 오곤 했다. 이번에도 이경윤은 그곳에 있을 터였다.

'무슨 일로 날 다 부르는 거지?'

속으로 이경윤의 용건이 뭔지 생각하며 맞은편에서 걸어오는 하녀 둘이 하는 인사를 가볍게 받고 지나쳤다.

그때였다.

'쯧, 겉모습은 멀쩡한데 어쩌다가······.'

안타까워하는 하녀의 생각이 들렸다. 그를 지나친 두 명의 하녀 중에 한 명이 한 생각일 거다.

그는 고개를 갸웃했다.

'겉은 멀쩡하다고? 그럼 어디 안 멀쩡하게 굴어봐?

그는 씩, 웃고 옆으로 고개를 돌리며 크게 웃음을 터뜨렸다.

"뭐? 하하하, 진짜야? 정말 그랬단 말이야? 하하하, 재밌는데, 그거!"

잘 걸어가던 이하원이 갑자기 웃음을 터뜨리자 하녀 둘은 깜짝 놀라 고개를 돌렸다. 그리고 딱히 뭐라고 설명하기 힘든 표정을 지었다. 혼자 서 있으면서 옆으로 고개까지 돌리고 꼭 누군가와 대화를 하듯 말하는 이를 보며 할 수 있는 생각은 단 하나였다.

'미쳤나 봐.'

'광증(狂症)이라더니 진짜였어!'

멀쩡한 사람을 두고 미쳤다는 소리가 들림에도 이하원은 기분 좋게 웃음을 터뜨리며 누가 봐도 미친 것으로 보이는 짓을 하며 서재로 들어섰다.

물론 그와 마주치는 사람마다 하나같이 그를 향해 측은한 표정을 지으며 속으로 '광증'을 언급했음은 말할 필요도 없다.

서재 안은 침묵이 감돌았다.

이경윤은 이하원을 앞에 앉혀 두고 벌써 두 시진째 가타부타 아무 말도 없이 난을 쳤다.

그쯤 되면 뭐라 한마디 할 만도 하건만 이하원은 가만히 앉아 그 모습을 보기만 했다. 은상과 장기를 둘 때 반 시진도 채 견디지 못하고 낮잠을 자던 이와 동일인이라고는 생각할 수도 없는 모습이었다.

스윽.

붓 끝을 틀어 한줄기의 난을 더 친 이경윤은 그제야 들고 있던 붓을 놓았다. 그는 눈도 돌리지 않고 자신이 쳐놓은 난을 음미하듯 보며 입을 열었다.

“하원아.”

이하원이 고개를 들었다. 막 대답을 하려 입을 떼는데 이경윤은 그 잠시도 참지 못하고 조금 전보다 큰 음성으로 다시 그를 불렀다.

“하원아!”

“네, 소자 여기 있습니다. 말씀하십시오.”

“흠, 네 나이가 올해 몇이었지?”

두 시진 동안 기다리게 한 사람치고는 참으로 어처구니없는 질문이었다. 하지만 이하원은 토 한 번 달지 않고 대답했다.

“스물입니다, 아버님.”

“스물… 스물이라…….”

이하원의 나이를 몇 번이나 중얼거린 그는 고개를 끄덕이며 말했다.

“그렇구나, 스물이구나. 이제 가정을 만들어도 이상치 않을 나이가 되었어.”

이하원은 살짝 미간을 찌푸렸다.

뜬금없이 이 무슨 말인가? 가정을 만들다니? 농담이라고는 모르고 사는 이경윤이다. 그런 그가 실없는 소리를 할 리 없다.

‘무슨 뜻이지?’

잠시 머리를 굴려보던 이하원은 문득 어떤 결론에 도달했다. 하지만 그는 얼른 그 생각을 밀어냈다.

‘설마……’

겨우 스물이다. 그럴 리 없다. 하지만 그래도 혹시나 싶어 조심스레 물었다.

“그게 무슨 말씀이십니까?”

“이제 혼인을 할 때가 되었다는 말이다.”

“혼인… 이라고 하셨습니까?”

이경윤은 여전히 난에서 눈을 떼지 않고 대답했다.

“그렇다.”

“소자를 혼인시킬 생각이십니까?”

“음.”

고개를 끄덕이는 이경윤을 보며 이하원은 신음했다.

‘혼인이라니……’

무슨 가정이 어쩌고 할 때부터 설마 했는데, 정말 혼인을 시킬 작정이란 말인가? 그는 황당함에 아무 말도 하지 못했다. 단 한 번도 생각해 보지 못한 일이었다. 이경윤 역시 지금까지 그런 뜻을 내비친 적도 없었고. 그런데 갑자기 혼인을 시키겠다니, 믿을 수 없었다.

이하원은 꿀꺽, 침을 삼키고 물었다.

“갑자기 왜 그런 말씀을 하시는 겁니까? 혼인이라니 그건…….”

이경윤이 그의 말을 잘랐다.

“갑자기가 아니다. 이미 네가 여섯 살이 되던 해부터 정해져 있던 일이다. 두 달 안에 신부를 맞으러 가겠다고 연락을 넣어두었으니, 그리 알고 미리 준비를 해두거라. 내일부터는 본관에 와서 지내도록 하고.”

이하원은 경악했다.

갑작스레 혼인을 하라는 것도 황당한데, 두 달 안에 신부를 맞이하러 가기로 했다고 하니 어찌 놀라지 않을 수 있겠는가. 게다가 내일 당장 본관으로 가야 한다고?

가끔 마주치는 별채의 하녀들조차 광증 어쩌고 하며 피해 다니는 판국에 본관의 사람들이 어떨지 뻔히 예상이 가는데 거기에서 하루 종일 지낼 생각을 하니 벌써부터 속이 답답해져 왔다. 가끔 하는 장난은 재미있지만 그런 상황이 매일매일 반복된다면, 그건 재미가 아니라 고문이다. 결코 반길 수만은 없는 소식이었다.

뭐라 핑계거리라도 만들어 피하고 싶은데 너무 갑작스레 놀란 덕분인지 순간 머리 속이 텅 비어버려 아무 생각도 나지 않았다.

"하, 하지만……."

입만 뻥긋대다 겨우 말을 꺼내긴 했는데 무슨 말을 해야 할지 몰라 우물거리기만 했다. 이경윤이 고개를 들었다. 이하원이 서재로 들어선 이후 처음으로 둘의 눈이 마주쳤다.

이하원은 괜스레 웃음을 터뜨리며 말했다.

"하하하, 아버님도 참~ 별 재미없는 농담도 다 하십니다."

"지금 내 말이 농담으로 들리느냐?"

장난기라고는 조금도 담기지 않은 얼굴로 이경윤이 물었다. 이하원은 어색하게 웃다 말고 미간을 찌푸렸다.

"농담으로 안 들리니까 하는 말 아닙니까."

"그럼 알겠구나, 사실이라는 것을."

끄응, 이하원은 신음했다. 그 모습을 보고 이경윤이 굳은 표정으로 말했다.

"이것도 엄연히 명예를 건 약속이다. 만약 네가 이를 지키지 않는다면 작게는 내 신의가, 크게는 우리 풍림장의 명예가 크게 손상될 것이다. 따로 마음에 둔 소저가 없는 이상, 내키지 않더라도 이 혼인은 받아들여야만 한다. 알아들었느냐?"

"물론 알아듣기야 했습니다. 하지만 이 혼인은 불가합니다. 세상 그 어떤 부모가 광중에 걸린 사위를 맞이하려 하겠습니까?"

"넌 광중에 걸리지 않았어!"

이경윤이 짜증스레 소리쳤다.

그라고 강호에 떠도는 소문을 못 들었을 리 없다. 태어난 지 한 달도 되지 않아 별채에 격리된 데다, 어릴 적 무슨 일인가가 벌어지고 많은 이들이 입막음당했다는 소문이 와전되어 근 이십 년 전부터 풍림장의 하나뿐인 적자가 광중에 걸렸다는 소문이 돌고 있었다. 분명 기분 나빠하고 싫어해야 할 소문인데 본인 되는 이는 오히려 그걸 즐겼다. 참으로 이상한 성격이라 생각하며 그는 이하원을 노려봤다.

그가 덧붙여 말했다.

"그리고 그 아이는 어릴 적 부모를 잃은 고아이다."

즉, 광중 걸린 사위를 맞이하지 않겠다고 할 부모가 없다는 소리였다. 이하원은 미간을 찌푸렸다.

"상대가 고아이든, 고아가 아니든 그런 게 문제가 아닙니다. 이제 겨우 약관인 접니다. 그런 저를 혼인시키고 싶으십니까?"

광중 핑계가 통하지 않자 이번에는 나이 핑계를 댔다. 물론 이경윤은 끄떡도 안 했다.

"겨우 약관이 아니다. 스물이 되는 해에 신부를 맞이하겠다고 약조를 하였으니 지켜야 하는 것일 뿐. 두 달 안에 신부를 맞이하려면 보름 후에는 출발해야 하니 그리 알고 준비하거라."

방금 언급한 스물이라는 나이가 신부의 나이를 말한다는 것을 이경윤은 가르쳐 주지 않았다.

요 근래 들어서는 장로들도 심상치 않았다. 이대로 있다가는 후계의 자리조차 위험할지도 모른다. 그러니 하루속히 별채에서 나올 핑계를 만들어야 했다. 그에 혼인보다 더 좋은 핑계가 어디 있겠는가. 게다가 그 신부될 여아의 사문이 아미파(峨嵋派)인 이상 고아인 것은 너그럽게 넘길 수 있는 문제였다.

그는 이하원이 여전히 승복하지 못하고 빤히 쳐다보고만 있자 귀찮다는 표정으로 손을 내저었다.

"뭘 그리 멀뚱히 쳐다보는 거냐? 피곤하니 이만 나가보아라."

말과 함께 이경윤은 다시 붓을 들고 난을 치기 시작했다. 붓 끝의 미세한 힘까지 조절하여 난을 치는 모습이 말과는 달리 조금도 피곤해 보이지 않았다.

가만히 그 모습을 보고 있던 이하원은 마지못해 대답했다.

"그럼……."

지금까지 단 한 번도 아쉬운 적이 없던 타인의 생각을 읽는 능력이 지금은 몹시도 아쉬웠다. 유감스럽게도 이경윤은 흥분하지 않았고, 그 덕에 도통 그 생각을 읽을 수 없었던 것이다.

이하원은 한숨과 함께 자리에서 일어났다. 힐끗 쳐다보니 어느새 이경윤은 난을 치는 데 온 정신을 쏟고 있었다. 갑작스런 혼인 통보에 경악하며 반대하는 아들의 모습은 그에게 큰 감흥을 주지 못한 듯 보였다.

탁.

이하원이 밖으로 나가고 문이 닫혔다.

난을 치느라 아들의 인사조차 못 들은 듯 보이던 이경윤이 문이 닫히기 무섭게 고개를 들었다. 가만히 귀를 기울여 서재에서 멀어지는 발걸음 소리를 들으며 굳은 어깨를 풀었다. 눈치가 보통이 아닌 아들이기에 표정 관리에 힘을 쏟느라 얼마나 긴장했는지 모른다.

그는 이마 위에 맺힌 땀을 닦아냈다.

"후우, 혹시나 해서 했던 약조가 이런 식으로 쓸모가 있을 줄은 몰랐군. 단지 별채에서 빼내오기 위해 혼인이라는 수까지 쓰게 되다니.”

조금의 융통성도 보이지 않는 장로들 생각에 골치가 아팠다. 이런 수가 아니면 그들은 절대 이하원이 별채에서 나오는 것을 용납하지 않을 터였다. 풍림장을 위해 함구하기는 하나 어딘가 자신들과 다른 이하원을 쉽게 받아들이지 못했다. 하지만 같이 지내다 보면 나아질 것이다.

그가 본 이하원은 누구보다도 완벽한 장주 감이었다. 이경윤은 그렇게 확신하고 있었다.

서재를 나선 이하원은 한동안 멍하니 서 있었다.

꿈이 아닌가 싶었다. 특별히 혼인에 대한 거부감은 없었다. 그런데도 이상하게 내키지 않았다. 혼사는 부모가 정해주는 것이 당연한데도 말이다.

어디로 가는지도 모르고 무작정 발걸음을 옮겼다. 그러다 정신을 차렸을 때 정자 앞에 도착해 있는 자신을 발견했다. 매일 같이 오는 곳이다 보니 이제 발길도 이곳으로 오는 것이 익숙한 모양이었다.

“어?”

본관으로 처소를 옮기면 자주 오지 못할 것이다.

그런 생각에 새삼스레 주변을 둘러보던 그는 정자 위에 앉아 있는 한 인영을 발견했다. 이미 주변이 어두워졌는데도 뚫어져라 장기판만 보고 있는 청년, 은상이었다.

“설마 두 시진 넘게 저러고 있었던 것은 아니겠지?”

어이가 없어 중얼거린 이하원은 정자 위로 올라갔다. 일부러 인기척을 내는데도 은상은 여전히 장기판에만 눈을 박아두고 있었다.

“험, 험.”

몇 번 헛기침까지 했지만 은상은 여전했다.

'혹시 눈 뜬 채로 자고 있는 것 아냐?'

별 희한한 생각을 다 하던 이하원은 은상의 미간에 주름이 하나 더 생기자 자신의 짐작이 틀렸음을 알았다.

그는 발을 들어 휘휘, 장기판을 휘저었다.

"아앗!"

깜짝 놀란 은상이 허둥지둥 이하원을 발을 막으며 화가 난 듯 버럭, 소리쳤다.

"아니, 지금 무슨 짓을… 주군?"

무작정 소리부터 치며 고개를 든 그는 방해꾼이 다름 아닌 이하원임을 그제야 알아챘다.

"그래, 나다."

이하원은 말과 함께 잡힌 발을 빼기는커녕 도리어 발에 힘을 주어 그를 밀어버렸다. 은상이 벌러덩, 뒤로 넘어가자 그제야 재미있다는 표정으로 돌아와 장기판에 엉덩이를 대고 앉으며 물었다.

"왜 아직까지 여기에 있는 거야?"

"네?"

뒤로 넘어간 상태로 이하원을 노려보던 은상은 순간 그의 말을 알아듣지 못했다. 반쯤 얼이 나간 표정으로 되묻는 그를 보며 절레절레 고개를 저은 이하원이 다시 물었다.

"하민에게 안 갔어?"

"아……."

은상은 그제야 생각났다는 표정으로 얼른 자리에서 일어났다. 이하원이 엄지와 검지 발가락으로 그의 바지를 잡아 당겼다.

"늦었다, 이미."

은상이 고개를 들어 하늘을 봤다. 해는 이미 산으로 넘어간 후였다.

'이럴 수가! 벌써 시간이 이렇게나 되었다니!'

입을 벌리고 하늘만 쳐다보는 은상을 보며 이하원은 못 말린다는 표정으로 고개를 흔들었다.

"아주 바보가 따로 없구만, 바보가 따로 없어. 장기판만 보고 있으면 갑자기 총명해지기라도 한다던가? 하여튼~ 정신을 어디에 두고 다니는 거야? 하민이 네가 방문하는 시간을 얼마나 좋아하는데. 아마 하루 종일 기다리다 지금쯤은 지쳐서 나가떨어졌을 거다."

어느새 바짝 옆에 달라붙어 쿡쿡, 검지로 옆구리를 찌르며 하는 말에 은상은 벌떡 자리에서 일어났다.

"사실 말은 바로 하랬다고, 하민 소저는 제가 방문하는 걸 좋아하는 게 아니라 제가 주군의 이야기를 해주는 걸 좋아하는 겁니다."

단지 그 이유 하나로 매일 한 시진씩 하민의 처소에서 보내는 은상이 그렇게 말했다. 이하원은 괜히 어른스러운 척 헛기침을 했다.

"어험, 하여튼 간에 그게 그거지. 또 토 단다!"

"토가 아니라 사실 아닙니까."

"또! 또!"

"아니……."

이하원은 냉큼 은상의 말을 잘랐다.

"됐다. 쓸데없는 소리는 그만 하고 할 일 없으면 처소로 가서 짐이나 싸!"

"네? 갑자기 짐을 싸라니, 왜요?"

"진짜~ 사내가 왜 그렇게 수다스러워? 하라면 그냥 할 것이지 무슨 잔말이 그렇게 많냐고."

혼인에 대한 이야기를 하고 싶지 않았던 이하원은 괜히 쿡쿡, 은상의 옆구리를 찌르며 말했다. 한없이 차가워 보이는 외모와는 달리 자신이 조금은 수다스럽다는 것을 아는 은상은 입술을 툭, 내밀었다.

'그거야 다~ 주군을 닮아서 그런 거 아냐? 수다스럽기로 따지면, 솔직히 풍림장 최고의 수다가 바로 주군 아니냐고. 지금이야 그런 대로 과묵해졌지만 어릴 때는 아주 삼 일 밤낮을 떠들고도 또 떠들기로 유명했었지. 오죽했으면 여 장주께서 산사태가 나서 묻히면 입만 밖으로 튀어나올 거라고 하셨겠느냔 말이야. 근묵자흑이라고, 내가 딱 그 같은 경우 건만 할 말만 없으면 괜히 저런다니까.'

차마 말은 못하고 속으로 궁시렁대는 데 이상하게 시간이 흐를수록 이하원의 표정이 일그러져 갔다. 속마음을 고스란히 읽고 있다는 것을 모르는 은상은 힐끗 이하원을 보고 계속해서 불만을 터뜨렸다.

'저저, 표정 좀 보라지? 어린아이라도 데려다놨으면 울겠다. 그 뭐냐? 아주 야차가 따로 없네, 야차가 따로 없어. 어이구? 안 그래도 큰 눈을 왜 저렇게 부릅뜬대? 눈 튀어나오겠다. 아주……'

더 있으면 무슨 생각을 할지 모른다.

은상의 생각만은 고스란히 다 들어야 하는 이하원은 그의 다리를 걸어 계단 쪽으로 몸을 돌리게 한 후 뻥, 엉덩이를 찼다.

"어어어……"

은상이 위태위태한 모습으로 몇 계단씩 뛰어 밑으로 내려가자 이하원은 그제야 만족한 듯 미소를 지으며 말했다.

"내려간 김에 처소로 가서 짐이나 싸! 아, 그리고 덤으로 내 것도. 알지?"

어떻게 채근해도 왜 짐을 싸야 하는지에 대해 대답해 주지 않을 것을 알기에 은상은 결국 답을 듣기를 포기했다. 그러다 이하원이 자기 짐까지 싸라고 말하자 불만스런 표정을 지었다.

자기 짐은 자기가 싸야 하는 거 아니냐고~ 속으로 그렇게 소리치며
물었다.

"그럼 주군은 그동안 뭐 하실 건데요?"

"나? 나야 당연히……."

잠시 생각하던 이하원은 피식, 웃었다.

"잔뜩 실망해 있을 하민이 달래주러 가야지. 왜? 전해줄 말이라도 있
어?"

이하원의 여동생, 이하민에게 상대적으로 약한 은상은 세차게 고개를
저었다.

육삭둥이인 탓인지 몸이 너무도 약해 소녀는 태어난 후로 줄곧 침상
생활을 해야만 했다. 그런데도 그녀는 구김살 하나 없었다. 이하원이 안
으로 들어서자 소녀의 얼굴이 환해졌다.

"오라버니!"

"그래, 나다. 식사는 했어?"

"아직……."

"그럼 나랑 같이 할까?"

소녀는 활짝 웃으며 고개를 끄덕였다. 이하원은 하녀를 불러 식사를
시켜놓고 침상 옆 의자에 앉았다.

"오늘 은상이 안 와서 섭섭했지? 내가 어제저녁에 좀 과하게 수련을
시켰더니 얼마나 약한지 아침이 되니 상태가 말이 아니더라고. 그래서
오늘 하루는 그냥 쉬라고 했는데, 그만 네게 알려준다는 걸 깜빡하고 말
았지 뭐야? 많이 기다렸어?"

소녀는 좌우로 고개를 흔들며 예쁘게 웃었다.

"아니요. 안 기다렸어요."

“거짓말.”

“거짓말 아니에요. 햇살이 너무 포근해서 오늘은 나도 낮잠을 잤는걸요. 내 말 못 믿어요?”

이하원은 그걸 말이라고 하냐는 표정으로 고개를 끄덕였다.

“당연히 못 믿지. 네가 거짓말을 좀 많이 했나?”

소녀가 볼을 부풀렸다.

“내가 언제 거짓말을 그렇게 했다고 그러세요?”

“어? 발뺌을 하려고 하네? 그래서 네가 거짓말을 안 했다고?”

“증거를 대봐요, 증거를!”

“요 아가씨가 내 똑똑한 머리를 무시하네? 대라고 하면 내가 못 댈 줄 알고? 어디 보자~ 너 저번에 식사 안 해놓고 나한테만 했다고 말했었지? 하녀들에게 듣고 내가 얼마나 화가 났었는데! 게다가 평소에도 아프면서 안 아프다 하고. 힘들어도 힘들다는 소리 한 번 안 하잖아. 그리고 결정적으로! 은상의 헛소리에 재미있다면서 웃는 사람은 너뿐이야, 이 아가씨야!”

검지로 이마를 쿡, 찍으면서 말하자 소녀는 얼굴을 흔들어 그의 손을 피하려 했다. 물론 이하원은 끝까지 그녀를 따라가며 검지로 이마를 쿡쿡, 찔러댔다.

“자, 이래도 네가 거짓말을 안 했다고 할 참이냐?”

“연 공자의 이야기는 진짜 재미있어요!”

“또, 또 거짓말한다~”

“거짓말 아니에요! 진짜 재미있다니까요? 그리고 이번에는 진짜로 잤어요. 꿈도 꿨단 말이에요.”

이하원은 소녀의 말에 짓궂게 웃으며 그녀의 코를 잡고 흔들었다.

“어이구~ 꿈까지 꾸셨어? 대단하네. 그래, 무슨 꿈을 꿨는데? 어디 한번 들어나 보자."

장난스레 말하는 이하원의 표정은 전혀 믿는 표정이 아니었다. 모든 게 건성이다. 항상 장난만 치고 짓궂다. 말투도 무슨 말을 어디까지 지어 내나 한번 보자는 투였고.

소녀의 얼굴이 빨갛게 달아올랐다.

"거짓말이 아니라니까요!"

소녀가 울 듯한 얼굴로 소리치자 방금 전까지만 해도 장난만 치던 이 하원이 표정을 싹 지우고 두 손을 높이 치켜들었다.

"알았다, 알았어. 믿어, 믿어."

"하나도 안 믿으면서."

"믿는다니까~ 진짜야. 진짜로 믿으니까 어디 그 꿈이 어떤 꿈인지 이 야기나 해봐."

몇 번이나 믿는다 말해 주고 꿈 이야기를 해보라고 하자 그제야 소녀 는 턱을 치켜들고 으스대며 말했다.

"오라버니께도 중요한 꿈이라구요~"

"우와! 네 꿈에 나까지 나왔어?"

다시 장난스레 하는 말에 소녀는 그를 한 번 노려봐 주고 대답했다.

"아니요. 다행히도 오라버니는 안 나왔어요."

소녀가 말한 '다행히도' 라는 말이 굉장히 거슬렸다. 하지만 이하원은 그냥 눈으로 소녀가 이야기할 수 있도록 가볍게 재촉했다. 소녀가 말했 다. 그녀는 어느새 미소를 짓고 있었다.

"오라버니는 안 나왔지만 오라버니의 신부가 나왔어요."

"뭐?"

이하원이 자기도 모르게 소리치자 소녀가 움찔했다. 눈을 동그랗게 뜨 고 보는 것이 놀란 모양이었다. 이경윤으로부터 혼인에 대한 이야기를 들은 후인지라 예민하게 반응한 듯했다.

그는 안 그래도 연약한 동생을 놀라게 한 것 같아 미안한 마음에 어색하게 웃으며 소녀의 머리를 쓰다듬었다.

"미안, 미안. 있지도 않은 신부 이야기를 하니까 놀라서 그만……."

소녀가 입을 삐쭉였다.

"나도 알아요! 누가 오라버니께 신부가 있다고 했나요? 내 꿈에 나온 신부는 엄연히 미래에 오라버니의 신부가 될 소저였다구요."

꼭 앞으로 그렇게 될 거라는 듯한 말에 그는 웃음을 터뜨렸다.

"하하하, 말도 안 되는 소리. 그걸 네가 어떻게 안단 말이야?"

"알 수 있어요!"

"오오! 그래?"

과장되게 받아치는 것이 여전히 장난스러웠다. 어지간히 눈치가 없는 소녀였지만, 그녀도 그 말에 마음이라고는 조금도 담겨 있지 않다는 것을 알았다.

소녀는 이하원의 팔뚝을 세게 꼬집고 그를 쏘아보았다.

"하나도 안 믿고 있어!"

"믿어, 믿어."

말과 표정이 따로 놀고 있었다. 소녀는 울상을 지었다.

"진짠데……."

"그래, 알아. 진짜라는 거. 믿는다니까~"

그렇게 말하고 참을 수 없겠던지 웃음을 터뜨렸다. 하녀가 식사를 가져온 후로도 그 상황은 변하지 않았다. 이하원은 밥을 먹다 말고 피식피식, 웃음을 흘리곤 했다.

'하나도 안 믿으면서…….'

그는 단지 재미있기만 한 모양이다.

탁.

수저를 탁자 위에 놓으며 쏘아보자 이하원은 젓가락질을 하다 말고 고개를 들었다. 그리고 순간 움찔했다. 소녀의 눈에 어느새 그렁그렁 눈물이 맺혀 있었던 것이다.

'이런! 잘못하면 울겠다.'

이하원은 터져 나오는 웃음을 꾹 참고 짐짓 진지한 표정을 만들어내며 물었다.

"진짜라고 하니 하나만 물어보자. 내 신부 될 소저는 어때? 예뻐? 봤으니 알 것 아냐."

"믿지도 않으면서 그건 왜 물어요?"

"내가 언제 안 믿는다고 했는데? 믿는다니까, 진짜 믿어! 그러니까 말 좀 해봐. 어땠어? 예뻐?"

몇 번이나 이하원이 같은 질문을 하자 소녀는 이상하다는 듯이 물었다.

"아까부터 왜 자꾸 예쁘냐고만 물어요?"

"궁금하니까 그러지."

"다른 건 안 궁금하구요?"

"우선 예쁜지 어떤지 그게 제일 궁금해. 말해 봐. 예뻐?"

소녀는 대답 대신 이하원의 얼굴을 쓱, 밀고 소리쳤다.

"오라버니는 속물이야!"

"그래, 그래. 나 속물이다. 그러니까 대답부터 해봐. 예뻐?"

소녀는 힐끗 그를 쳐다보고 말했다.

"음… 굉장히……."

"굉장히?"

"예쁠 거예요."

예쁜 게 아니라 예쁠 거라고? 무슨 뜻이지? 마치 미래에 그렇게 될 거라는 것처럼. 역시나 진짜 꿈을 꾼 게 아니라서 더 이상 지어낼 수 없었던 건가? 대충 소녀의 생각을 짚어본 이하원은 터져 나오는 웃음을 참고 모르겠다는 듯이 고개를 갸웃했다.

"예쁠 거다? 봤다면서 무슨 말이 그래?"

"음… 예뻐요. 굉장히! 굉장히!!"

소녀가 뒤늦게 강조하듯 말했다. 어딘가 이상하다는 생각이 들었다. 하지만 처음부터 소녀의 말을 믿지도 않는데다 그녀가 열심히 이야기를 만들어낸다 생각하고 있는 이하원은 그냥 가볍게 넘겨 버렸다.

그는 웃으며 소녀의 머리를 쓰다듬었다.

"후후, 예쁘다니 다행인데?"

"진짜 속물이라니까."

소녀의 말에도 이하원은 뻔뻔하게 웃었다. 얼마의 시간이 흘러 하녀가 들어와 상을 치웠다. 그는 고개를 돌려 창을 봤다. 조금 전까지만 해도 어둑하던 밖이 이제는 캄캄했다. 이하원은 자리에서 일어났다. 소녀가 쳐다보자 말했다.

"늦었다. 꼬마 아가씨, 이제 잘 시간이야."

틈만 나면 꼬마 소리를 하는 이하원이 미워 입술을 삐죽이던 소녀는 그가 막 침상을 정리하고 밖으로 나가려 하자 얼른 소리쳤다.

"오라버니!"

이하원이 고개를 돌렸다.

"응?"

"저기……."

소녀는 우물댔다.

꿈은 하나만 꾼 것이 아니었다. 하지만 다른 꿈은 그다지 좋은 꿈이 아니었기에 말하고 싶지 않았다. 그렇지만 왠지 불안하다. 소녀는 말을 해야 하나 말아야 하나 망설였다.

그런 그녀를 보며 이하원은 고개를 갸웃하다 씩 웃었다. 그는 소녀에게로 다가가 이마에 입술 도장을 콕, 찍었다.

"하여튼 부끄럼도 많다니까. 그냥 해달라고 하면 되지 뭘 그렇게 우물쭈물거려? 그럼 잘 자고 이번에야말로 진짜 꿈 꿔라, 꼬마 아가씨!"

발끈한 소녀는 이마에 손을 얹고 소리쳤다.

"진짜 꿈이라니! 그럼 내가 지금까지 가짜 꿈이라도 꿨다는 거예요? 그리고 언제 내가 뽀뽀해 달라고 했어요? 그런 거 아니란 말이에요!"

"그럼?"

"그냥… 조심하라구요. 괜히 모르는 사람이랑 어울리지 말고, 귀엽다고 무작정 데리고 다니지도 말고, 귀찮은 일이 생길지도 모르니까 쓸데없이 나서지도 말고. 조심히 다녀오세요."

이하원은 멈칫했다.

혼인 이야기는 물론이거니와 아직 본관으로 처소를 옮긴다는 것조차 말해 주지 않았다. 그런데 꼭 보름 후에 길을 떠날 것을 예상한 듯한 말에 순간 소녀가 지금까지 한 말이 모두 사실은 아닌가 하는 생각까지 들었다. 하지만 그는 머리를 흔들어 그 생각을 지웠다.

'말도 안 돼.'

절대 그럴 리 없다.

이하원과는 달리 무슨 능력이 있는 것은 고사하고, 태어날 때부터 거동이 불편한 소녀다. 게다가 이제 겨우 열다섯이지 않은가. 능력이라고는 흥분을 해도 이하원에게 생각을 읽히지 않는 게 다였다. 과민반응이다. 그는 그렇게 생각하고 가볍게 넘겼다. 물론 소녀는 그런 그를 불만스레 쳐다보았다.

탁.

이하원이 나가고 문이 닫히자 오늘 들어 유독 많이 한 말 중에 하나를 중얼거리며 소녀, 이하민(李河珉)은 입술을 삐쭉였다.

"진짠데……."

第四章
습격

습격

일행은 대략 열 명 정도였다.

어떻게 보면 단출하기까지 했으나 실상은 그렇지 않았다. 그들 대부분이 이하원의 비밀을 알고도 입막음을 당하지 않을 만큼 믿을 수 있는 이들인 동시에 고수들이었다.

왜인지 별채에 있을 때부터 살수의 방문을 받아왔다.

분명 왕복으로 네 달가량 걸리는 이번 사천행에서도 살수들의 손길을 피할 수는 없을 터였다. 그것을 누구보다도 잘 알기에 이경윤은 믿을 수 있는 고수들로 하여금 그를 수행하도록 했다. 물론 그 속에 은상이 낀 것은 두말할 필요도 없었다.

이하원은 말 위에 앉은 채로 주위를 둘러보았다. 그러다 은상을 보고는 웃어버렸다.

"뭐야? 아직도 삐친 거야?"

"입이 삐뚤어지기라도 하셨습니까? 말은 바로 하십시오. 전 삐친 게 아니라 화가 난 겁니다.”

“그게 그거지. 참 오래도 꿍해 있네. 가끔 난 내가 한때 한빙(寒氷) 공자라고 불린 사내와 함께 있는 건지, 아니면 시도 때도 없이 삐쳐 대는 앙칼진 여인네와 함께 있는 건지 헷갈린다니까.”

“뭐, 뭐라구요?”

앙칼진 여인네라니! 비유를 해도 어쩜 저렇게 얄밉게 하는지 모르겠다. 발끈한 은상이 그를 노려보았다. 하지만 이하원은 태연했다.

어디 한두 번 노림을 받아봤어야 말이지. 은상의 매서운 눈빛은 익숙하기까지 한 것이었다. 그런데 새삼 움찔할 리 없지 않은가? 그는 잔뜩 일그러진 은상을 힐끗 쳐다보고는 말 위에 앉은 그대로 허리를 뒤로 젖히며 몸을 풀었다. 그것은 일견하기에 굉장히 위험해 보였다.

“주, 주군!”

겨우 그 정도로 말 위에서 떨어질 리 없건만 괜히 놀라서 은상이 소리쳤다.

조금 전까지만 해도 그렇게 노려봐 놓고 금세 바뀌는 표정이라니. 이하원은 피식, 웃어버렸다.

은상은 그의 입가에 미소가 어리자 또 당했다는 것을 알았다.

‘뭐냐고! 진짜! 내가 장난감이야? 장난감이냐고! 왜 나만 보면 장난을 치는 거야? 진짜 이상한 성격이라니까!’

속으로 열심히 투덜대던 은상은 이하원이 자신을 보고 짓궂게 웃고 있다는 것은 모르고 뒤쪽에 처져서 따라오는 한 남자가 눈에 들어오자 한숨을 내쉬었다.

“아무리 생각해도 전 모르겠습니다.”

이하원이 의아한 듯 물었다.

“갑자기 그게 무슨 말이야? 모르겠다고? 뭘?”

“원래도 그랬지만 요즘은 더욱 주군을 모르겠다는 말입니다. 주군이 무슨 생각을 하고 있는지, 무슨 의도를 갖고 있는 건지……."

“어? 나도 알고 보면 엄청 단순한데.”

은상은 황당하다는 표정으로 고개를 저었다.

‘진지한 대답을 기대한 내가 잘못이지.’

어쩜 저렇게 하나같이 장난 투인지 모르겠다.

근 십사 년간 옆에서 지켜본 바에 따르면, 이하원은 그 실체가 어떠한지 짐작하기는 힘들지만 결코 가벼운 사내는 아니었다. 아니, 어쩌면 누구보다 깊은 생각과 무거운 성격을 가진 이일지도 모른다. 그런데 항상 이런 식이니 누가 그리 생각하겠는가.

은상은 정말 이상한 사람이라고 속으로 중얼거리며 물었다.

“어째서 저 사내의 동행을 허락한 겁니까?”

“저 사내?”

이하원은 은상의 눈길을 따라 뒤쪽을 보고는 말했다.

“아, 냉무진(冷無殄)이라던가? 저 남자 말이야? 그야 당연히 형님께서 붙여준 사람이니까 그렇지.”

은상이 어이없는 듯 물었다.

“형님… 이라구요?”

“그럼~ 형님이지 않고.”

한 치의 망설임도 없는 대답이었다. 거기다 어째 형님이 생겼다는 것에 좋아하고 있는 듯한 느낌까지 들었다.

당연히 은상은 황당할 수밖에 없었다.

이복형제 간에 서로 좋게만 생각한다면, 그게 이상한 거 아닌가? 게다가 한쪽에서는 앙심을 품고 있는데 다른 한쪽에서만 좋아한다는 건 듣도 보도 못한 일이다.

혼자 총명한 척은 다 하면서 가끔씩 어쩜 이렇게 바보 같은지 이해가 되지 않을 정도였다.

은상은 다 알아들었다는 듯이 고개를 끄덕이며 물었다.

"아아~ 이십 년 만에 처음 본 형님이요?"

어떻게 형제씩이나 되어서 이십 년 만에 처음으로 볼 수 있냐는 식의 비꼬아진 물음이었다. 하지만 이하원은 아무렇지도 않게 받아쳤다.

"그렇지!"

"주군을 눈엣가시처럼 생각하는 형님이요?"

이번에는 대놓고 비꼬았다. 이하원은 코를 찡그렸다.

"눈엣가시처럼 생각하다니? 형님이 날 얼마나 위하는데 그런 말도 안 되는 소리야?"

"어떤 동생을 위하는 형님이 여섯 살도 안 된 동생에게 살수를 보낸답니까?"

이하원은 말을 타고 있다는 것도 잊은 듯 말 등 위로 올라가 은상의 입술을 잡아채고는 흔들며 말했다.

"뚫린 입이라고 나불나불~ 잘도 말하는구나? 살수를 보낸 건 형님이 아니다. 증거도 없으면서 함부로 말하지 마라. 알겠어?"

은상은 고삐를 잡아당겨 뒤로 물러나며 그의 손길을 뿌리치고 투덜거렸다.

"사실 말이야 바른 말이지. 세상천지 다른 누가 있어 주군을 그리도 못마땅하게 생각할 수 있단 말입니까? 주군이 사라짐으로써 덕을 보는 자는, 오로지 주군께서 형님이라고 생각하는 그 남자뿐입니다. 냉무진인지 뭔지, 이름도 이상한 저 사내를 동행하게 한 것도 분명 무슨 꿍꿍이가 있어서일 거라구요!"

하지만 이하원은 그 말을 귓등으로도 안 들었다.

“진짜 상상력 한번 풍부하네. 아주 소설을 써라, 소설을 써.”

“주군!!”

“일 절만 해라, 일 절만. 이 절, 삼 절까지 하니까 지겹잖아~ 될 수 있으면 다 들어주고 싶은데 가만히 듣기만 하는 것도 지겹다구~”

그는 굉장히 귀찮다는 표정으로 귀를 후볐다.

화가 난 은상이 막 따지려고 입을 열 때였다. 고개까지 뒤로 젖히고 귀를 후비던 이하원이 갑자기 정면을 향해 시선을 모았다. 눈을 가늘게 뜨고 보는 모습이 장난기라고는 찾아볼 수 없었다.

“주군? 갑자기 왜…….”

“잠깐.”

이하원이 손을 들어 은상의 말을 잘랐다. 그는 그렇게 잠시간 앞을 보며 침묵했다. 그러다 어느 순간 눈살을 찌푸렸다. 그는 여전히 정면으로 시선을 둔 채 말 안장에 대충 꽂아둔 검 손잡이를 잡으며 말했다.

“준비해라.”

“예?”

“왔다.”

“오다니, 그게 무슨…….”

말을 하다 말고 그는 입을 다물었다. 정면으로부터 불어오는 바람 사이로 미세한 소리가 감지되었던 것이다.

정신을 집중하지 않으면 알아차릴 수도 없는 만큼 은밀한 소리에 은상은 허리춤에 손을 갖다 댔다. 언제든지 검을 뽑을 수 있도록 준비하고 몸을 긴장시켰다.

그들을 지켜보고 있던 무사들도 사태를 알아차리고 이하원의 주위로 몰려들었다.

각자 검을 뽑아 들고 그를 보호하듯 섰다. 그들은 습관적으로 다가올 습격에 대비했다. 하지만 그 후로 꽤 오랜 시간이 흐를 동안 예상했던 습격은 없었다.

혹시라도 이하원이 잘못 감지한 것일까?

무사들은 순간 그런 생각을 했다. 하나 그들과는 달리 은상은 주먹을 쥐었다 폈다 하며 습격자를 기다렸다. 지금까지 단 한 번도 이하원의 짐작이 빗나간 적이 없음을 그는 알고 있었다.

그때였다.

갑자기 이하원이 발등으로 검집을 위로 팅겨 잡고는 정면으로 보이는 숲을 향해 내던졌다.

쉬이이익—

검집은 순식간에 숲 속으로 빨려들어 가듯 사라졌다. 하지만 검집이 사라진 숲에서는 아무런 반응도 없었다.

장난이라도 치는 건가?

이해할 수 없어 무사들이 의아한 표정으로 그를 돌아볼 때였다.

스스스스.

이하원이 던진 검집이 사라진 곳을 중심으로 바람 소리처럼 미세한 소리와 함께 검은 그림자가 일렁이며 생겨나기 시작했다.

“헉!”

“어떻게…….”

무사들 사이에서 경악 어린 신음성이 터져 나왔다.

검은색 일색 차림에 복면을 한 이들은 못해도 백은 족히 되어 보였다. 이 많은 수가 지척까지 다가올 동안 알아차릴 수 없었다는 것은 그만큼 그들이 고수라는 소리다. 그런데 그 수조차도 열 배를 넘어선다. 앞이 캄캄해지는 느낌이었다.

‘어떻게 하지?’

무사들은 서로의 얼굴을 쳐다보며 짧은 시간 동안 좋은 수를 생각해 내기 위해 궁리를 했다. 하지만 그들의 사정을 봐줄 리 없는 복면인들은 무사들이 채 방어선을 구축하기도 전에 공격을 가해 왔다.

탓!

바닥을 박차고 앞으로 뛰어나가 짓쳐 들어오는 복면인들을 막아내며 정주립(鄭珠立)은 뒤를 향해 급히 소리쳤다.

"곽헌(郭獻)과 연홍(聯興)은 제일차 방어선을 만들어라. 단경(端景)과 중광(中光)은 제이차 방어선을 만들어라. 세형(世炯)과 석유(奭裕)는 무슨 일이 있어도 소공자를 지켜라!"

지시는 빨랐다. 무사들은 빠른 속도로 움직였다.

곽헌과 초연홍(草聯興)이 맨 앞을 막아서고, 그 뒤를 단경과 진중광(秦中光)이 받쳤다. 이하원의 곁으로는 윤세형(輪世炯)과 하석유(何奭裕)가 지키고 섰다.

은상은 이하원과 냉무진 사이에 섰다. 혹시라도 혼란을 틈타 그가 공격하지나 않을까 하는 생각이 들었던 것이다. 냉무진은 그 노골적인 의심에도 담담한 신색이었다. 오히려 이하원을 공격할 의사가 없음을 보여 주려는 듯 은상으로부터 한 걸음 뒤로 물러나기까지 했다.

이 모든 것은 순식간에 일어난 것이었다.

따다다다당.

소리와 함께 복면인의 검이 옆으로 비켜갔다.

예상외로 정주립에 의해 첫 공격이 막히자 공격을 한 복면인은 재빨리 뒤로 물러섰다. 그 뒤로 몇 명의 복면인이 한꺼번에 공격을 가해왔다. 그들은 마치 먹이를 사냥하는 매처럼 들이닥쳤다.

방어선을 구축한 무사들 뒤로 정주립이 물러서자 그들은 일제히 맨 앞에 선 무사들을 향해 검을 휘둘렀다. 대략 다섯 명이 한 명을 둘러싸고 공격하는 형식이었다. 강호인이라면 으레 꺼리게 되는 연합도 그들은 아무렇지 않게 했다.

무사들은 재빨리 검을 돌리며 사방에서 찔러오는 검을 막았다.

째쟁!

그들은 풍림장에서도 알아주는 무사들이었고, 시도 때도 없이 별채를 찾는 살수들을 익숙하게 요리할 수 있는 자들이었다. 하지만 혼자서 다섯을 막는 것은 역시 무리였다. 게다가 복면인들은 보통 고수가 아니었기에 당연히 밀릴 수밖에 없는 상황이었다.

"크흑!"

그들은 신음과 함께 비틀거리며 뒤로 몇 걸음 물러났다.

뒤를 받치고 있던 무사들은 서로의 얼굴을 한 번 쳐다보고 몸을 날렸다. 그들은 곽헌과 초연홍 사이로 파고들어 복면인들을 공격했다. 최선의 방어는 공격임을 상기한 행동이었다.

그 갑작스런 행동에도 복면인들은 동요조차 하지 않았다.

앞서 무사들을 공격했던 복면인들은 몸을 띄워 이하원을 향해 공격해 들어갔고, 그 뒤로 열 명의 복면인이 튀어나와 단경과 진중광의 공격을 받았다. 동시에 이하원의 뒤쪽에 자리를 잡은 복면인들도 공격을 개시했다.

"어딜!"

호통과 함께 은상은 이하원을 뒤로 물리고 앞으로 나서 복면인들의 검을 받았다.

까가가가강—

은상은 손안에서 검 손잡이를 돌려 튕겼다. 검면이 튀어오르며 복면인들의 공격을 무산시켰다. 동시에 검을 돌려 휘둘렀다. 검은 팽이 돌 듯이 돌며 복면인들의 목을 노렸다.

"컥!"

손 안의 감각이 맨 앞에 선 복면인의 목을 반쯤 갈라냈음을 알렸다.
은상은 이하원을 조금 더 뒤로 물리며 바닥을 박차고 앞으로 날아갔다.
검을 팔 안쪽으로 붙이고 휘둘러 던졌다.

푹.

어찌나 빠른지 막을 틈도 없었다. 검은 그대로 날아가 복면인의 이마
에 꽂혔다.

은상은 몸을 띄워 뒤로 넘어가는 복면인의 어깨에 발을 디뎠다. 샘솟
는 피와 함께 이마에 박힌 검을 뽑고 쓰러지는 복면인의 가슴을 발로 차
그 반동으로 뒤로 몸을 날려 제자리로 돌아왔다.

그는 손속에 조금도 사정을 두지 않았다.

이하원을 지키기 위해서라고 생각하니 첫 살인도 아무렇지 않았다. 약
간의 떨림은 있었지만 그것은 그저 가벼운 자극에 지나지 않았다.

오히려 그는 첫 살인보다 뒤쪽에서 공격해 오는 복면인들을 걱정했다.
냉무진이 그곳을 지키고 있음을 상기한 것이다. 혼자서 막아낼 수 있을
리도 없지만 막아서지도 않으리라 생각했다. 복면인들 쪽에 가담해 같이
공격하지 않으면 다행이리라.

'아무리 한패라지만 정말 그렇게 행동하기만 해봐라. 절대 가만두지
않을 테다.'

그는 속으로 그렇게 다짐했다. 만약 정말 이하원을 향해 검을 들이댄
다면 반드시 저 속을 알 수 없는 놈을 죽여 버리겠다고.

하지만 그 예상은 빗나갔다.

냉무진은 두 팔을 뻗은 것만큼 긴 검을 들어 복면인들의 공격을 막았
다, 그것도 아주 간단하게. 별로 힘들지도 않은지 그는 거기에서 그치지
않고 뒤이어 공격까지 했다.

검은 파공성과 함께 복면인들을 향해 뻗어갔다.

꽈아아앙.

세 명의 복면인이 뒤로 물러났다. 내상을 입지는 않았지만 상상 이상의 힘에 주춤하는 기색이었다.

은상은 놀란 눈으로 냉무진을 봤다. 강할 것이라 짐작은 했었다. 하지만 그는 예상을 뛰어넘고 있었다. 지금 보인 실력이 냉무진의 전부가 아니라면, 그는 어쩌면 은상보다 강한 고수일지도 모른다. 그리고 그것이 은상을 긴장시켰다. 아군 속에 숨은 적이 더 무서움을 아는 탓이다. 적의를 드러낸 복면인들보다 아군인 척하는 냉무진이 더 위험하다. 실력까지 겸비되었다면 더 더욱.

은상은 그렇게 생각했다.

방금 전의 접전에서 냉무진의 강함이, 그리고 은상의 강함이 드러났음에도 복면인들은 작은 동요조차 보이지 않았다. 잠시 주춤하는 것이 그들이 이끌어낼 수 있는 반응의 다인 듯했다.

그들은 수를 늘려 냉무진과 은상을 공격했다. 동시에 포위하듯 그들을 둘러싸고 있던 복면인들의 반이 앞으로 나와 공격에 가담했다.

수적으로 우위에 있는 복면인들은 번갈아가며 공격과 방어를 했다. 한 번에 몇 명씩을 상대해야 하는 그들과는 달리 힘을 비축할 시간이 있는 만큼, 자연 시간이 흐를수록 수세에 몰리는 것은 이하원 일행이었다.

이하원은 주위를 둘러보았다.

이대로는 안 된다는 것을 느꼈다. 시간이 흐를수록 불리해지는 것은 자신들이었다. 이럴 때는 속전속결이 최고다. 그런 생각에 이하원은 말의 배를 차 앞으로 나갔다. 아니, 나가려 했다. 하지만 윤세형에 의해 막혔다. 그는 말고삐를 잡아채며 말했다.

"위험합니다."

이하원의 시선이 그에게로 향했다. 가만히 고개만 끄덕였다.

위험하다는 것 정도는 말해 주지 않아도 안다. 복면인들은 지금까지 보아오던 살수들과 달라도 너무 달랐다.

살수라고 하기에 그들은 너무 강했다. 일류 살수라고 해도 복면인들만큼 고수일 것 같진 않았다. 게다가 강호 천지 어디에 일류를 능가하는 실력의 살수를 저토록 많이 보유하고 있을 수 있단 말인가. 또한 고작 그 한 명을 없애기 위해 살문 전체의 전력을 끌고 왔다고 보기에도 힘들었다. 그리고 무엇보다! 복면인들에게서는 딱히 무엇이라 정의할 수 없는 이질적인 기운이 느껴졌다.

처음에는 잘 느껴지지 않았다. 그러다 은상과 냉무진이 고수라는 것을 알고 공격이 거세어지면서 은근히 짙은 기운을 풍기기 시작했다. 그것이 지금에 이르리서는 거의 숨이 막힐 정도였다.

이하원은 미간을 찌푸렸다.

'도대체가……'

성도를 벗어난 지 반나절도 채 되지 않았다. 그런데 벌써부터 공격을 받을 줄 누가 알았겠는가. 그것도 단순히 살수라고 하기엔 너무도 강한 자들로부터 말이다. 복면인들에게서는 아무것도 읽혀지지 않았다. 그들은 그 어떤 감정의 동요도 없었다.

그는 힐끔 뒤를 돌아봤다.

이리저리 검을 휘둘러 복면인들을 상대하고 있는 냉무진은 시종 무표정이었다. 당황한 다른 이들과는 상반된다. 마치 남의 얼굴을 뒤집어쓰기라도 한 것처럼.

그 무심함에 이하원의 얼굴 위로 의혹이 떠올랐다.

'정말 형님이란 말인가?'

처음 형 되는 이와 만났던 때가 떠올랐다. 그러느라 그는 냉무진의 중얼거림에 가까운 혼잣말을 듣지 못했다.

"마기(魔氣)… 사파인가?"

그가 형 되는 이를 만난 것은 본관으로 처소를 옮긴 지 이틀째 되던 날이었다.

첫날은 바뀐 처소에서 짐 정리를 하고 은상과 함께 별채로 가 미리 말해 주지 않아 그에게 토라진 이하민을 달래주며 보냈다. 덕분에 다음날이 되어서야 그동안 만나보지 못했던 장로들과 장의 인물들을 볼 수 있었다.

처음 그가 형이라는 이를 봤을 때 한 생각은 이것이었다.

'잘생겼네~'

그랬다.

이하진(李河晋)이라는, 그와 무려 여덟 살이나 차이가 나는 형은 도성에서도 이름 높은 미청년들을 능가하는 외모의 남자였다.

지금까지 한 번도 만난 적은 없지만 려흔과의 대화로 몇 번 들은 적이 있는 인물. 서자로 태어나 정통을 중시하는 장로들에게 아직 인정받지는 못했으나, 이하원만 없다면 좀 늦더라도 능히 그 뛰어남을 인정받아 후계가 될 수 있을 거라는 인물.

본관으로 처소를 옮길 당시 려흔이 경계해야 하는 첫 번째 인물로 꼽으며 당부하던 이가 바로 그였다.

려흔이 입버릇처럼 이하원만 없으면 후계가 될 만큼 뛰어나다고 말하던 남자다. 그런 그가 장내의 상황을 모를 리 없다. 그런데도 그는 이하원을 보고 미소를 지었다. 만들어진 거짓 미소가 아닌 마음에서부터 우러나오는 진심 어린 미소를 말이다.

"네가 하원이구나."

"아!"

'그다.'

음성을 듣는 순간 이하원은 직감적으로 알았다.

은상을 처음 만난 날 그를 부르던 음성. 그 후로도 가끔씩 담장 너머로 들리던, 간절하다 못해 절절하기까지 하던 그 음성의 주인이 바로 이하진임을.

이하원은 미소를 되돌려주며 말했다.

"반갑습니다, 형님."

정말로 반가웠다. 그토록 간절히 자신을 부르는 이가 누굴까 항상 궁금했었다. 그리도 궁금해하던 이를 만났으니 반갑지 않을 리 없었다.

이하진의 미소가 짙어졌다.

"그래, 반갑다."

그는 정말 기쁜 듯 환히 웃으며 이하원의 손을 잡았다. 그리고 그때 이제는 익숙하기까지 한 음성이 귓속을 울렸다.

'내 동생……'

이하원은 마주 잡은 손을 내려다보았다. 그 손은 서늘했지만 믿을 수 없을 정도로 따뜻했다.

이하원은 고개를 저었다.

절대 그럴 리 없다. 그의 미소는 진심이었다. 마음의 소리 역시 진심이었다. 그것은 지어낼래야 지어낼 수 없는 것이었다.

냉무진과 동행하라고 할 때도 그랬다. 이하진은 그를 걱정하고 있었다. 그런 그가 이제 겨우 도성에서 벗어난 그들을 이런 식으로 공격할 리 없다.

이하원은 그렇게 믿었다.

"크흑!"

억눌린 신음 소리는 그를 회상에서 현실로 돌려놓았다.

얼른 앞으로 시선을 돌렸다. 처음 복면인들이 공격해 올 때 나선 것을 제외하고는 항상 뒤로 물러나 무사들에게 지시만 내릴 뿐, 나서지 않고 있던 정주립이 복면인들과 공수를 주고받고 있었다. 그러다 갑자기 끼어든 두 복면인의 합공을 받고 몇 걸음 뒤로 물러나더니 울컥, 선혈을 토했다. 내상을 입은 것이다.

은상과 냉무진을 제외한다면 무사들 중에 가장 강한 이가 정주립이었다. 그런 그가 내상을 입었다. 거기다 다른 무사들도 상처투성이였다. 여기서 더 이상 지체하는 것은 위험하다!

탁.

행동은 생각과 동시에 나타났다. 이하원은 그대로 말안장을 박차고 날아올라 앞으로 쏘아져 나갔다.

그것은 그야말로 순식간이었다. 말리고 자시고 할 틈도 없었다.

"주군!!"

냉무진과 함께 유일하게 복면인들을 상대로 우위를 점하고 있던 은상이 놀라 외쳤다. 이하원을 지키고 있던 윤세형도 깜짝 놀라 하석유를 향해 소리쳤다.

"소공자를 따르라!"

말과 함께 그도 몸을 날렸다. 하지만 이하원은 은상과 상대 중이던 복면인의 어깨를 짚고 가속을 붙여 윤세형의 말을 무색하게 만들었다. 무사들은 도저히 따를 수 없는 속도로 쏘아져 나간 그는 공중에 몸을 띄운 채로 검을 휘둘렀다.

쉬익—

소리와 함께 바람이 몰아쳤다. 정주립을 패퇴시켜 내상까지 입게 만든 복면인 둘이 앞으로 나서며 검을 들어 막았다.

수적으로 열세임에도 보호를 위해 두 명이 지키고 있었던 것이나 겉모습을 보니 그는 그리 강해 보이지 않았다. 게다가 이하원은 알지 못했지만 그 둘은 다른 이들과는 차원이 다른 고수였다. 또한 둘이지 않은가?
그러했기에 주위에 있던 이들은 도와줄 필요성을 조금도 느끼지 못했다.
하지만 그것은 잘못된 판단이었다.

"큭!"

"허억!"

가볍게 휘두른 듯 보이는 이하원의 검은 무겁기 짝이 없었다. 아니, 단
순히 무겁다는 말로도 표현하기 힘든 중(重)함이 깃들어 있었다.

검 하나로 둘을 동시에 상대하면서도 둘 모두에게 감당할 수 없는 무
거움을 전해주는 것을 보면 내력이 보통이 아닌 듯했다. 순식간에 손목
이 바스러지는 고통을 느꼈다. 둘은 숨을 들이킬 새도 없이 급히 공력을
끌어올려 대항했다. 하지만 그것은 한발 늦은 대처였다. 게다가 그렇게
한다고 해서 막을 수 있는 것도 아니었다.

"크헉!"

왼쪽에 있던 복면인은 보이지 않는 힘이 뒤에서 끄는 것처럼 바닥에
긴 선을 남기며 뒤로 밀려났다. 다리에 힘을 주어 서려 했지만 되지 않았
다. 그는 계속해서 밀려나다 커다란 바위에 부딪쳐 쓰러졌다.

"쿨럭!"

시뻘건 피를 토하고 가슴을 움켜쥐었다. 무심하기까지 하던 눈동자에
고통이 서렸다. 하지만 그는 다른 복면인에 비하면 나은 상황이었다. 오
른쪽에 있던 복면인은 들고 있던 검이 부러지며 비명 한 번 지르지 못하
고 뒤로 날아갔다.

쿠아아아아앙!

굉음과 함께 그가 나무에 부딪쳐 나동그라졌다. 두 팔로 감싸도 다 감
싸지지 않을 나무가 복면인과 함께 옆으로 넘어갔다.

쿵.

넘어간 나무는 복면인을 깔아뭉갰다. 보지 않아도 그의 상태가 어떠할지 짐작이 갔다.

복면인들의 눈빛이 변했다. 마치 시체를 보듯 무심하던 눈동자에 순간이라지만 놀람이 서렸다. 말했듯 방금 쓰러진 복면인 둘은 그들과는 차원을 달리하는 고수였다. 그들은 복면인들 중 가장 강한 열 명 가운데 두 명이었다. 그런 그들을 단 ·일 수로 물리친 것이다. 그러니 어찌 가볍게 넘길 수 있겠는가.

그들은 긴장하고 이하원을 보았다. 으스러지듯 검을 움켜잡았다. 놀람 어린 눈빛에 독기가 서렸다. 그전까지만 해도 이하원 일행을 처리하기에 충분하리라 생각하고 뒤쪽에 남아 경계를 서고 있던 이들이 앞으로 나섰다. 어느덧 무사들을 향해 공격을 가하던 복면인들도 반수 이상이 이하원을 향해 몸을 돌리고 있었다.

'지금부터 시작이다.'

단 한 차례의 공격으로 뜻한 바를 이룬 그는 천천히 내력을 끌어올렸다. 부르르, 검이 떨렸다. 동시에 한없이 가볍게만 보이던 눈빛이 깊게 잠겨들었다.

한편, 한바탕 난리가 난 곳과 꽤 멀리 떨어진 곳에서는 대략 열 명쯤 되는 수의 복면인들이 서로 마주 보고 있었다. 이하원 일행을 습격한 복면인들과 닮은꼴이면서도 어딘가 다른 그들은 복면으로 인해 표정은 보이지 않으나 몹시 당황한 듯했다.

"도대체 이게 어찌 된 일이냐? 저 백 명씩이나 되는 고수들은 누구고? 왜 목표물과 싸우고 있는 거지?"

그들 중 우두머리로 보이는 자가 대뜸 세 가지의 물음을 동시에 던졌다. 그는 당황을 넘어서 이제는 어이가 없는 듯했다. 쉽게 대답할 수 없는 물음에 복면인들은 서로를 쳐다보다 고개를 저었다.

우두머리가 재차 물었다.

"목표물과 싸우고 있는 자들에 대해 아는 것이 전혀 없다는 말이냐?"

조금 전과 마찬가지로 대답은 없었다. 우두머리의 시선이 한 복면인에게로 향했다.

"강(强), 네가 말해 봐라."

지목당한 강이라 불린 복면인은 잠시 생각하다 대답했다.

"그것이… 저도 잘 모르겠습니다. 조금 전, 목표물을 공격하기 위해 주위를 살필 때만 해도 보이지 않던 자들인데 어째선지 갑자기 나타난 듯합니다."

"설마 이중 의뢰란 말인가?"

우두머리가 고민에 빠졌다. 강이 말했다.

"그건 아닌 것 같습니다. 정체를 알 수 없는 복면인들은 습격에 따른 어떤 준비도 하지 않은 상태로 불쑥 나타나 갑작스레 목표물과 교전을 벌이고 있습니다. 그로 보아 그들은 본 문파는 다른, 어떤 이유로 인해 목표물을 노리는 것 같습니다."

일리가 있는 말이다.

현재 목표물과 교전을 벌이고 있는 백 명씩이나 되는 복면인들은 아무리 봐도 자신들과 같은 살수로 보이지 않았다.

본디 살수라 함은 은밀함을 주로 삼는다. 물론 백 명의 복면인은 은밀함으로 치면 둘째가라면 서러운 그들에 버금갈 만큼 은밀하긴 했다. 하지만 은밀함을 최고로 치는 이들이 백 명씩이나 같이 돌아다닌다는 건 있을 수도 없는 일이다. 게다가 저렇게 대놓고 교전을 벌인다는 것은 더욱 말이 안 된다. 아마도 저들은 살수가 아닐 것이었다.

우두머리는 고개를 끄덕였다.

“맞는 말이다. 그럼 다시 묻겠다. 이제 우리는 어떻게 해야 하지? 목표가 같으니 저 정체도 알 수 없는 무리들을 도와야 하는 건가?”

강은 이번에도 고개를 저었다.

“그럴 필요는 없을 것 같습니다. 목표물은 저들이 알아서 처리해 줄 것 아닙니까? 새삼 우리가 나설 필요는 없습니다. 다만 싸움이 끝나고 난 후에도 목표물이 제거되지 않았을 때는 나서야겠지요.”

“흠…….”

턱을 쓰다듬으며 고민을 한 우두머리는 선선히 고개를 끄덕였다.

“좋다. 그럼 그렇게 하도록 하지. 혹시라도 모르니 모두들 만약의 사태에 대비해 미리 준비해 두도록 해라.”

“존명!”

말을 마침과 동시에 그들은 소리도 없이 주변으로 흩어졌다.

이하원이 앞에 시선을 고정시킨 채 은상을 향해 전음을 보냈다. 등 뒤로 은상의 시선이 느껴졌지만 고개를 돌리진 않았다. 잠시 후 은상의 대답이 들려왔다.

‘알겠습니다.’

이하원은 작게 고개를 끄덕이며 들고 있는 검을 내려다봤다. 그리고 다시 고개를 들었다.

“와라!”

말과 함께 한 걸음 앞으로 내딛었다.

앞뒤 어디를 둘러봐도 적뿐이다. 이제는 공격에 가담하지 않고 포위만 하고 있던 자들도 없었다. 은상 쪽에 남은 이들을 제외한 거의 대부분이 이하원을 에워싸고 있었다.

절대적인 수의 열세.

일 대 다수의 싸움이다. 누가 봐도 불리한 상황이었다. 하지만 그는 태연했다. 눈을 가늘게 뜨고 검면을 보다 검을 쥔 손을 놓았다.

쨍그랑.

들고 있던 검을 버리고 바닥에 떨어져 있는 검 하나를 발로 차 잡았다. 복면인 둘을 한꺼번에 상대하느라 이가 나갔던 것이다.

복면인들은 굳은 눈으로 그를 보았다.

둘을 동시에 날려 버렸다. 절대 우연일 리가 없다. 또한 단지 운이 좋았다고 할 수도 없었다. 하지만 그럼에도 그들은 인정하지 않았다. 그럴 수밖에 없는 것이, 눈앞의 약관은 되었을까 싶은 놈은 절대 고수로 보이지 않았다. 그래서 짐작한 것이 '나이에 비해 뛰어난 실력이기는 하나 보검(寶劍)의 덕을 많이 봤다' 라는 것이었다. 그런데 지금 보니 그도 아니었다.

검은 단 한 번의 공격으로 이가 상했고, 이하원은 아무렇지 않게 그것을 버리고 바닥에 떨어진 검을 주웠다. 그것은 복면인 둘을 해치운 것이 보검이니 뭐니 하는 것의 덕이 아닌 순수 실력임을 반증하는 것이었다.

아무리 봐도 고수로 보이지 않는다. 그런데도 이런 경지라니!

'반박귀진(返撲歸眞)의 고수였던가?'

그들은 긴장했다. 마침 정면에 있던 복면인과 이하원의 눈이 마주쳤다. 복면인은 순간 등골이 서늘해짐을 느꼈다.

'쉽지 않다.'

겉모습과는 달리 그는 강자의 눈을 가지고 있었다. 인정해야 한다. 그는 고수였다.

"고수다. 신중을 기해라!"

복면인은 뒤쪽을 향해 전음을 보내고 몸을 날렸다. 그것을 신호로 일제히 공격을 퍼부었다. 순식간에 팔십여 개의 검이 그를 산산조각 낼 듯 들이닥쳤다. 그 기세가 어찌나 사나운지 절로 몸이 떨릴 지경이었다.

이하원은 둥실, 몸을 띄웠다.

차자자장.

검은 아슬아슬하게 그를 비켜갔다. 복면인들의 검이 서로 부딪치며 불꽃을 튀겼다.

이하원은 중앙에 뭉쳐진 검을 밟고 도약했다. 그리고 몸을 날린 상태 그대로 검을 휘둘렀다. 복면인들은 엉킨 검을 풀고 뒤로 물러났다. 마침 이하원의 검이 사정거리 안에 들어서 있었다.

복면인들은 이중으로 겹을 만들어 안쪽에 있는 이들이 공격을 막는 동시에 바깥쪽에 있는 이들은 방어를 하는 복면인들 위로 뛰어넘어 공격을 했다. 공격과 방어가 어찌나 빠른지 눈이 돌아갈 듯했다. 하지만 그것은 처음 이하원의 공격을 받았던 두 복면인과 마찬가지로 제대로 된 대응이 아니었다.

실제로 그렇지 않은데도 방어를 하는 복면인들은 하나같이 이하원의 검이 면전에 다다라 있는 듯한 느낌을 받았다. 그들은 검을 세로로 세워 방어를 했다.

휘잉.

하얀 바람이 일었다.

"큭!"

"크흑!"

신음 소리가 들리는가 싶더니 이십 명 정도의 복면인이 주춤 뒤로 물러났다.

'검풍(劍風)?'

분명 검을 받은 게 아니었다. 단지 검을 휘두를 때 바람이 일었을 뿐이다. 그런데 방어를 하는 복면인들 중 반이 공격을 받은 마냥 후퇴했다. 보통 검을 쓰는 사람이라면 검풍은 누구나 일으킬 수 있었다. 하지만 검풍만으로 공격을 가하는 것은 아무나 하는 것이 아니었다. 그는 상상을 뛰어넘는 고수였다.

'도움을 청해야 하나?'

전투 불능이 된 두 복면인을 대신하여 이곳의 책임자가 된 복면인은 지금쯤 숲을 뒤지고 있을 다른 일곱 명을 떠올렸다.

이번 일에는 열 명의 고수가 파견되었다.

그중 둘이 이하원의 첫 공격에 죽거나 정신을 잃었고, 그를 제외한 나머지 일곱은 숲을 뒤지고 있었다. 복면인은 순간 그 일곱을 생각했다. 하지만 이내 고개를 저었다.

아직은 아니다.

일 대 다수의 대결. 절대적인 우세다. 전투 불능이 된 이도 몇 되지 않고 대부분 경상이었다. 이하원의 첫 공격에 둘을 잃은 것을 제외하고는 거의 모든 전력이 남아 있었다.

'그렇다면?'

복면인은 휘파람을 불며 뒤로 물러났다.

신기하게도 막 이하원을 향해 공격해 들어가던 복면인들과 선점 방위를 점하고 있던 복면인들이 그를 따라 뒤로 물러났다.

'뭐지?'

이상하게 여기고 고개를 갸웃했다. 하지만 그때에도 이하원의 표정은 그다지 변화가 없었다. 한 복면인의 지시에 따라 다른 복면인들이 물러나자 재차 휘파람을 불었다. 그것을 신호로 복면인들은 일제히 품에서 뭔가를 꺼내 던졌다.

퍼엉! 퍼엉!

시꺼먼 뭔가가 바닥과 맞닿자 그대로 터졌다. 곧 뿌연 연기가 그 일대로 퍼져 나갔다.

'독연(毒煙)인가?'

이하원은 얼른 소매로 얼굴을 가리며 숨을 멈췄다. 그리고 뒤쪽을 향해 주의를 주는 것을 잊지 않았다. 물론 그 이전에 은상 역시 숨을 멈추고 있었지만.

뿌연 연기가 가득 들어차 시야 확보가 힘들었다. 공격을 하기에도, 방어를 하기에도 용의하지 않다. 하지만 이하원은 뒤로 물러나기보다는 앞으로 내딛었다. 오랫동안 숨을 멈추고 있을 수는 없다. 게다가 수적으로 열세이니 더 말할 필요도 없었다. 속공만이 살길이다.

그는 검을 한차례 떨치고는 바닥을 박차고 날았다. 그때 은상의 전음이 들렸다.

"주군, 이것은 연막탄(煙幕彈)입니다!"

"어떻게 알았지?"

이하원이 공중에 몸을 띄운 그대로 앞으로 쏘아져 가며 물었다.

"내상을 입은 자들은 숨을 오래 참을 수 없으니까요."

전음인데도 불구하고 웃음기가 느껴지는 듯했다. 왠지 지고 들어가는 듯한 느낌에 약간 기분이 상했지만 금세 은상의 말뜻을 알아들은 이하원은 고개를 끄덕였다.

'그런가?'

정주립을 비롯한 무사들 중 멀쩡한 사람은 단 한 명도 없었다. 상처하나 없는 이하원과 잔 상처만 몇 있는 은상과 냉무진을 제외하면 말이다. 다른 무사들의 상태야 잘 모르겠지만 심각한 내상을 입은 정주립이 오래 숨을 멈추고 있었을 리 없다. 그런데 지금까지 살아 있다면 은상의 말마따나 시야를 가리는 연기는 독연이 아닌 연막탄일 것이다.

그것을 알게 되자 거리낄 것이 없었다.

복면인들이 그의 시야를 가리기 위해 벌인 짓이겠지만 이하원에게는 그다지 문제될 것이 없었다. 어차피 주변에 있는 이들은 모두 적일뿐이니, 무조건 공격하기만 하면 되는 것이다.

이하원은 물 찬 제비마냥 사방을 날아다니며 공격을 퍼부었다. 복면인들 역시 만만찮은 대응을 해왔다.

그의 공격은 정면으로 받지 않고 흘렸다. 그러면서 빈틈을 찾아 공격해 왔다. 지금까지와는 다른 긴밀한 대응이었다. 짐작하고는 있었지만, 시야를 가리는 연막탄도 복면인들에게는 아무 소용이 없었다. 복면인들은 마치 눈으로 보는 것처럼 정확히 그를 공격했다.

쇄액—

파공성만을 듣고 어디에서 검이 날아오는지 대충 짐작한 이하원은 빙글, 공중에서 몸을 돌려 방향을 틀었다. 그리고는 그대로 앞으로 뛰어내렸다. 곧 그곳에 혈풍(血風)이 불었다.

처음으로 제대로 된 실전이었다.

그동안 수련으로만 쌓던 무공이 실전을 통해 다듬어져 갔다. 물론 수련을 할 때도 힘들다는 생각은 하지 않았다. 그에게는 수련도 놀이의 하나였다. 하지만 실전은 홀로 하는 수련과는 비교도 되지 않았다. 단 한 수에 목숨이 왔다 갔다 한다.

그 긴장감, 두근거림.

내력이 고갈되고 있었다. 겉으로 보기에는 간단히 공격하고 간단히 막는 듯 보였지만, 그도 사람인지라 시간이 흐를수록 지쳐가고 있었다. 결코 우위에 있다 할 수 없는 상황이었다. 그럼에도 그는 희열을 느꼈다.

타다다다다당.

검을 내려치고 앞으로 튀어나갔다.

빙글, 돌아 양옆의 두 복면인을 공격했다. 복면인들은 뒤로 몇 걸음 물러났지만 내상을 입고 피를 토하는 일은 벌어지지 않았다. 어느새 공격을 하는 힘조차도 약해진 것이다. 하지만 이하원은 그것쯤은 예상했다는 표정이었다.

그는 재차 몸을 날려 이번에는 뒤쪽에 있는 복면인을 공격했다. 그의 공격을 받은 복면인들은 검을 마구 휘두르며 막았다. 이하원의 공격은 단지 검이 날아오는 것만 막아서는 안 된다는 것을 아는 것이다.

잔뜩 긴장했다. 하지만 이번에도 그의 공격을 받은 복면인들은 후퇴만 했을 뿐, 역시 멀쩡했다. 확실히 내력이 상당수 고갈되었음이 증명되었다. 복면인들은 그것을 확인하자 지금까지와는 달리 불물 가리지 않고 덤벼들었다.

쇄액—

등 뒤에서 들리는 파공성에 이하원은 앞에 선 복면인의 검날을 엄지와 검지로 잡아당겼다. 그가 검을 빼앗으려는 걸로 오해한 복면인은 손잡이를 놓지 않으려 했다.

처음 보여준 무공 실력이라면 충분히 빼앗을 수 있었을 텐데, 역시 힘이 빠졌는지 이하원은 한 번에 복면인의 검을 빼앗지 못했다. 복면인은 역시, 하는 눈으로 그를 봤다. 당황할 만도 한데 그는 그냥 싱긋 웃었다. 순간 복면인은 이상하다는 것을 느꼈다. 그리고 그때 이하원이 검을 확, 잡아 당겼다. 동시에 몸을 거꾸로 돌아 그때까지도 손잡이를 꼭 쥐고 있는 복면인의 뒤로 간 그는 발을 들어 등을 찼다.

푸욱—

"커헉!"

뒤쪽에서 이하원을 공격한 복면인의 검이 손잡이를 놓지 않으려 용을 쓰던 복면인의 가슴을 갈랐다. 피가 튀었다. 이하원은 동료를 찌르고 놀란 듯 굳어 있는 복면인의 얼굴을 걷어찼다.

퍼억.

그는 자신이 찌른 복면인과 함께 뒤로 나가떨어졌다.

이하원은 빙글 공중에서 한 바퀴 돌았다. 그리고 두 손을 쫙 펼치고 앞으로 낙하했다. 처음과 같은 위력을 발휘하지는 못했지만 그는 조금도 당황하지 않았다. 실전의 재미에 어느새 그는 무아지경에 빠져들고 있었다. 하지만 그것은 오래가지 않았다.

푸욱—

"크아악!"

갑작스런 비명 소리에 이하원은 퍼뜩 정신을 차렸다.

죽는 순간에도 복면인들은 비명을 지르지 않았다. 그런데 비명 소리가 들렸다. 그것이 뜻하는 바를 그는 잘 알고 있었다.

'역시 은상 혼자서는 역부족인가?'

방금 들린 비명이 정주립의 것과 비슷함을 상기한 그는 저도 모르게 뒤로 고개를 돌렸다. 그 순간, 잠시나마 무섭도록 발휘되던 집중력이 흐트러졌다. 마치 그때를 기다렸다는 듯이 복면인들이 그를 찢어발길 듯 공격을 가해왔다.

'이런!'

아차, 하며 막 몸을 날려 공격권에서 벗어나려 했다. 그때 위에서부터 엄청난 압력이 그를 압박했다. 짓눌러 버릴 듯한 압력에 검을 거꾸로 쥐고 위로 날렸다. 그 한 동작으로 인해 잠시 주춤했다. 접전에서는 지극히 짧은 순간이 승패를 좌우한다. 마찬가지로 아주 잠깐 주춤했을 뿐인데, 어느새 복면인들의 검은 그의 면전에 다다라 있었다.

'피할 수 없다!'

그것을 느낀 순간 이하원의 눈동자가 황금빛으로 변했다. 능력을 쓸 때면 나타나는 현상이었다. 하지만 능력은 발휘되지 않았다. 그때 옆쪽에서 미풍이 불어닥쳤다. 그리고 그 미풍 속에서 누군가가 나타나 그의 앞을 막고 대신 공격을 받았다.

퍼엉!

검은 어디로 갔는지 적수공권(赤手空拳)으로 복면인들의 공격을 막아낸 이는 미처 다 막아내지 못한 검에 어깨를 찔렸음에도 신음 소리조차 내지 않았다.

뿌옇게 메운 연기 사이로 보이는 무표정한 얼굴.

이하원은 순간 멈칫했다.

'냉무진?'

의외였다. 결코 가까운 거리가 아닌데 어떻게 알고 여기로 왔으며, 그를 대신해 방어까지 한 것일까? 의아하게 여길 때였다.

쨍그랑.

어디선가 검이 떨어지는 소리가 들렸다.

주변은 소란스러웠다. 회심의 일격이 의외의 인물에 의해 막히자 복면인들은 미친 듯이 달려들었다. 사태는 조금 전보다 오히려 더욱 급박해졌다. 그런데 이상하게도 그 소란스러움과 긴박함 속에서도 그 소리는 선명하게 귓속을 파고들었다.

'무슨 일이지?'

왠지 마음에 걸렸다. 꼭 확인을 해야만 할 것 같은 느낌이 들었다.

그는 공격권에서 벗어나려 몸을 띄웠다. 그것을 기회로 여긴 여덟 명의 복면인이 악착같이 따라붙었다. 냉무진이 일차적으로 복면인들을 막았다. 다른 복면인들이 재차 이하원을 향해 시퍼런 검날을 드러냈지만 그는 유유히 그곳을 벗어났다.

뿌연 연기 사이로 복면인들이 공격을 해왔지만 이하원은 약을 올리듯 이리저리 피해 다녔다.

냉무진조차 부상을 입었다. 분명 쉽지 않은 상황이다. 그런데도 그는 지금까지 그래 왔던 것처럼 여전히 태연했고 여유로웠다. 하지만 그것도 그가 익히 잘 아는 이의 신음 소리를 듣기 전까지만이었다.

"으음……. 쿨럭!"

순간 귀가 서는 듯했다.

이하원은 저도 모르게 뒤로 고개를 돌렸다. 옆에서 찔러 들어오는 검에 부상을 입을 뻔했지만 그건 아무래도 좋았다. 그는 앞을 가리는 연기에 짜증을 내며 뒤쪽을 향해 소리쳤다.

"은상!"

대답이 없다. 이하원은 다급해졌다. 그는 몇 번이나 연거푸 은상을 불렀다.

"은상! 은상! 무슨 일이야? 대답해라, 은상!!"

가슴이 뛰었다. 그는 깊게 심호흡을 했다. 다시 은상을 부르며 막 걸음을 내디딜 때였다. 은상의 대답이 들려왔다.

"아무것도… 아닙니다."

평소와 그다지 다르지 않은 음성이었다. 하지만 이하원의 귀에는 다른 사람은 들을 수 없는 은상의 신음 소리가 선명하게 들렸다. 어딘가 부상을 입은 것이 분명했다.

이하원은 아무렇게나 손을 휘저었다.

쐬아아아아.

마치 누군가가 바람을 일으키기라도 한 듯 세찬 바람이 그곳으로 불어 닥쳤다. 바람이 지나간 자리는 놀랍도록 깨끗했다. 시야를 가리고 있던 뿌연 연기는 이미 사라진 후였다.

이하원은 주먹을 쥐었다.

그의 예상대로 은상은 다친 상태였다. 이하원과 마찬가지로 연기에 영향을 받지는 않았으나 혼자의 몸으로 남은 복면인들을 모두 막는 것은 역시나 무리였다. 어쩌면 은상보다 더 강할지도 모르는 냉무진은 조금도 도와주지 않았다. 그런데다 이하원과는 달리 무사들을 보호하면서 싸우다 보면 빈틈이 생기기 마련이라 끝내는 빈틈을 허용하고 말았던 것이다.

그는 두 팔로 바닥을 짚은 채 무릎을 꿇고 있었다.

후두두둑.

복부에는 두 자루의 검이 박혀 있었다. 그리고 그 사이로 붉은 핏줄기가 쏟아져 내렸다. 흐르는 게 아니었다. 피는 쏟아지고 있었다. 입가에도 선명한 붉은 빛이 어려 있었다. 하지만 그것으로도 모자란다는 듯이 그는 꾸역꾸역 계속해서 검붉은 피를 토해냈다.

그러면서도 그는 혹시라도 이하원에게 들릴까 이를 악물며 신음을 참았다. 그리고 바닥을 짚고 일어서려 했다. 하지만 쉽게 일어나지 못했다. 고통스러운 듯 새파랗게 질린 안색으로 손을 들어 다리를 눌렀다. 손끝이 가늘게 떨리고 있었다.

'젠장! 이렇게 있어서는 안 되는데… 일어서! 일어서란 말이야!'

화가 난 은상이 속으로 외치는 소리가 들렸다.

이하원에게 걱정을 끼치고 싶지 않았다. 멀쩡한 모습을 보여주고 싶었다. 이하원이 유난스러울 만큼 자신에게 마음을 쏟는다는 것을 은상은 잘 알고 있었다. 분명 지금의 그를 본다면 크게 동요할 것이다.

싸우는 중이다. 이런 상황에서 동요는 있어선 안 된다. 주위를 가득 메운 연기가 지금은 다행스럽기까지 했다. 아직 은상은 이하원의 손짓 한 번에 연기가 모두 사라졌음을 인식하지 못하고 있었다.

그는 이를 악물어가며 발끝을 세웠다.

“큭!”

꾹 참고 반쯤 일어났다. 하지만 다시 주저앉고 말았다. 조금 전보다 더 많은 피가 바닥을 적셨다.

‘아무래도 내장까지 상한 것 같은데…….’

은상은 이하원이 다 듣고 있다는 것도 모르고 스스로의 상태를 진단했다. 그리고 바로 그 순간 예상치 못한 은상의 모습에 딱딱하게 얼어붙어 있던 이하원의 얼굴에 분노가 어렸다. 어느새 싸늘하게 변한 눈동자 위로 파란 불꽃이 튀었다.

그가 은상에게 시선을 고정시킨 채 입을 열었다.

“왜 은상을 도와주지 않았지?”

물음은 냉무진을 향한 것이었다.

상황으로 보아 거의 비슷한 때에 이하원과 은상은 공격받았다. 그런데 냉무진은 가까이에 있는 은상은 내버려 두고 이하원을 구했다. 굳이 구하지 않아도 될 그를 구하고, 반드시 구해야 하는 은상을 내버려 둔 것이다. 차분한 음성 속에는 시린 냉기가 자리하고 있었다. 하지만 냉무진은 담담했다.

“저는 소공자를 지키라는 명만 받았습니다.”

이하원의 입가가 순간 비틀려 올라갔다.

“그런가?”

더 이상 그는 묻지 않았다. 단지 여전히 은상에게 시선을 고정시킨 채 손을 들어올렸을 뿐이었다.

흑요석마냥 새까만 눈동자가 순간 황금빛으로 변했다.

그는 들고 있던 검을 던졌다. 그것은 은상을 공격하고 그때까지도 포위하고 있던 복면인들에게로 향했다. 갑자기 날아오는 검을 한 복면인이 나서 받으려 했다. 검과 검이 부딪쳤다.

쿠아아아앙!

복면인의 검과 부딪친 검이 갑자기 폭발하듯 터졌다.

째쟁.

조각난 검이 사방으로 비산했다.

그때였다. 빛이 터졌다. 그리고 그것은 은상을 중심으로 사방으로 뻗어가기 시작했다. 눈이 부시도록 밝은 빛은 단지 빛이었다. 하지만 그것은 단순한 빛이 아니었다. 복면인들은 어딘지 모를 위험한 느낌에 검을 들어 자신을 향해 쏘아져 오는 빛을 막으려 했다. 빛은 그대로 검을 통과했다, 마치 형체가 없는 것처럼.

위험하지 않은 것인가?

순간 그런 생각이 들었다. 하지만 그것은 검만을 통과했다.

검을 통과한 빛은 복면인들과 만나자 더욱 찬란한 빛을 뿜어냈고, 맞닿은 것을 산산조각 냈다.

피가 튀었다. 바람이 불었다. 짙은 피 냄새가 그곳을 메웠다. 하지만 복면인들이 있던 자리는 처음부터 아무도 없었던 것처럼 깨끗했다. 단지 짙은 혈향만이 방금 있었던 일이 꿈이 아니라고 말해 주고 있었다.

"삐이이익."

갑자기 어디선가 휘파람 소리가 들렸다. 믿을 수 없는 광경에 놀라 굳어 있던 복면인들이 정신을 차리고 일제히 뒤로 물러났다.

그들 사이로 일곱 명의 복면인이 새로이 나타났다. 그 일곱 명 중 우두머리로 보이는 한 복면인이 앞으로 나왔다. 그는 장내를 훑어보더니 이하원에게로 시선을 고정시켰다.

"네놈들은 누구냐?"

우두머리의 물음에 이하원은 어이없는 표정을 지었다.

"우리가 누군지도 모르고 다짜고짜 공격을 했단 말인가?"

처음부터 그 자리에 없었던 우두머리는 잠시 주위를 둘러보았다. 그리고 한 복면인과 시선을 마주쳤다. 전음을 나눈 듯 조용하다 잠시 후 우두머리가 말했다.

"그건 내가 알 바 아니다."

"알 바 아니다? 그렇다면 나도 그 말 그대로 돌려주겠다."

한마디로 가르쳐 주지 않겠다는 거였다. 우두머리가 그를 노려보며 말했다.

"네놈은 우리가 누군 줄 알고 이러는 것이냐?"

"그걸 내가 어떻게 알아? 네놈들이 알겠지."

비꼬는 어조였다. 하지만 우두머리는 아무렇지도 않은 듯 말했다.

"우리는 팔황성(八皇城)의 의검대(意劍隊)다. 감히 팔황성의 행사에 훼방을 놓을 참이냐?"

'팔황성!'

모두가 깜짝 놀랐다.

팔황성, 단일 세력으로 최강의 무력을 자랑하는 집단. 절대적인 힘에 모든 것이 좌지우지되는 곳. 지금에 이르러서는 웬만한 정파 세력조차도 한 수 물려주는 곳. 바로 그곳의 이름이었다.

하지만 이하원은 담담했다.

"그래서?"

너무나도 태평한 반응에 오히려 우두머리가 당황했다.

"뭐라고?"

"그래서 어쩌라고? 팔황성이고 구황성이고 간에 말은 똑바로 해야지. 방해를 한 것은 너희들이다. 우리는 단지 걸어오는 싸움을 피하지 않았을 뿐."

"그래서 팔황성의 행사에 끝까지 훼방이라도 놓겠다는 말이냐?"

생각해 보니 황당하다. 그놈에 팔황성의 행사에 훼방을 놓지 않는 방법이라는 게 순순히 죽어주는 것이란 말이 아닌가? 저들은 지금 반항하지 말고 죽으라 말하고 있었다.

이하원의 입꼬리가 말아 올라갔다. 서늘하기까지 한 미소가 입가에 걸렸다.

"그건 아니다."

이하원은 눈을 들어 우두머리를 직시했다.

위급한 상황에서조차 은연중에 느껴지던 태연함은 이미 사라진 지 오래였다. 은상이 다치던 순간부터 그를 지배하고 있는 것은 단 하나, 끔찍한 살기였다.

"난 단지 훼방을 놓는 수준에서 그치지 않고 너희 모두의 목숨을 취할 생각이거든."

말을 마침과 동시에 이하원의 눈동자가 위험한 황금빛을 띠었다.

손을 들어올렸다.

우우우우웅.

이리저리 아무렇게나 널브러져 있던 검이 그의 손짓을 따라 하늘로 날아올랐다.

두두두두두.

땅이 흔들렸다. 흙과 함께 돌이 검의 뒤를 이어 하늘을 수놓았다. 그리고 주변을 가득 메우고 있던 나무 수십 그루가 뽑혔다. 나무 역시 검의 뒤를 따랐다. 곧 그곳에는 지금까지 존재하지 않던 원형의 공터가 생겨났다.

이 믿을 수 없는 광경에 복면인들은 그대로 얼어붙었다.

이하원은 그들이 정신을 차릴 때까지 기다려 주지 않았다. 눈동자에서 흘러나오는 황금빛이 짙어졌다. 복면인들은 눈치채지 못했지만 한 뼘 가량 몸이 떠올랐다. 싸늘한 눈으로 복면인들을 내려다본 그는 어느 순간 손을 쫙, 펼쳤다. 그리고 곧 그곳에 지옥도(地獄道)가 펼쳐졌다.

第五章
힘을 드러내다

힘을 드러내다

"**감**추고자 한다면 무슨 일이 있어도 드러내지 말 것이며, 드러내고자 한다면 손속에 사정을 두지 마라. 너그러운 듯하면서도 편협하기 짝이 없는 곳이 강호라, 이능력(異能力)을 인정하려 들지 않으니 한 번 손을 쓰겠다고 마음먹은 이상에는 단 한 명의 목격자도 살려두지 말아야 한다. 알겠느냐?"

"어, 어떻게……."
"말도 안 돼!"
기의 흐름이라고는 느껴지지 않았다. 그런데 이하원은 이 장(丈) 가까이 떠올랐다. 그는 두 손을 양옆으로 펼쳐 들고 힘을 끌어모았다. 그러자 지금까지 느껴지지 않던 엄청난 기가 양손에 뭉쳐지기 시작했다.
우우우우웅.
얼마나 어마어마한 힘인지 공중을 떠다니던 검과 나무, 그리고 돌이 그를 중심으로 빙글빙글 돌아가며 크게 울기 시작했다.

보통 기라는 것은 색을 띠지 않는다. 그런데도 모인 기의 수준이 상상을 초월하게 되자 그것은 은은한 금빛으로 변했다. 그리고 그의 주위를 돌아다니는 검 등에 동조해 엄청난 회오리를 만들어냈다.

휘이이이이.

금빛 회오리에 가려 이하원의 모습이 보이지 않을 정도였다.

"공격해라!"

심상찮은 느낌에 전음이고 뭐고 보낼 새도 없이 우두머리가 소리쳤다. 역시 위험하다고 판단한 복면인들은 바닥을 박차고 뛰어올랐다.

"죽어라!"

지금까지 싸우면서 한마디도 하지 않던 복면인들이 소리를 지르며 공격했다. 어느새 그들은 두려움을 느끼기 시작했고, 소리라도 질러 그것을 드러내지 않으려 했다.

눈을 감고 힘을 끌어모으던 이하원은 복면인들이 뛰어올라 공격을 하자 눈을 떴다. 둥실, 몸이 일 장여를 더 올라갔다. 이하원이 시선을 내려 복면인들을 봤다. 차가운 눈동자는 황금빛이었다. 마치 먹이를 앞에 둔 맹수의 눈 같아 복면인들은 순간 움찔했다.

그들은 검을 앞으로 내뻗었다. 그에 맞춰 이하원이 한 손을 밑으로 내렸다. 검은 빨려 들어가듯 이하원의 손을 찔렀다.

"주, 주군!"

피가 튀진 않았으나 그 한 번의 공격에 이하원이 다친 듯 보여 놀란 은상이 비명을 질렀다.

그는 고통도 잊고 자리를 박차고 일어났다. 복부에서부터 쏟아지는 피는 허리를 적시고 다리를 적시고 바닥을 적셨다. 하지만 은상은 아랑곳하지 않았다. 바닥을 뒹굴던 검은 하나도 빠짐없이 이하원의 주위를 돌고 있었다. 그 덕에 그는 검조차 들지 않고 이하원을 향해 몸을 날렸다.

조금 전까지만 해도 제대로 일어서지 못하던 자라고는 믿기지 않는 몸놀림이었다.

이하원의 시선이 그에게로 향했다. 살기로 번뜩이던 황금빛 눈동자에 처음으로 부드러운 기운이 서렸다.

"은상, 지금만큼은 쉬어도 된다. 난 네가 생각하는 것처럼 약하지 않아."

한 번도 약하다고 생각해 본 적이 없건만.

이하원은 말도 안 되는 소리를 하며 검과 맞닿지 않은 다른 손을 들어 은상을 가리켰다. 그러자 은상의 주위로 황금빛이 모여들어 돌아가기 시작했다. 신기하게도 그것은 은상을 둥실, 띄워 원래 그가 있던 자리로 데려다 놓았다.

거기까지 지켜본 이하원은 손 안으로 찔러 들어오는 검을 한꺼번에 움켜쥐었다.

끼이이익.

듣기 거북한 소리가 났다.

이하원이 움켜쥔 손에 힘을 주었다. 그렇게 되면 보통 검을 쥔 손이 망가지는 게 정상이다. 하지만 손은 멀쩡했다. 오히려 손 안에 든 검날이 비틀리기 시작했다. 그리고 그것은 곧 가루가 되어 손 안에 뭉쳐졌다. 그는 그것을 복면인들을 향해 던졌다. 가루가 된 검날은 눈으로 좇을 수조차 없는 속도로 날아가 복면인들에게 박혔다.

파파파파팟!

"크헉!"

"컥!"

가루는 수십의 복면인을 차례로 나무와 함께 꼬챙이 꿰듯 박아버렸다. 미세한 가루는 눈에 보이지 않았다. 그 덕에 마치 보이지 않는 창이 그들을 나무에 박은 것처럼 보였다.

“으으으……”

숨이 끊어지지 않은 복면인들은 참지 못하고 신음을 뱉었다.

죽음은 한순간이라고 했다. 하지만 복면인들은 그 한순간의 죽음을 맞이하지 못하고 억겁의 시간 동안 계속될 듯한 고통을 느꼈다. 세포 하나하나에 가루가 스며들어 끔찍한 고통을 안겨주었다. 이질적인 기운이 몸안을 돌며 통각을 자극하자 기어코 참지 못하고 비명을 질렀다.

“끄아아악!!”

남은 복면인들의 안색이 변했다.

그들은 복면인 한 명 한 명이 얼마나 힘든 수련을 쌓았는지 잘 알고 있었다. 사선을 넘나들다 보면 죽음을 친구처럼 여긴다. 그것은 그들 역시 마찬가지였다. 그들은 죽음조차 두려워하지 않았다. 그런데 그런 그들이 비명을 지른다. 줄줄이 나무에 꿰어 몸을 비틀며 고통스러워하고 있었다.

복면인들은 본능적인 두려움을 느꼈다. 그들은 누가 명을 내리지도 않았는데 이하원을 향해 몸을 날렸다.

이하원은 두 손을 높이 들었다 복면인들을 향해 힘을 가했다. 복면인들은 머리 위로 엄청난 압력을 느꼈다. 꼼짝할 수도 없었다. 그들은 압력에서 벗어나려 내력을 끌어올려 반항했다. 하지만 어떻게 된 노릇인지 그것은 조금도 통하지 않았다. 그리고 그때였다. 갑자기 바닥이 흔들리는가 싶더니 위로 솟아오르기 시작했다.

‘뭐, 뭐야?’

‘무슨 일이 일어나고 있는 거야?’

복면인들은 당황했다.

위로는 압력이 짓누르고 있다. 그런데 바닥이 위로 올라온다. 이대로 있다가는 압력과 바닥에 짓눌릴 것 같았다. 그들은 무슨 수를 써서든 그곳을 벗어나려 했다. 하지만 아무리 애를 써도 그것은 불가능했다.

한참을 고민하다 우두머리를 포함한 여덟 명은 무슨 생각을 했는지 기를 한꺼번에 터뜨려 머리 위로 보냈다.

꽈앙.

머리 속이 바스러지는 고통을 느꼈다. 하지만 그 덕에 아주 잠시간이나마 압력이 사라졌다. 그들은 압력이 사라지자 뒤로 몸을 날렸다. 바로 그 순간, 남은 복면인들은 압력을 이기지 못하고 위에서부터 밑으로 점점 찌그러지기 시작했다.

그것은 차마 눈으로 보지 못할 만큼 끔찍한 광경이었다.

"끄아악!"

"으아아악!"

그들은 비명을 지르며 압력과 바닥에 눌려 숨이 끊어졌다. 나무에 꿰어 비명을 지르던 이들도 점점 비명 소리가 잦아들더니 기어코 목숨을 잃었다. 그 광경을 본 여덟의 복면인은 더 이상 이곳에 있어야 할 필요성을 느끼지 못했다.

지금 도망치지 않으면 죽는다!

본능적으로 느꼈다. 그들은 그대로 몸을 돌려 도망치려 했다.

처음부터 이하원 일행을 공격하라는 임무를 받은 것도 아니고, 이런 곳에서 개죽음당하고 싶진 않았다. 게다가 사실 그들 중 한 명을 제외하고는 모두 이하원 일행과 일전을 벌이는 것조차 모르고 있지 않았던가? 그들은 그저 숲을 뒤졌을 뿐이다. 그런데 동료들이 뭣도 모르고 저지른 일에 끼어들어 이런 데서 죽을 수는 없다.

그들은 애써 변명거리를 만들었다. 그 정도로 생전 처음으로 본 힘은 어떻게 막을 수도 없을 만큼 강력했다.

그것은 반항할 마음조차 앗아버렸다. 우두머리를 비롯한 여덟 명은 오로지 도주만이 살길임을 정확히 인지했다. 하지만 이하원은 그들이 도망갈 수 있도록 그냥 두지 않았다.

그는 몸을 휘도는 폭발할 듯한 힘을 모두 끌어올렸다.

두두두두두.

딱딱하던 바닥이 갑자기 늪지로 변한 듯 그들을 삼켰다. 그것은 발을 억죄고 조금씩 위로 죄여왔다. 늪지에 잠긴 부분은 아무 감각도 남아 있지 않았다. 하지만 그럼에도 고통을 느꼈다. 어쩌면 심리적으로 느끼는 고통일지도 모른다. 하지만 그들은 참을 수 없는 공포에 비명을 질렀다.

"으아악!"

'죽고 싶지 않아!'

'살고 싶어! 살고 싶어!!'

그들의 외침 소리가 들려왔다. 마음의 동요는 고스란히 이하원에게 읽혔다. 하지만 그는 힘을 거두지 않았다.

처음으로 얻었고, 지금도 유일한 자신의 사람을 앗으려 한 죄는 크다. 아무리 그것이 비록 미수로 그쳤다 하더라도 백 명의 목숨으로도 사죄가 되지 않을 만큼.

갑작스레 쓴 힘은 두통을 몰고 왔다. 하지만 멈추지 않았다.

그는 복면인들이 지금까지 경험해 보지 못한 압도적인 공포를 선사하며, 그들을 철저히 죽음으로 인도했다. 무려 백이라는 수를 단번에 없애면서도 그는 조금도 동요하지 않았다. 마치 당연하다는 듯이 눈가에 어린 살기를 제외하면 그는 시종 무표정했다.

능력에 대해 조금이나마 알고 있던 무사들조차 공포에 떨었을 만큼, 지금의 그는 사신(死神) 그 자체였다.

무려 백 명이다.

절대 목표물을 없애지 못할 리 없다고 생각했다. 하지만 그럼에도 혹시나 싶어 몰래 엿보고 있던 복면인들은 눈앞에서 펼쳐지는 광경에 그대로 얼어버렸다. 지금까지 한 번도 느껴보지 못한 원초적인 두려움이 슬금슬금 심장을 잠식했다.

한참을 지나 우두머리가 입을 열었다.

"저, 저게… 인간이냐?"

대답은 없었다. 그들 역시 같은 생각을 하고 있었다.

어찌 인간이 저럴 수 있단 말인가? 믿을 수 없었다. 의뢰고 뭐고 그들은 오로지 도망가고 싶다는 생각만 했다. 서로의 얼굴을 쳐다봤다. 상대 역시 같은 생각을 하고 있음을 알았다. 그들은 일제히 우두머리를 봤다.

우두머리 역시 그들과 같았다.

"이, 임무는 성공하지 못할 게 분명하다. 단 한 명이 백 명에 가까운 고수들을 몰살시켰는데, 우리라고 성공할 수 있을 리가 없어. 이대로 죽는 건 개죽임일 뿐이야! 그러니까 그냥 도, 돌아가자."

살수의 긍지를 버리고 돌아가자고 말하는 건 힘들었다. 하지만 긍지 이상의 두려움이 어느새 그들을 지배하고 있었다. 그들은 뒤도 돌아보지 않고 그곳을 벗어났다. 아직 버리지 못한 인간의 본능이 외치고 있었다, 살고 싶다고.

그랬다. 지금은 오로지 살고 싶었다.

어느 순간 비명 소리가 멎었다.

휘이이잉.

바람이 불어 그곳을 덮쳤다. 그것은 한참 동안 회오리를 치며 그곳을 맴돌다 사라졌다. 그리고 드러난 광경은 무사들을 경악하게 만들었다.

그리도 크게 들리던 비명이다. 귀를 막고 눈을 감아도 마치 생생하게 보고 듣고 있는 것처럼 등골을 오싹하게 만들었다. 그랬는데, 바람이 걷힌 그곳은 너무나도 깨끗했다.

뿌리 채 나무가 뽑히는 걸 봤다. 그런데 단지 잠시 바람이 머문 것만으로 나무는 모두 제자리로 돌아가 있었다. 나무만이 아니었다. 모든 것이 그랬다. 마치 처음부터 아무 일도 없었던 것처럼 모든 것이 너무도 깨끗했다.

처음과 달라진 점이라면 백이나 되는 수의 복면인들이 감쪽같이 사라져 버렸다는 것이었다.

혼적조차 없었다.

바닥을 뒹굴던 검도 없고, 핏자국도 없다. 채 가시지 않은 혈향만이 그곳을 떠다니고 있었다. 그리고 그것이 오히려 부자연스러움을 연출하고 있었다.

"이, 이게……."

고요하게 가라앉아 버린 공기를 깨고 정주립이 입을 열었다. 하지만 그는 말을 끝맺지 못했다. 등을 보인 채 서 있던 이하원이 몸을 돌려 그를 봤던 것이다. 정주립은 그대로 뻣뻣하게 굳어버렸다. 단지 시선이 마주쳤기 때문이 아니었다. 이하원은 복면인들을 보던 시선으로 정주립 등을 보고 있었다.

그의 눈이 말하고 있었다.

「너희들 때문이다. 너희들을 보호하려다가 은상이 다쳤다!」

이하원에게는 그들조차도 '적'으로 분류된 듯했다. 그리고 그것이 말도 잇지 못할 만큼의 공포를 불러일으켰다.

정주립은 다친 복부를 감싸고 주춤 뒤로 물러섰다. 이하원이 죽이려고 마음만 먹는다면 도망치고자 해도 도망칠 수 없다는 것을 안다. 그럼에도 그는 저도 모르게 바닥을 기며 뒤로 물러났다. 하지만 그것은 그의 기우에 지나지 않았던 듯, 이하원은 정주립에게서 시선을 거두고 냉무진을 봤다.

냉무진은 핏기가 가신 얼굴로 그와 시선을 마주했다. 이하원은 한참 동안 그를 보기만 하다 입을 열었다.

"목격자는 살려두지 않는 게 원칙이다."

그는 무사들을 천천히 둘러보고 냉무진을 다시 보았다.

"이들은 처음부터 내 능력에 대해서 알고 있던 자들이다. 그런데 유감스럽게도 넌 아니야. 자, 어떻게 할까?"

마치 선택할 수 있는 기회를 주겠다는 투였다. 하지만 눈동자를 가득 채운 살기는 그를 죽이겠다고 말하고 있었다. 두려움을 느낄 만도 한데 냉무진은 이하원의 시선을 피하지 않았다.

"그럼, 죽이십시오."

그 끔찍한 광경을 목도하고도 냉무진은 담담했다.

죽음은 둘째치고 이하원의 인간 이상의 능력을 보고도 안색이 창백해진 것을 제외하고는 멀쩡했다. 어릴 적, 단지 그가 떠 있다는 것을 본 것만으로도 그 하녀는 지금도 정신이 나가 있는데 말이다.

아까운 자다. 자신의 사람이 아닌 것을 떠나, 그는 이대로 죽기에는 확실히 아까운 인물이었다.

이하원은 한숨을 내쉬었다. 어느새 살기는 거두어진 후였다.

"맹세해라, 죽을 때까지 오늘 일을 발설하지 않겠다고. 그렇게만 한다면 넘어가겠다. 자, 선택해라. 어떻게 할 거지?"

"제가 여기서 맹세한다고 해도 그걸 어떻게 믿습니까? 그냥 죽이시는 게 비밀을 지키는 방법입니다."

냉무진은 자신의 죽음을 논함에도 냉정했다. 이하원은 피식, 웃었다.

“하지만 난 믿는다.”

“어째서입니까?”

“말을 하는 그 순간, 넌 죽을 테니까.”

지금까지 냉정하기만 하던 냉무진도 그 순간만큼은 가슴이 서늘해짐을 느꼈다.

처음으로 냉무진의 마음을 읽은 이하원은 다시 한 번 웃었다.

“어떻게 할 거지?”

냉무진은 서늘해지는 가슴을 달래며 입을 뗐다.

“맹세… 하겠습니다.”

그럴 줄 알았다는 표정으로 고개를 끄덕인 이하원은 은상에게로 가 그의 몸에 손을 얹었다. 황금빛을 넘어서 하얗게까지 보이는 빛이 그의 손을 타고 흘러나와 은상을 감쌌다. 그리고 지금까지와는 다른 경이로운 광경이 펼쳐졌다. 곧 죽어도 이상이 없을 듯 보이던 은상의 상처가 천천히 아물기 시작한 것이다.

은상은 반쯤 혼절해 있다 점점 내상이 나아감에 따라 조금씩 정신을 차렸다. 겨우 눈을 뜬 그는 바로 앞에 있는 이를 보자 바싹 말라 버린 입술을 벌렸다.

“주군…….”

이하원은 방금 전까지만 해도 눈 한 번 깜짝 안 하고 사람을 죽인 사람답지 않게 환한 미소를 지었다.

“그래, 나다. 어때? 괜찮아?”

‘죽을 거 같은데 괜찮기는 무슨…….’

속으로 투덜대면서도 혹시라도 이하원이 걱정할까 싶어 은상은 고개를 끄덕였다.

“네, 괜찮습니다.”

"호오~ 그래?"

이하원은 일부러 복부를 꾹, 눌렀다. 은상이 터져 나오는 신음을 겨우 삼키고 그를 노려보았다. 아픈 사람을 두고도 장난인가 싶었다. 하지만 이하원 역시 그를 노려보고 있기는 마찬가지였다.

그는 질책하듯 말했다.

"미련한 녀석 같으니. 내가 비록 저들을 지키라고 했지만, 네 목숨을 버려가면서까지 그리하라고는 하지 않았다. 그런데 어쩌자고 바보 같이 나서서 이 꼴이 돼? 되기를. 만약 네가 잘못되었다면 난……."

말을 하다 말고 이하원은 입을 다물어 버렸다. 만약 은상이 잘못되었다면 무사들 역시 무사하지 못했을 거라는 말은 굳이 하지 않아도 될 것 같아서였다. 하지만 은상은 쉽게 뒷말을 짐작했다.

그는 작게 미소를 지었다.

삼켜진 말은 살벌하기까지 했지만 은상은 기쁨을 느꼈다. 이토록 자신을 위해준다는 것을 알기에 천방지축에 시도 때도 없이 장난이나 치고, 내키는 대로 행동하며 꼭 반쯤 정신 나간 놈처럼 굴어도 몸과 마음을 바쳐 가며 주군으로 모시게 되는 거라고 그는 생각했다. 물론 이하원은 그것을 읽어내고 괜히 은상의 머리를 쥐어박았다.

"주군, 왜……?"

의아한 듯 은상이 물었지만 이하원은 대답해 주지 않았다.

'내가 언제 천방지축에 시도 때도 없이 장난이나 치고 내키는 대로 행동하며 정신 나간 놈처럼 굴었다는 거야?'

여전히 왜 맞았는지 이해를 못하는 은상을 보며 그는 한껏 눈을 부라려 줬다.

'다치지만 않았다면 수련을 핑계로 실컷 패주기라도 할 텐데…….'

아쉽다는 듯이 입맛을 다셨다. 물론 은상은 그의 생각을 읽지 못했다.

참으로 다행이라 하지 않을 수 없었다.

누구 하나 입을 여는 사람이 없었다.
잠시 그곳에 침묵이 찾아들었다. 하지만 그것은 오래가지 않았다. 본디 참을성이라고는 없는 이하원이 자리에서. 일어나며 말했던 것이다.
"가자."
"어디를요?"
이하원이 일어나자 같이 일어난 은상이 되물어왔다. 이하원은 그를 이상하다는 눈으로 봤다.
"어디긴 어디야? 여기에서 가까운 곳이라고 해봐야 제원(濟源) 정도밖에 더 있어? 그리로 가자고."
"우선 주변 좀 보시고 말씀하시죠?"
은상의 말에 이하원은 무슨 소리냐는 표정으로 주위를 둘러보았다.
'아.'
타고 왔던 말은 이미 사라진 지 오래였다. 도망을 가버렸든, 이하원의 힘에 휩쓸렸든 간에 말이다. 한쪽으로 예물을 실은 수레만 덩그러니 놓여 있었다. 게다가 이하원과 은상을 제외하고는 멀쩡한 사람이 없었다. 냉무진조차 이하원을 대신하여 방어하다 어깨를 다쳤다. 이런 상태로 수레까지 끌고 가는 건 무리였다.
이하원은 인상을 썼다.
"이대로는 못 가겠군."
"그렇죠."
그제야 알았냐는 표정으로 은상이 고개를 끄덕이자 이하원은 잠시 고민하다 곧 결정을 내리고 그를 봤다.
"은상, 넌 멀쩡하니 제원으로 가서 사람 좀 불러와라."

뜻밖의 말에 은상이 의아한 듯 물었다.

"굳이 그렇게까지 할 필요가 있습니까? 그냥 다른 사람들도 주군께서 치료해 주시면 되지 않습니까."

쉬운 길을 놔두고 어째서 빙 둘러가려고 하는지 은상은 이해할 수 없었다. 하지만 이하원은 그렇게 생각하지 않는 듯했다. 그는 상당히 거슬린다는 표정으로 한쪽 눈썹을 치켜 올렸다.

"내가 왜?"

'내가 왜라니…….'

"네?"

어이가 없어 물었다. 하지만 이하원은 당당했다. 어릴 때 버릇이 또 나왔는지 그는 두 손을 허리에 얹고 배까지 내밀고 말했다.

"내가 왜 그래야 하는데?"

은상은 할 말을 잃었다.

사실 따지고 보면 정주립 등을 치료해 줘야 할 이유는 없다. 하지만 못해줄 이유 또한 없다. 보통 보면 이런 경우에는 대부분 해주지 않던가? 하지만 유감스럽게도 이하원은 그 '대부분' 의 범주에 드는 인물이 아니었다.

그는 은상의 옆구리를 쿡쿡, 찌르며 말했다.

"난 쓸데없는 일에 힘 낭비하고 싶지 않으니까, 저 녀석들을 살리고 싶으면 얼른 가서 사람들을 불러오기나 해. 알겠어? 참, 나 오래 못 기다리는 거 알지? 꽁지 빠지게 경공 펼쳐라~"

쿡쿡 찌르던 손을 펴 이번에는 은상의 등을 떠밀었다. 그의 손에 떠밀려 몇 걸음이나 내딛은 은상은 뚱한 표정으로 뒤를 봤다. 이하원은 아주 기쁜 듯 허리에 손을 얹고 의기양양하게 미소를 짓고 있었다.

'진짜… 알면 알수록 이상한 사람이라니까.'

고개까지 절레절레 저으며 생각한 그는 이하원이 갑자기 웃음을 멈추고 눈을 부라리자 얼른 경공을 펼쳤다. 그는 엄청난 속도로 쏘아져 갔고, 금세 숲 사이로 모습을 감추었다.

"이야~ 빠르네?"

휘파람까지 불며 놀랍다는 표정으로 은상이 사라진 곳을 보고 있던 이하원은 힐끔, 부상당한 무사들과 냉무진을 보았다. 그리고 다시 몸을 돌렸다. 웃을 때는 언제고 어느새 그는 미간을 찌푸리고 있었다.

다른 사람이 눈치채지 못하게 허리에 얹은 손을 슬쩍 옷 속으로 찔러 넣었다. 잠시 후, 찌푸려진 그의 얼굴이 조금 더 일그러졌다. 옷 속에 넣었던 손을 뺐다. 어째서인지 하얗기까지 한 손에 혈흔이 묻어났다. 그는 인상을 쓰며 대충 옷에 대고 문지르려다 생각을 바꿔 소매 안쪽의 보이지 않는 곳에 닦아냈다.

은상은 반 시진이 채 되기 전에 돌아왔다. 그리고 그가 데려온 사람들은 그로부터 반 시진 후에 도착했다. 하지만 이하원은 그조차도 기다리기 지겨웠던지 돌아온 은상을 늦었다고 구박했다. 은상은 대놓고 뭐라 하지 못하고 속으로 투덜댔고, 그에 맞춰 이하원의 구박은 점점 강도를 더해갔다.

뒤늦게 도착한 사람들이 수레에 말을 메어 끌고, 무사들을 들쳐 메고 가자 이하원과 은상도 그 뒤를 따랐다.

그들은 날이 다 어두워서야 제원에 도착했다.

날이 저물어서인지 대로는 한산했다. 더불어 찌는 듯한 더위도 많이 수그러든 상태였다. 다른 사람들보다 서너 걸음은 앞서 가던 이하원이 잔뜩 얼굴을 구기고 주위를 둘러보았다.

'아아, 아파 죽겠다, 아파 죽겠어. 어디 가서 좀 쉬어야겠는데…….'

　주위의 눈을 의식해 차마 옆구리를 부여잡지는 못하고 애써 아무렇지도 않은 표정을 지어 보였다. 하지만 그러면서도 그는 당장 어디에든 눕고 싶을 정도로 힘들었다. 몰래 한숨을 내쉬고 객점을 찾는데 은상의 생각이 전해져 왔다.

　'신기하네. 그토록 오랫동안 경공을 펼쳤는데도 어째서 이렇게 몸이 가볍지? 아무리 주군께서 내상을 치료해 주긴 했다지만, 이건 거의… 다치기 전보다 더 좋아진 것 같잖아?'

　이상하다는 듯이 고개를 갸웃갸웃하기까지 했다. 이하원은 울컥했다.

　'내가 누구 때문에 이런 꼴이 되었는데!'

　화가 나 휙, 노려보자 그의 시선을 느낀 은상이 고개를 들었다. 한껏 노려보는 게 어찌나 사나운지 잡아먹을 듯했다.

　'왜 그러지?'

　은상이 의아한 표정으로 물었다.

　"주군, 왜 그런 눈으로 보십니까?"

　이하원은 대답하지 않았다. 휙, 앞으로 고개를 돌리고는 성큼성큼 걸어가 버렸다. 그러면서도 갑작스레 움직인 덕분에 옆구리가 아파오자 얼굴을 찡그리는 것도 잊지 않았다.

　이하원이 무시하고 가버리자 은상은 황당함을 감추지 못했다.

　"뭐, 뭐야?"

　조금 전부터 기분이 좋지 않다는 건 짐작했다. 하지만 대놓고 구박을 하지 않았던가? 그랬으면 됐지 왜 새삼 노려보고, 묻는 데도 무시해 버리는 건지 모르겠다. 도통 이해할 수 없다는 표정으로 이하원의 뒷모습을 보던 은상은 순간 무슨 생각이 들었는지 인상을 썼다. 그리고는 골치가 아프다는 표정으로 이마를 짚었다.

　"뭐야? 또 삐친 거야?"

이하원이 들었다면 펄쩍 뛰었을 소리를 중얼거린 그는 점점 이하원의
걸음이 빨라지자 역시 빠른 걸음으로 그 뒤를 따랐다.

무슨 일 때문에 저리도 단단히 삐친 건지는 모르겠으나 빨리 달래주지
않으면 한참 동안이나 꽁해 있을지도 모른다는 위기감에 그는 어떻게 주
군의 비위를 맞춰줄까 열심히 머리를 굴렸다.

객점은 제원에서 가장 큰 곳으로 잡았다.

신분이 신분인만큼 사치를 즐겨도 될 텐데, 평소 의외로 검소하기까지
한 이하원이다. 그런데 그런 그가 오늘은 왜인지 굳이 비싼 곳에서 묵어
야겠다며 고집을 부렸다.

결국 은상이 그리하겠다고 하자 그는 매우 흡족한 표정으로 객점을 훑
어보고는 안으로 들어갔다. 하지만 얼마 가지 않아 멈추어 섰다.

"주군?"

은상이 불렀지만 그는 대답은 않고 두리번두리번 주위를 둘러보았다.

「아파. 아파. 아파.」

물론 아프다 생각하고는 있다. 하지만 그것은 자신의 음성이 아니었
다. 그는 대놓고 아프다고 한 적이 없었다. 그런데 계속해서 아프다는 소
리가 들려오고 있었다. 도대체 누가 자신과 똑같은 생각을 하는지 궁금
해졌다.

이리저리 고개를 돌려가며 소리의 근원지를 찾았다. 그리고 얼마 지나
지 않아 그곳을 본 그는 어이없는 표정을 지었다.

마구간까지 걸어간 그는 수레를 보다 은상을 향해 말했다.

"덮개 좀 치워봐."

"예? 갑자기 덮개는 왜요?"

"치워보라니까 참 말 많네."

“아니, 말이 많은 게 아니라……."

'갑자기 그런 말을 하니까 그런 거 아니냐고. 뭐, 별거 있다고. 예물이
라고는 하지만 생각있는 사람이라면 훔쳐 가지도 않을 찻잎이나 서적 같
은 거밖에 없으면서.'

조금 전까지만 해도 단단히 삐친 이하원을 달래줘야겠다고 생각할 때
는 언제고 벌써 다 잊어버렸는지 그는 투덜대기 바빴다. 하지만 덮개를
치우고 드러난 광경에 눈을 동그랗게 떴다.

수레에는 열세네 살쯤 되어 보이는 소년이 잠들어 있었다.

이리저리 찢어진 옷이나 엉켜 붙은 피가 심상치 않아 보인다. 엉클어
진 머리에 옷이 가려주지 못한 부분은 상처투성이였다. 상태로 보아하니
잠이 든 건지, 기절을 한 건지 구분이 가지 않았다.

'그거야 둘째치고 어떻게 여기에 꼬마가 숨어들 수 있었지?'

은상은 고개를 갸웃했다.

지금까지 수레는 꾸준히 무사들에 의해 지켜졌다. 귀중한 물건은 아니
지만 없어지면 곤란해지는 물건이다. 당연히 무사들은 철저히 수레를 지
켰다. 그랬는데 이 소년은 도대체 언제부터 여기에 있었던 걸까?

한참 동안 소년을 보고 있던 은상이 물었다.

“이… 꼬마는 뭐죠?"

“그걸 내가 어떻게 알아?"

시큰둥하게 말한 이하원은 소년을 훑어보았다. 그 순간에도 소년에게
서 계속해서 '아프다' 라는 소리가 들려오고 있었다.

은상은 그의 등을 쏘아보았다.

'그럼 잘 알지도 못하면서 덮개를 치워보라고 했다는 거야, 뭐야? 진
짜 말도 안 되는 소리만 한다니까? 솔직히 처음부터 다 알았으니까 그런
거 아니냐고.'

투덜투덜. 한참 투덜대다 그는 곧 생각을 바꿨다.

'그래도 아까 보니 단단히 삐친 거 같던데, 믿는 척이라도 해줄까?

"시끄러워! 좀 조용히 해!"

소년을 살펴보던 이하원이 갑자기 소리치자 은상은 황당하다는 표정을 지었다.

'내가 언제 떠들었다고 그러는 거야?

이리저리 생각해 봐도 속으로 몇 마디 투덜댄 것밖에 없다. 의아하게 여긴 은상이 물었다.

"제가 언제 뭐라고 했습니까?"

이하원은 대답하지 않았다. 대신 소년을 이리저리 뒤적거리기까지 하며 살펴보다 허리를 폈다.

그는 소년을 가리키며 말했다.

"상처가 좀 있긴 한데 심하진 않군. 대부분이 타박상에 가벼운 찰과상이야. 하지만 이대로 두면 나이도 어리니 어쩌면 잘못될지도 모른다. 그러니까 은상, 네가 오늘은 저 꼬마랑 같이 지내라. 사람 불러서 찜질해주는 것도 잊지 말고."

은상은 고개를 끄덕이며 물었다.

"그럼 오늘은 삼인실을 잡아야 합니까?"

"어째서 삼인실이야?"

"그거야 주군과 저, 그리고 이 꼬마……."

이하원이 은상의 말을 잘랐다.

"왜 내가 너나 저 꼬마랑 같은 방을 써야 하는데? 나도 오늘만은 좀 자유롭고 싶거든? 그러니까 오늘은 따로 쓰자."

"지금까지는 잘만 같이 지내놓고 갑자기 왜 그러십니까?"

이하원은 답답하다는 표정으로 말했다.

"내 말이 그거다. 지금까지 벌써 며칠씩이나 같은 방을 썼는데 오늘까지 같은 방을 쓰자니 너무하는 거 아냐? 은상, 네가 얼마나 코를 심하게 고는지 알아?!"

말도 안 된다고 생각했지만 스스로 코를 고는지 안 고는지 모르는 은상은 더 이상 따지지 못했다. 대신에 다른 반박거리를 찾았다.

"하지만 혹시라도 살수가 찾아오면 어쩌려고 그러십니까?"

"방금 전에 찾아온 살수가 또 올 리 있나."

"그들은 살수가 아니라 팔황성의 의검대라지 않았습니까!"

이하원은 피식, 웃고 말했다.

"핑계지, 그거야. 그런 것도 다 믿다니 순진하기는~"

"그래도……."

"나 오늘은 진짜 편하게 쉬고 싶어. 꼬마를 돌볼 사람은 우리 일행 중에 너밖에 없는데, 밤새 꼬마가 끙끙 앓기라도 하면 어쩔 거야? 같은 방을 쓰다가 내가 잠 못 자면 책임질 거야? 밤새 잠 못 자고 눈 뻘겋게 충혈되면 책임질 거냐고!"

은상이 미처 대답하기도 전에 이하원은 냉큼 말했다.

"봐. 대답 못하잖아. 그러니까 오늘은 꼭 독실을 쓸 거다!"

선언하듯 소리친 그는 얼른 객점 안으로 들어가 버렸다. 저렇게 고집을 부릴 줄이야. 은상은 원망스러운 듯 수레 위에서 잠든 소년을 쏘아보았다.

홀로 남은 이하원은 상의를 들췄다.

옆구리의 상처가 드러났다. 길게 찢어진 상처를 위에서부터 아래로 꾹, 누른 그는 인상을 썼다.

수건을 들어 상처를 닦아내고 붕대를 감았다. 혼자서 하려니 쉽진 않았지만 그는 웬일로 짜증 한 번 부리지 않고 끝까지 감고 매듭을 지어 묶었다.

"후우……."

붕대를 다 감은 그는 짧게 한숨을 내쉬었다. 그러다 가만히 손바닥을 펴봤다. 그곳에는 이제는 선이 되어버린 흉터가 검지와 중지 사이를 가로지르고 있었다.

문뜩 이 흉터가 생겼을 때가 떠올랐다.

흉터는 생긴 게 아니라 그가 만들었다. 은상의 얼굴에 남아 있는 커다란 흉터가 보기 싫어서 자신의 손으로 옮긴 거였다.

려혼에게 듣기로 은 일족 중 치료의 능력을 가진 사람은 없다고 했다. 그런데 신기하게도 그에게는 치료의 능력이 있었다. 다만 그것이 단순히 치료를 하는 것에서 그치지 않는다는 게 문제였다.

치료를 하려면 할 수는 있지만 그 능력을 썼을 때 타인의 상처가 그에게로 돌아온다. 물론 그에게로 돌아올 때는 반 이상이 감소된다. 하지만 그렇더라도 위험하다. 그렇기에 그는 정말 소중한 사람이 아니면 치료의 능력을 쓰려 하지 않았다.

이하원에게서 처음으로 드러난 능력인만큼 아직 밝혀진 건 아무것도 없었다. 그저 예상으로 타인을 치료하면 반 넘게 줄어든 반동이 자신에게로 온다고만 알고 있을 뿐이었다. 그런데 만약 그게 잘못된 거라면, 그는 치료의 능력을 썼다는 이유로 목숨을 잃을 수도 있었다. 생사를 넘나드는 상처를 두 명 이상 치료했을 때, 어쩌면 그가 죽을지도 모르는 일이고.

그렇기에 정주립의 내상이 중하다는 것은 알았지만 치료해 줄 수 없었다. 솔직히 말하자면 그가 목숨을 걸 만큼 정주립은 그에게 소중한 사람이 아니었다.

그는 단단히 감아진 옆구리를 천천히 쓰다듬었다.

'정말 신기하단 말이야?'

물론 치료를 한다는 것도 신기했다.

파괴적인 능력으로만 알고 있었는데, 의외로 그렇지 않은 면도 있다는 게 놀라웠다. 하지만 그 무엇보다 타인의 상처를 자신에게로 옮길 때 상처가 생길 자리를 마음대로 지정할 수 있다는 게 무척이나 신기했다. 뺨에 있던 흉터를 손바닥으로 옮긴 것도, 복부에 생긴 상처를 옆구리로 옮긴 것도 모두 그런 신기한 능력에서 기인한 것이었다.

한차례 미소를 지은 그는 탁자 위에 올려둔 새 옷으로 갈아입고 피 묻은 옷을 꽁꽁 쌌다.

이런 일에는 증거 인멸이 무엇보다 중요함을 그는 누구보다 잘 알고 있었다. 옷을 공중에 띄워 흔적도 없이 불태우려고 뜨거운 기운을 모았다. 그런데 그때였다.

툭.

공중에 띄워두었던 옷가지가 바닥으로 떨어졌다.

"어?"

이하원은 다시 옷가지를 공중으로 띄웠다. 그런데 어떻게 된 노릇인지 옷가지는 공중으로 뜨기는커녕 그대로 바닥에 눌러붙어 있었다.

'왜 이러지?'

고개를 갸웃하다 공중에 띄우는 것은 그만두고 그대로 불의 기운을 모아 옷가지를 향해 쏘았다. 아니, 그렇게 했다고 느꼈다. 하지만 옷가지는 그대로였다. 불이고 뭐고, 타는 냄새조차 나지 않았다.

몇 번 더 시도했지만 마찬가지였다.

옷가지는 공중으로 뜨지도 않았고, 불에 타지도 않았다. 혹시나 싶어 다른 물건을 띄워보기도 하고 바람을 불러보기도 했지만 그 무엇도 되지 않았다. 그는 그대로 그 자리에 주저앉아 버렸다. 망연자실한 표정으로 바닥에 그대로 남아 있는 옷을 보았다.

"어째서……."

이하원은 멍하니 손을 내려다보았다.

믿기지 않았다. 아니, 도저히 믿을 수 없었다. 핏기가 싹 가신 손바닥에 자리한 흉터는 그대로였다. 주먹을 쥐었다 폈다. 감각은 여전했다. 꿈이 아니다.

'그런데 어째서……?'

처음부터 원하지도 않았던 능력이다.

태어날 때부터 갖고 있던 것이고 버릴 수도 없는 것이기에 받아들였을 뿐, 조금도 좋아한 적 없었다. 그 덕분에 갇혀 있어야 했다. 그러니 그 능력이 달가울 리가 없지 않은가?

지금 그 능력을 잃었을 뿐이다. 단지 그것뿐이었다. 그런데도 그는 위화감을 느꼈다. 불안했다. 아무 준비도 없이 세상에 버려진 것만 같았다. 앞으로 살아갈 길이 막막할 때나 느끼는 그런 막연한 불안감이 그를 엄습했다.

이하원은 기가 막힌 듯 입을 벌렸다.

"하……."

없어졌으면 좋겠다고 생각했다. 그런데 이토록 커다란 상실감이라니. 스스로의 감정에 화가 나 제대로 말도 안 나왔다. 하지만 뒤늦게 튀어나온 음성은 의외로 담담했다.

"말도 안 돼."

그래, 말도 안 된다. 어느 것 하나 말이 되는 게 없었다. 하지만 그는 말을 내뱉는 순간 깨달았다. 지금까지 자신이 그 힘이라는 것에 얼마나 의존하고 있었는지를.

자신감이라는 것, 또 여유라는 것은 힘이 있을 때나 가질 수 있는 것이었다. 만약 복면인들과 싸울 당시 힘이 없었다면 자신은 그렇게까지 여유로울 수 있었을까? 그는 고개를 저었다.

아니었다.

정 안 되면 힘을 쓰면 된다는 생각을 은연중에 하고 있었기에 그리도 여유롭고 태연할 수 있었던 거였다. 그는 자신도 모르는 사이에 힘을 그토록 의지하고 있었던 거다. 그런데 지금 그 힘을 잃었다. 그래서 이리도 큰 상실감을 느끼고, 또 불안해하고 있는 것이다.

"하… 하하하!"

이하원은 웃음을 터뜨렸다.

그깟 힘에 그리도 의지하고 있는 자신을 그동안 알아채지 못했다는 게 너무도 웃겼다. 스스로가 바보 같았다. 그리고 황당했다. 그는 마음껏 웃음을 터뜨렸다.

생각해 보면 지금까지 자신은 너무도 나태했다.

범인은 가질 수 없는 엄청난 능력을 태어나면서부터 가졌고, 그 탓인지 뭐든 쉽게 해냈다.

무공을 익히는 것도 그랬다.

피땀을 흘리는 각고의 노력이 없었음에도 남들보다 몇 배는 빠른 성취를 거뒀다. 그러다 보니 어느새 노력은 뒷전이 되었다. 노력 같은 거 하지 않아도 되는데 굳이 할 필요는 없다고 생각했던 것이다. 그런데 지금은 그것이 후회되었다.

물론 그는 또래와 비교하면 그야말로 발군이었다. 어쩌면 몇 단계 위의 선배들보다 더 뛰어날지도 모른다.

하지만 어제와 같은 일이 또다시 일어난다면 지금과 같은 결과를 낳을 수 있을 거라고는 장담하기 힘들었다. 과연 아무 능력도 없이 순수 무공만으로 은상과 자신이 동시에 살고 또 덤으로 무사들까지 모두 살릴 수 있을까? 게다가 지금은 부상까지 입었다. 가능한가?

이하원은 고개를 흔들었다.

자신 없다. 능력을 잃고 나서 자신이 없어졌다. 스스로의 무공에 대해 크게 평가하지 않고 있던 터라 더욱 그랬다. 하지만 그는 절망에 빠지기보다는 이 상황을 타파할 방법을 생각했다.

이리저리 머리를 굴려봤다. 그리고 나온 결론은 하나였다.

'무공을 익혀야 해.'

물론 무공도 때론 잃을 수 있다. 하지만 무공은 이유가 있고 결과가 있다. 기연이라는 것도 있지만 대부분이 그렇다.

노력한 만큼 얻고 이유없이 잃는 일은 없다. 하지만 그가 갖고 있는 힘은 달랐다. 은 일족의 수도 적은 데다 사례도 많지 않아 밝혀진 것보다 밝혀지지 않은 것이 더 많고, 선천적으로 가지게 되는 힘은 언제 어디에서 어떻게 없어질지 전혀 짐작이 가지 않았다. 그는 지금까지 설렁설렁해 오던 무공의 필요성을 지금에서야 정확히 인지했다.

풍림장으로 돌아가면 누구보다도 더 열심히 무공을 익히리라. 그리고 무공만으로 최고가 되어 보이겠다. 이까짓 사라져 버린 힘 따위에 의존하지 않아도 되도록.

늦은 밤, 그는 그렇게 다짐했다.

아침이 되었다.

능력을 잃었음에도 생각을 정리한 후라서인지 의외로 푹 자고 일어난 이하원은 혹시나 해서 손에 힘을 모았다. 하지만 여전히 아무것도 느껴지지 않았다.

"완전히 사라져 버린 건가?"

여전히 섭섭한 마음이 들었지만 차라리 잘되었다는 생각도 들었다.

이제부터 새로 시작하는 거다. 그는 한차례 미소를 지어 보이고는 붕대를 갈고 밖으로 나갔다. 은상의 방으로 가자 그는 소년의 이마에 얹힌 물수건을 갈아주는 중이었다.

"어때?"

다가가서 묻자 은상이 고개를 들었다.

"아, 그냥 그렇습니다. 밤새 열이 나기는 했지만 지금은 많이 내렸습니다."

"그래?"

이하원은 소년의 곁으로 걸어갔다. 깨끗하게 닦고 옷까지 갈아입혀 놓자 소년은 꽤나 말쑥해 보였다. 이하원이 의외라는 듯 말했다.

"이 녀석, 의외로 인물 나네?"

"귀엽지 않습니까?"

은상이 흐뭇한 미소를 지으며 물었다. 대답 대신 이하원은 피식, 웃고 그의 옆구리를 찔렀다.

"뭐야? 칭찬은 꼬마에게 했는데 왜 네가 그렇게 기뻐하는 건데? 숨겨둔 자식이라도 돼?"

은상은 당황했다.

"말이 되는 소리를 하십시오! 제가 어떻게 저만큼 큰 아들을 둘 수 있습니까! 꼭 헛소리를 해도……."

"뭐 어때서? 마음만 먹으면 못할 것도 없지."

"주군!"

당황해서 소리치자 이하원이 장난스레 미소를 지었다.

그때였다.

'저 이상한 인간은 또 뭐야? 도대체 이 사람들은 누구지?

어디선가 치기가 어린 음성이 들려왔다. 웃기에 여념이 없던 이하원의 한쪽 눈썹이 위로 치켜 올라갔다. 그 음성의 주인이 누군지 쉽게 짐작이 갔던 것이다.

'이 꼬마 녀석이, 감히 깨어 있는 주제에 자는 척을 해? 게다가 뭐? 이상한 인간?'

자신에 대한 험담을 절대 그냥 넘길 리 없는 이하원은 여전히 자는 척하고 있는 소년을 훑어보며 어떻게 괴롭혀 줄까를 생각하다 멈칫했다.

'어? 어떻게 저 꼬마의 생각을 읽었지?'

그랬다. 분명 능력을 잃었다. 그런데 그게 아니었단 말인가? 아니면 지금 힘을 다시 찾았거나.

이하원은 슬그머니 탁자 위에 얹힌 양동이를 노려봤다. 양동이의 물을 쏟아버리려고 했지만 되지 않았다. 역시 능력은 돌아오지 않았다. 그런데도 소년의 생각이 머리 속을 울리자 인상을 썼다.

"주군, 왜 그러십니까? 어디 아프십니까?"

은상이 물었다. 그는 그냥 고개만 흔들었다.

'어디가 불편하면 불편하다고 말해 주면 좋을 텐데…….'

섭섭해하는 은상의 생각까지 읽혔다.

"이런……."

이하원은 팍, 얼굴을 찌푸리고 말았다. 잠정적으로 능력이 완전히 사라진 게 아니라는 것을 알아챈 것이다. 능력이 완전히 사라졌다면 은상의 생각도, 침상에 누워 자는 척하는 꼬마의 생각도 읽힐 리가 없다.

'그럼 어떻게 된 거야?'

능력은 어느 순간 갑자기 사라졌다. 그럼에도 타인의 생각을 읽을 수 있는 능력은 그대로 남아 있었다.

려흔이라도 있으면 상의라도 해볼 텐데.

조금 전까지만 해도 가볍던 마음이 다시 돌덩이라도 얹은 듯 무거워졌
다. 능력이 사라진 이유도, 그럼에도 불구하고 타인의 생각을 읽을 수 있
는 능력만은 그대로 있는 이유도 알 수가 없었기 때문이다.

그때였다.

"주, 주군?"

옆에서 은상의 놀람 어린 음성이 들렸다. 이하원이 대답하지 않자 은
상은 그를 마구 흔들며 불렀다. 음성에는 다급함마저 깃들어 있었다.

"주군! 주군!!"

"응?"

이하원은 생각에서 빠져나와 은상에게로 고개를 돌렸다.

"왜?"

그가 묻자 은상은 황당한 표정으로 마구 고개를 저었다.

"뭐야? 왜 그러는 거야?"

이하원이 인상을 썼다. 은상은 여전히 아무 말도 못하고 이리저리 둘
러보며 손으로 여기저기를 가리켰다. 웬 미친 짓인지 모르겠다고 중얼거
리며 우연찮게 은상의 뒤를 본 이하원은 입을 떡 벌렸다.

"이, 이게……."

은상이 대뜸 물었다.

"주군 짓이죠?"

"끄응."

이하원은 뭐라 대답하지는 못하고 신음만 했다.

그들의 주위로 방 안의 물건이란 물건은 모조리 떠서 둥둥 공중을 떠
돌고 있었다. 커다란 금빛 고리를 형성하며 돌아가는 모습이 신기하기
짝이 없었다. 황금빛이 이하원만이 가진 능력의 색임을 은상은 잘 알고
있었다.

그는 다그치듯 소리쳤다.

"이거 주군이 한 짓 맞죠? 발뺌할 생각은 하지 마십시오! 주군 말고 이럴 수 있는 사람이 또 어디 있습니까? 장난은 그만 하고 얼른 모두 제자리로 돌려놓으십시오!"

"아니, 그렇게 말해도……."

은상의 손짓을 따라 방 안을 둘러보며 이하원은 당황했다.

그럴 수밖에 없는 것이, 그는 전혀 힘을 쓰지 않고 있었다. 그런데 그의 통제를 벗어나 저절로 힘이 움직이고 있었다. 사라진 줄 알았던 힘은 알고 보니 그의 몸 안이 아닌 몸 밖을 돌고 있었다. 그리고 밖으로 나간 힘을 통제하려 할 때마다 옆구리에 통증만 일으키고 있었다.

'젠장.'

옆구리가 쑤시듯 아파오자 그는 얼굴을 찌푸렸다.

그 순간 무슨 일인가 싶어 슬그머니 한쪽 눈만 뜬 소년은 바로 눈앞에 벌어진 광경에 경악했다. 소년은 자는 척하고 있었다는 것도 잊고 비명을 질렀다.

"으아아아! 괴……!"

소년이 다 소리치기 전에 이하원은 얼른 그의 입을 틀어막았다. 소년의 생각을 읽는 것은 은상의 생각을 읽는 것만큼이나 쉬웠다.

'괴물이다! 괴물이다! 괴물이다!'

소년이 속으로 외치는 소리가 귓가를 찌렁찌렁 울렸다. 이하원은 한 손을 들어 귀를 막고 눈을 찡그렸다.

'어떻게 하지?'

곤혹스러웠다. 이하원은 소년을 어떻게 할까 고민했다. 그냥 죽여 버릴까? 순간 그의 눈가에 살기가 맺혔다.

"주군."

은상이 방 안에 떠다니는 물건을 내리려고 애를 쓰다 이하원을 돌아봤
다.

'어? 족제비눈이 되었네? 또 무슨 무서운 생각을 하고 있는 거야?'

은상의 생각이 전해져 오자 이하원은 한차례 그를 노려봐 주고 살기를
거두었다. 족제비눈 언급한 것은 기분 나빴지만 그도 이렇게 어린 꼬마
까지 죽이고 싶은 생각은 없었다.

'그럼 어떻게 한다?'

고민하다 문뜩 좋은 생각이 떠올랐다.

그는 두 눈을 반짝였다. 힘을 통제하지 못한다는 사실은 이미 뒷전으
로 밀려난 상태였다.

그는 소년을 보며 씨익, 웃었다. 그것은 은상이 보기에도, 그리고 소년
이 보기에도 굉장히 사악해 보이는 미소였다. 사실 마음이 잘 읽히는 데
다 비밀까지 알고 있는 이를 죽이지 않고 살려두는 방법은 하나밖에 없
었다.

이하원은 소년이 누워 있는 침상에 쪼그리고 앉으며 물었다.

"어이, 꼬마. 너 이름 뭐냐?"

중년인은 매우 심기가 불편해 보였다. 부복을 한 사내를 내려다본 그
는 한쪽 눈을 치떴다.

"그래서?"

"그래서… 그것이……."

뻘뻘 땀을 흘리며 제대로 말도 못하는 사내를 보는 중년인의 눈길은
점점 사나워졌다.

탕!

탁자를 내려쳤다.

"확실히 말을 해라. 그래서 어떻게 되었다는 말이냐? 내 분명 의검대의 십이대주(十二隊主) 모두를 지원해 주었거늘. 그들은 어떻게 되었지?"

"전(前) 성주… 아니, 그… 역적 무리는 섬서(陝西)에서 산서(山西)로 경유하여 태행산(太行山)으로 들어섰습니다. 그리고 그곳에서 무리를 반으로 나눠 각자 하북(河北)과 하남(河南)으로 향했습니다. 십이대주들은 상의 끝에 역적 무리의 우두머리가 향했을 것으로 의심이 되는 쪽을 십대주가 쫓고, 다른 쪽을 이대주가 쫓기로 결정했습니다. 그런데……."

"그 의심이 가는 쪽을 쫓은 십대주들의 종적이 어느 순간부터 묘연하다?"

"그렇습니다."

"십대주라면 휘하에 무려 백 명이나 되는 수하를 거느리고 있었을 터, 그런데 그 많은 수가 갑자기 행방이 묘연하다? 지금 그걸 보고라고 하는 것이냐?"

사내는 더욱 고개를 숙였다.

"죽여주십시오."

중년인은 사내의 뒤통수를 노려보다 말했다.

"머리가 그렇게 안 돌아가나? 벌을 청하는 건 이후에 할 일이다. 지금은 사라진 이들을 찾는 게 우선이야. 그들에게서 마지막으로 연락이 온 게 어디에서였지?"

"태행산 산맥 끄트머리로, 제원으로 향하는 길목입니다."

"그렇다면 그곳에서부터 반경 오백 장을 내외로 하여 수색을 시작해라. 선경대(選競隊)를 주겠다. 풀 한 포기도 그냥 넘기지 말고 단 한 점의 의혹도 남지 않을 만큼 샅샅이 수색을 해야 한다. 알겠느냐?"

"존명!"

사내가 대답을 하고 나가자 홀로 남은 중년인은 한쪽 벽에 걸린 지도로 걸어갔다. 그리고 붓을 들어 점을 콕, 찍었다.

"태행산… 그리고 제원이라……."

그는 이상하다는 표정을 지으며 고개를 갸웃했다.

"어째 불안하단 말이야."

그는 스스로 생각하기에 직감이 뛰어난 편이었다. 가슴 한쪽이 서늘해지는 게 그냥 넘기면 나중에 후회할 것 같았다.

그는 허공에 대고 중얼거리듯 말했다.

"영(影), 아무래도 네가 가야겠다. 선경대를 따라가라. 조금이라도 의심이 드는 부분이 있으면 즉시 내게 보고하도록 하고."

"존명."

중년인 홀로 있는 곳에서 중년인이 아닌 다른 이의 음성이 들렸다. 그리고 벽이 잠시 흔들렸다. 그늘이 졌다 사라졌다고 생각될 만큼 찰나의 순간이 지나고 흔들리던 벽이 잠잠해지자 중년인은 붓을 들어 지도에 동그라미를 그렸다.

그것은 태행산을 주위로 정확히 반경 오백 장을 나타내고 있었다.

第六章
통제되지 않는 힘

웬 특이한 일행이 대로를 지나고 있었다.

보통 마차 한 대를 말이 끄는 것과 달리 꼬치 꿰듯 마차 두 대를 수레의 앞뒤로 연결시켜 여덟 마리의 말로 하여금 끌게 하고 있는 이들.

짐작했듯 뭇 사람들의 시선을 끌며 대로를 지나고 있는 이들은 다름 아닌 이하원 일행이었다.

앞에서 말을 모는 이는 은상이었다.

그럴 수밖에 없는 것이 일행 중 멀쩡한 사람이라고는 은상밖에 없었던 것이다. 이하원의 사정을 모르는 이들은 그도 멀쩡하다고 생각했지만, 감히 소공자에게 말을 몰게 할 이는 아무도 없었다.

사람을 사서 말을 몰게 하자는 말도 나왔지만 이하원은 풍림장의 사람이 아니면 믿을 수 없다는 이유로 그 의견을 가볍게 묵살했다.

부상당한 사람도 많은 데다 수레까지 있다. 그런데 마차를 몰 만한 사람이라고는 은상밖에 없었다. 결국 이하원이 생각해 낸 방법은 마차 두

대와 수레를 이어서 은상이 그것을 모는 방법이었다. 잠시 은상의 반발이 있었지만 그는 가볍게 무시했다.

대로를 지나 시장으로 들어서자 은상은 입가를 가린 손을 좀 더 위로 올려 코까지 가렸다. 괴상한 일행의 마차를 모는 것은 아닌 척하지만 사실 무척이나 쪽팔렸다.

'내가 어쩌다가……'

새삼 아침의 일이 떠올랐다. 무작정 등을 떠밀며 말을 몰라고 하던 이하원의 얼굴도 더불어 머리 속을 맴돌았다.

'주군이 아니라 웬수다, 웬수.'

막 험담을 하기 무섭게 마차 안에서 이하원의 구박이 터져 나왔다.

"은상! 제대로 안 몰래? 흔들리잖아!"

'좀 흔들리면 어때서? 그럴 거면 자기가 몰지.'

"은상!"

"지금 제대로 몰아보려고 노력하고 있습니다. 좀 기다리세요!"

안을 향해 소리친 은상은 말고삐를 당겨 잡았다. 자신의 처지를 생각하니 저절로 한숨이 터져 나왔다.

"후우."

어깨를 늘어뜨리고 한숨만 내쉬던 그는 어느새 얼굴을 가리고 있던 손이 밑으로 내려갔음을 알고 얼른 들어 다시 코까지 가렸다.

"이름."

소년이 눈만 동그랗게 뜨고 쳐다보고 있자 이하원이 다시 물었다.

'입을 막고 있는데 어떻게 말을 하냐고!'

속으로 소리치며 자연스레 자신의 이름을 떠올렸다.

'한무결(쭈武結)? 호오, 의외로 이름도 괜찮네.'

뭣하면 이름 정도는 새로 지어줄 생각이었던 이하원은 속으로 그렇게 중얼거렸다.

호감이라도 얻을 생각으로 착한 척 웃으려다 이미 소년, 한무결이 자신에 대해 어느 정도는 안다는 것을 생각해 내고 그냥 평소대로 한쪽 입꼬리만 말아 올리며 웃었다. 물론 그 모습이 호감은 둘째치고 오히려 그와는 반대되는 감정을 먼저 불러일으킨다는 것을 이하원은 미처 알아채지 못했다.

그는 이미 이름을 알면서도 모른 척 말했다.

"뭐, 이름 같은 거야 뒤에 들으면 되니 넘어가고. 꼬마야, 너 내 밑으로 들어와라. 내가 맛있는 거 사줄게~"

이하원은 그 옛날, 부모가 아이들에게 가장 조심해야 할 것으로 손꼽히는 '맛있는 거 사줄 테니까 따라가자' 작전을 쓰고 있었다.

떠다니는 물건을 아래로 내려놓으면 다시 뜨고, 또 내려놓으면 다시 뜨기를 반복해 슬슬 짜증이 나던 은상은 원망과 함께 한심하다는 표정으로 그를 봤다. 다행히도 직접적으로 생각하지는 않았기에 이하원이 별 이유 같지도 않은 이유로 괜히 은상을 구박하는 일은 벌어지지 않았다.

이하원은 당연히 수락할 것이라 생각했는지 꽤나 자신만만한 표정으로 한무결을 보았다. 하지만 예상과는 달리 한무결의 눈썹은 사납게 위로 치켜 올라갔다.

'이 이상한 인간이 지금 뭐라는 거야?

속으로 중얼거리는데 이하원이 한무결의 입을 막고 있던 손을 떼어 머리를 한 대 쥐어박았다.

"이 위대하신 분은 결코 이상한 인간이 아니거든? 맞을래?"

"벌써 때렸잖아!"

속마음이 읽지 않는 이상 '이상한 인간'이라는 소리를 할 수 없다는 것도 생각지 못하고 한무결은 머리를 감싸며 바락, 소리를 질렀다. 두 손으로 머리를 감싸고 노려보는 한무결의 모습에 이하원은 그제야 좋은 말로는 통하지 않는다는 것을 알았다.

이하원은 주먹을 들어 보이며 말했다.

"내 밑으로 들어올래, 맞을래?"

"지금 협박하는 거야?"

자기보다 열 살쯤은 더 어린 듯 보이는 꼬마가 협박을 하냐고 묻자 이하원은 괜히 찔려서 말도 안 된다는 표정으로 고개를 저었다.

"협박은 무슨~ 맛있는 거 사준다니까 그러네."

그는 여전히 어수룩한 아이들을 유괴할 때나 쓰는 말을 해가며 한무결을 꼬시고자 했다. 하지만 아무리 나이가 어리다고 해도 바보가 아닌 이상 그게 통할 리 없었다.

한무결은 도리도리 고개를 저으며 소리쳤다.

"싫어!"

"맛있는 거 사준다는 소리 못 들었어?"

"들었어! 그래도 싫어!!"

조금 동하기는 하는 모양이다. '그래도'라고 하는 걸 보면.

이하원은 멋대로 그렇게 생각했다. 하지만 그렇더라도 자신의 호의를 감히 거절했다고 생각하니 괘씸한 생각이 들었다.

"선택해. 맛있는 거 먹고 들어올래, 아니면 맛있는 거 안 먹고 몇 대 맞고 들어올래?"

"싫어! 싫어! 다 싫다니까!!"

선택의 권리까지 줬건만 통하지 않았다.

한무결은 바락바락 소리를 지르며 겁도 없이 이하원을 노려봤다. 괴물이라며 소리칠 때는 언제고 이젠 무섭지도 않은 모양이었다. 당연히 이하원은 그것을 그냥 넘기지 못했다.

그는 한무결의 머리를 한 대 더 쥐어박고 말했다.

"봐주니까 이게 자꾸 반말하네? 꼬마야! 네 나이가 몇인지는 모르겠다만 척 보기에도 내가 너보다 몇 살은 더 먹었다는 거 모르겠어? 꼬마 주제에 계속 반말로 나오면 머리가 아닌 엉덩이를 때려주는 수가 있어! 물론 엉덩이를 때릴 때는 이렇게 살살 안 때려. 엄청 세게 때려줄 거야! 그러니까 좋은 말로 할 때 말 높여라. 알겠어?"

"지금 협박하는 거야 …요?"

이하원이 한껏 눈을 부라리며 소매를 걷어붙이자 정말 엉덩이를 맞을지도 모른다고 생각한 한무결은 도중에 말을 높였다. 그는 사내로 태어나 엉덩이를 맞는 것만큼 모욕적인 건 없다고 생각했다.

이하원은 매우 흡족한 표정을 지었다. 그리고는 조금 전과 마찬가지로 한무결에게서 협박하는 거냐는 소리를 들었는데도, 이번에는 태도를 바꿔 부정하기는커녕 오히려 고개까지 끄덕이며 말했다.

"그럼! 이제 내 밑으로 들어올 거지?"

지금까지 이하원만큼 뻔뻔한 어른은 본 적이 없는 한무결이었다. 그는 황당한 표정으로 이하원을 향해 보다 크게 소리쳤다.

"내가 분명히 싫다고 했잖아!! …요."

"언제? 난 못 들었는데?"

"지금까지 그렇게 말했는데 무슨 소리야! …요. 나 갈래!! …요."

말과 함께 한무결은 벌떡, 자리에서 일어났다.

그는 이하원이 노려볼 때마다 말을 높였다. 당연히 그가 쓰는 높임말은 매우 이상해져 있었다. 이하원은 괜히 그것을 꼬투리 잡아 주먹을 들어 보이며 말했다.

"굉장히 거슬리는 높임말이다. 제대로 안 할래?"

한무결은 대답은 하지 않고 그저 눈동자만 굴리다 소리쳤다.

"하여튼! 난 갈 거야!! …요!"

"이거 참, 답답하네. 어이, 꼬마. 너 지금까지 뭐 들었냐? 내 밑으로 안 들어와도 맞는다니까? 한번 맞아볼래?"

소매를 둥둥 걷으며 말하는 게 정말로 주먹부터 들이댈 생각인 듯했다. 그렇게 이하원이 무턱대고 주먹으로만 해결하려고 들자 한무결은 그제야 그 어떤 말도 통하지 않는다는 것을 알았다.

'뭐, 이렇게 무식한 인간이 다 있어? 차라리 말을 하지 말자.'

한무결은 그 후로 입을 닫아버렸다. 그러면서 속으로는 열심히 욕을 했다. 어디서 어떻게 자랐는지 그는 아는 욕이 굉장히 많았다. 그러다 보니 이하원도 모르는 욕까지 주어 삼키곤 했다.

한마디씩 욕설이 머릿속을 채울 때마다 이하원은 속이 부글부글 끓어오르는 것을 느꼈다.

'이 꼬마 녀석이!'

이하원은 한무결이 속으로 한마디씩 욕을 할 때마다 머리를 쥐어박았다. 겉으로 보기에는 아무 이유도 없이 어린아이를 동네 북마냥 두드려대는 걸로 보였다. 당연히 속마음을 들켰다고 생각하지 못한 한무결은 굉장히 억울한 표정으로 그를 노려보았다. 물론 그에 질 새라 이하원도 한무결을 노려보았다.

그렇게 그들은 서로를 노려보며 서로 한 발자국도 물러서지 않았다.

그 황당하기까지 한 광경을 보고 있던 은상은 더 이상 참지 못하고 소리쳤다.

"주군! 그런 이상한 짓 좀 그만 하시고 이거나 어떻게 해보십시오!"

은상이 버럭 소리치자 한무결과 눈싸움을 하고 있던 이하원이 매우 아쉽다는 표정으로 고개를 들었다.

그제야 그도 주위 상황이 눈에 들어왔다.

이하원은 머리를 긁적였다.

"이거 참, 곤란하게 됐네."

"저 꼬마와 말싸움에 눈싸움까지 할 정도로 느긋한 주군보다는 제가 더 곤란한 것 같습니다만? 빨리 다 제자리로 돌려놓기나 하십시오!"

이하원은 고개를 흔들었다.

"못해."

"뭐, 뭐라구요?"

기가 막힌 듯 물었다. 언제는 힘에 대해 비밀로 해야 하니 어쩌니 하면서 냉무진을 죽이니 살리니 해놓고는, 이젠 대놓고 이러고 다닐 생각인가 싶었다.

이하원은 침상에 엉덩이를 대고 앉아 막 도망가려는 한무결의 뒷덜미를 움켜쥐며 꼭 안았다. 한무결이 마구 발버둥치는 게 느껴졌지만 깨끗이 무시하며 머리를 몇 대 더 쥐어박아 조용하게 만들어놓고 은상을 향해 추가 설명을 해주었다.

"못한다고. 그게 내 마음대로 되는 게 아니라서 말이야."

"주군 마음대로 되는 게 아니면 누구 마음대로 되는 건데요?"

이하원은 어깨를 으쓱했다.

"모르지 나야."

"주군!"

은상이 버럭 소리치자 이하원은 급히 귀를 막았다. 굉장히 시끄러우니 좀 조용히해 달라는 말을 직접 하기보다는 몸소 보여주고 말했다.

"은상, 네가 보기에는 지금 내가 장난이나 치고 있는 것 같지?"

"그럼 아닙니까?"

이하원은 고개를 흔들었다.

"당연히 아니지. 도대체 날 어떻게 보고……."

'그거야 장난이라면 물불 안 가리고 다 하는 사람으로 보지. 당연한 거 아냐?'

"흠, 날 그렇게 생각하고 있었다니 좀 충격인데?"

은상의 생각을 읽은 이하원이 낮게 중얼거리자 미처 못 들은 은상이 물었다.

"지금 뭐라고 하셨습니까?"

"아냐."

이하원은 고개를 흔들어주고 방 안을 떠다니는 물건들을 가리켰다.

"어쨌거나 미안하지만 정말로 이것들은 내가 어떻게 할 수 있는 게 아니야. 이유는 모르지만 유감스럽게도 지금의 난 힘을 조절할 수가 없거든."

은상은 경악했다.

"뭐라구요?"

못 들어서 묻는 게 아님을 알면서도 이하원은 친절하게 다시 한 번 했던 말을 반복해 주었다.

"힘을 조절할 수 없다고."

"지금 장난치십니까?"

믿지 못한 듯 은상이 물었다. 그러자 이하원은 지금까지와는 달리 매우 진지한 표정으로 말했다.

"전혀 아니야."

"그, 그럼 이것들은……."

"자기들 마음대로 떠다니고 있는 거지."

이하원은 명쾌하게 결론을 내려주었다.

이하원은 방을 나갈 수가 없었다.

이래저래 백방으로 애를 써봤지만 공중에 뜬 물건은 전혀 가라앉을 생각을 하지 않고 있었다.

물건을 둥둥 띄우고 밖을 돌아다닐 수는 없다.

결국 그는 방 안에 갇혀 지낼 수밖에 없는 처지가 되고 말았다.

그는 고민했다. '어떻게 하면 저걸 제자리로 돌려놓을 수 있을까?' 부터 '어떻게 해야 힘을 조절할 수 있을까?' 까지. 하지만 아무리 생각해 봐도 딱히 좋은 수는 떠오르지 않았다.

'어쩌지?'

그 순간에도 한무결은 그의 품에서 벗어나려 온갖 난리는 혼자서 다 치고 있었다.

괘씸한 것. 이렇게 잘해주는데.

한무결이 들었다면 펄쩍 뛰었을 말을 중얼거리며 그는 일부러 숨이 막힐 정도로 꼭 끌어안았다.

"으악! 놔! 놔!!"

한무결이 품 안에서 난리를 쳐대자 옆구리가 심하게 욱신거렸다. 하지만 그는 그것을 무시하고 더욱 꼭 끌어안았다. 그러자 미친 듯이 발버둥치던 한무결도 학습 능력은 있는지 발버둥치면 칠수록 이하원이 더욱 세게 끌어안는다는 것을 알고는 잠잠해졌다. 그제야 이하원도 안은 팔에 힘을 풀었다.

"콜록! 콜록!!"

숨이 막혔던 듯 한무결은 정신없이 기침을 했다.

"아팠어? 그 정도일 줄은 몰랐는데. 미안하다, 꼬마야."

괴롭힐 때는 언제고 이하원은 그의 머리를 쓰다듬어 주며 사과를 했다. 그 어이없는 행동에 한무결은 숨을 고르며 속으로 진짜 웃긴 인간이라고 중얼거렸다. 옆구리도 통증을 호소하는 데다 고민도 있어 이번만은 이하원도 미처 그 생각은 읽지 못했다. 그는 그저 고민에 고민을 거듭했다.

눈을 감고 힘을 통제해 보았다.

'역시……'

안 된다.

안에서만 돌던 힘이 밖으로 나갔다. 이미 힘 자체의 성질이 달라졌다는 거다. 그런데 같은 방법으로 자꾸 통제를 하려고 하니 되지 않는 건 아닐까?

이하원은 다른 쪽으로 생각을 해보았다.

힘은 내공과 쓰는 방법이 비슷했다. 덕분에 태어날 때부터 힘을 쓰는 것에 익숙한 그는 남들보다 쉽게 내공을 쓸 수 있었다. 게다가 다른 점이 있기는 하지만 은연중에 기운 자체도 내공과 비슷했다.

"잠깐!"

이하원이 반쯤 정신 나간 틈을 타 그의 품에서 벗어나던 한무결은 그 자세 그대로 얼어버렸다.

그것도 모르고 이하원은 조금 전 한 생각을 다시 떠올렸다.

'내공과 비슷하다?'

그렇다면 혹시 내공으로 힘을 조절할 수도 있지 않을까? 안으로만 도는 내공을 밖으로 보내서 힘을 통제해 본다면?

누군가가 들었다면 말도 안 된다고 펄쩍 뛰었을 것을 그는 가능하다고 생각하고 실험해 보려 했다. 그는 반쯤 품에서 벗어난 한무결을 꼭 끌어안고 다른 손을 들어 살짝 내공을 밖으로 내보내 봤다. 그리고 손끝에서 맴도는 내공을 검기를 쓸 때와 마찬가지의 방법으로 유지시켰다.

‘윽.’

갑자기 내공을 끌어올려서인지 옆구리가 쿡쿡 쑤셔왔다.

내공을 유지시키려 하면 할수록 아픔은 더해갔고 어느새 그는 땀을 뻘뻘 흘리고 있었다. 하지만 멈추지 않았다. 무엇보다 힘을 조절하는 게 최우선이다. 그는 이를 악물고 참았다. 조금씩 붕대 위로 피가 새어 나오고 있다는 것도 알아채지 못했다.

그렇게 억지로 참아가며 내공을 유지한지 얼마나 시간이 흘렀을까? 어느새 내공을 유지하는 것도 통증을 참는 것도, 어느 정도 익숙해졌다.

‘이번에는 어디······.’

그는 몸 주위를 맴도는 힘 사이로 천천히 내공을 뻗기 시작했다. 그것은 생각과는 달리 굉장히 어려운 작업이었다.

한줄기의 내공을 뿜어내 사방으로 뻗어 힘을 감싸고 통제하는 것은 상상도 하지 못할 만큼 세밀하게 하지 않으면 안 되는 것이었다. 아픔에 자꾸 앞이 흐려졌다. 내공을 쓰면 쓸수록, 힘을 통제하려고 하면 할수록 옆구리의 통증에 이어 두통까지 일었다. 하지만 그는 내공을 힘 사이에 고정시켜 통제하는 작업에 온 정신을 쏟았다.

그렇게 시간은 흘러갔다.

점점 날이 어두워지고 있었지만 그는 그것조차 느끼지 못했다. 그리고 그가 잠이라도 든 듯 조용해진 순간부터 한무결이 조심스레 움직이기 시작했다. 어깨 위로 턱 올라와 꼭 끌어안고 있는 손의 손가락 하나를 푸는 데도 일각여를 들여가며 그는 조심스럽게 이하원의 품에서 벗어나기 위해 온갖 노력을 다 기울였다.

조금이라도 이하원이 움직이는 기미가 있으면 얼른 멈추고 이각여가 흐를 동안 기다렸다. 그리고 잠잠해지면 다시 손가락을 푸는 작업에 몰입했다. 그것은 평소 한무결이라면 한 번쯤 난리를 쳤을 만큼 엄청난 끈기를 요구했다.

'후우.'

겨우겨우 이하원의 품에서 벗어난 그는 조심스레 문 쪽으로 걸어갔다. 혹시라도 다 된 밥에 재를 빠뜨릴까 싶어 걸음마다 조심에 조심을 기했다. 가끔씩 이하원을 살펴보며 혹시라도 그가 정신을 차리지나 않을까 걱정을 하기까지 했다. 하지만 그가 문가에 도착할 동안 그런 일은 벌어지지 않았다. 참으로 다행이 아닐 수 없었다.

'됐다!'

한무결은 기쁨에 차 속으로 소리를 지르며 몰래몰래 문을 열었다. 그리고 막 밖으로 나가려고 할 때였다.

탁.

어떻게 된 노릇인지 문은 그가 나가기도 전에 소리와 함께 닫혔다.

바람 한 점 없는데 문이 닫히자 그는 당황했다. 막 닫힌 문을 다시 열려고 조심스레 손을 뻗을 때였다. 지금까지 자는 듯 침상에서 몇 시진 째 움직이지 않던 이하원이 갑자기 벌떡 자리에서 일어났다.

"헉!"

우당탕탕!

한무결은 깜짝 놀라 허둥대다 뒤로 넘어졌다.

바로 그때 방 안을 둥둥 떠다니던 물건들이 일제히 바닥을 향해 내리꽂혔다. 그리고 그 사이에서 이하원은 심각하기만 하던 지금까지와는 달리 굉장히 기쁜 표정으로 외쳤다.

"성공이다!"

이하원이 힘을 다스릴 수 있게 되자 그들은 바로 길을 떠났다.

워낙 약속 시간이 촉박하여 무사들의 부상이 어느 정도 수습될 때까지 기다리고 있을 수 없었다. 그 덕에 은상은 졸지에 마부 노릇을 하게 되었고 결국 지금의 사태에까지 이르렀다.

탁탁.

말고삐를 쳐가며 은상은 뻣뻣하게 굳은 목을 이리저리 움직였다.

'언제쯤이면 마부 노릇에서 벗어날 수 있을까?'

은상은 생각했다. 하지만 그런 날은 유감스럽게도 오지 않았다.

그는 의외로 마부에 소질이 있었다. 그런데 굳이 마부를 바꿀 리가 없지 않은가?

은상이 쪽팔려 하든 말든 그의 생각을 다 읽으면서도 이하원은 신경도 쓰지 않았다. 그는 오히려 더욱 은상을 부려먹으려는 듯 그 후로 한 달간 점점 나아가는 무사들에게까지 마부 노릇을 시키지 않고 오로지 은상만을 부려먹었다. 사실 무사들은 별채를 지키는 것만 해온 터라 말을 모는 데 서툴렀다. 그리고 이하원은 의외로 그것을 눈치채고 있었다. 하지만 이하원은 굳이 그것을 은상에게 설명해 주지 않아 괜히 그의 원성을 사고 있었다.

어쨌거나 그 덕이었을까?

다행스럽게도 복면인들의 습격도 있었고, 그 덕분에 부상을 입은 무사들로 인해 마차로 이동을 하느라 지체되기도 했는데 의외로 약속한 기한 안에 아미산에 도착할 수 있었다. 물론 그 후로 이차 습격이 없었다는 것도 빨리 도착할 수 있었던 이유 중에 하나였다.

가끔 길을 가던 중 마차 안에서 한무결의 바락바락 대드는 소리가 들린다든가, 식사를 하던 중 갑자기 그릇이 떠올라 은상이 급히 그것을 내린다든가 하는 일을 제외하고는 별다른 특별한 일은 벌어지지 않았다.

옆구리 상처는 시간이 흐를수록 아물었고 더불어 내공으로 힘을 통제하는 것도 점점 익숙해졌다. 그 덕에 방심을 하고 있을 때를 제외하고는 갑자기 힘이 튀어나가는 일도 없어졌다. 그리고 그만큼 내공도 정밀하게 조절할 수 있게 되었다. 또한 조금이기는 하지만 내공이 늘기도 했다.

그들은 아미산에 도착하자 아래에 있는 객점 중에 가장 큰 객점에 짐을 풀었다. 방을 얻자 이하원은 무엇보다 먼저 기회만 생기면 도망칠 궁리부터 하는 한무결을 방 안에 가뒀다.

"문 열어! 문 열라고! 이 야차! 당장 문 열어!!"

쾅쾅, 안에서 문을 두드려 가며 소리치는 것을 무시하고 그는 무사들을 돌아봤다.

"아미산에는 나와 은상만 오른다. 너희들은 여기서 내가 그… 약혼녀와 함께 돌아올 때까지 저 꼬마가 도망가지 못하도록 지켜라."

약혼녀라는 말에 살짝 미간을 찌푸리는 이하원이었다. 당연히 같이 산에 오를 거라 생각하고 있던 무사들은 펄쩍 뛰었다.

"어떻게 소공자 홀로 보낼 수 있습니까. 안 됩니다!"

"혼자라니? 나는 분명히 은상과 함께 간다고 했다. 그러니 그리 알고 여기서 기다려라."

일부러 단호히 말했다. 하지만 무사들은 절대 안 된다는 표정이었다.

그는 몇 번이나 설득을 거듭했다. 그럼에도 무사들은 끝까지 따라가겠다고 우겼다. 어떻게 해도 통하지 않자 이하원은 일부러 귀찮다는 표정을 지으며 별 도움도 안 되면서 왜 따라오려 하느냐고 핀잔을 주었다. 무사들이 원망스러운 눈으로 보았지만 그는 끄떡도 하지 않았다.

결국 무사들은 그의 말에 따르기로 결정했다. 그들 역시 이하원에게 아무 도움도 주지 못한다는 것을 복면인들이 습격했을 때 뼈저리게 느꼈던 것이다.

무사들의 풀죽은 모습이 마음에 걸리기는 했지만 아직 자신도 보지 못한 신부라는 여자를 대놓고 보여주고 싶은 마음이 없었기에, 그는 애써 불편해진 마음을 떨치고 은상과 함께 산을 올랐다. 미세해진 감각이 뒤에서 냉무진이 그들을 따라오고 있다 알리고 있었지만 언젠가 그가 '저는 소공자를 지키라는 명만 받았습니다' 라고 한 말을 기억해 내고 그냥 두었다. 물론 오지 말라고 해서 안 따라올 인물이 아니라는 것을 알고 있기 때문이기도 했다.

산을 올라 정문에 도착하자 제자로 보이는 여인 둘이 그곳을 지키고 있는 게 보였다. 왜인지 그들은 이하원을 보고 작게 동요했다. 이하원이 은상과 함께 정문에 다다르자 그들 중 나이가 많은 여인이 말했다.

"거기 서십시오! 아미에는 무슨 일로 오셨습니까?"

"풍림장 이하원이라고 합니다. 귀 파의 장문인을 뵈러 왔습니다."

이하원은 풍림장 패를 들어 보이고 포권지례를 하며 말했다. 풍림장 패를 본 그들은 긴장을 풀고 정중하게 말했다.

"풍림장에서 오신 분들이셨군요. 잠시 청음각(淸音閣)에서 기다려 주시겠습니까? 장문인께 여쭙겠습니다."

말과 함께 여인은 옆에 있는 소녀에게 그들을 안내하라 일렀다. 소녀는 힐끔 이하원을 보더니 푹, 고개를 숙이고 말했다.

"따라오시지요."

이하원은 그녀를 따라가려다 잊은 것이 생각나자 말했다.

"아, 그전에 이것을 장문인께 전해주십시오."

그는 품에서 이경윤이 준 서찰을 꺼내 건네주며 말을 이었다.

"풍림장주께서 전해주라 하신 서찰입니다."

여인은 그것을 받아 들고는 한쪽에 나 있는 오솔길로 사라졌다.

홀로 남은 소녀는 힐끔힐끔 이하원을 보다 그가 자신을 보자 다시 푹

고개를 숙였다. 몇 번 입을 우물거리다 끝내 말은 않고 여인이 사라진 반
대 방향으로 총총 걸어가 버렸다. 그녀는 단 한 번도 그와 시선을 마주치
지 않았다. 의아하게 여기는데 뒤로 은상의 시선이 느껴졌다. 그는 그저
어깨만 한 번 으쓱하고 소녀의 뒤를 따랐다.

第七章
열네 살 약혼녀

아미 장문 연경(連境) 사태 친전.

그 이후로 벌써 십사 년이라는 세월이 흘렀습니다. 그동안 평안하셨습니까? 더불어 그때 그 아이는 잘 자라고 있습니까? 오늘 이리 서신을 띄우는 것은 다름이 아니라 하원과 그 아이에 대해 의논을 하고자 합입니다. 십사 년 전 약조하기를 그 아이가 스물이 되는 해에 하원과 혼인을 시키기로 하였습니다. 물론 그 아이가 스물이 되기까지 아직 여섯 해가 더 남았으니 벌써부터 이런 말을 꺼내는 것은 시기상조임을 압니다. 하나 세상일이라는 것이 뜻대로 되지 않아 저에게도 여러 가지 사정이 생겼습니다. 그 사정에 대해 일일이 다 설명할 수는 없으나 무엇보다도 그 아이를 아끼신다면 연경 사태께 한 가지 부탁을 하고 싶습니다. 그 아이가 스물이 되기 전까지 하원과 단 한차례도 만나지 않는다면 서로에 대한 정도, 신뢰도 쌓을 시간이 없을 테고 혼인 후에도 많은 문제가 야기될 것입니다. 그러니 비록 혼인까지 여섯 해가 남기는 했으나 그동안 그 아이를 풍림장으로 데려와 하원과 같이 지내며 정을 쌓게 하는 건 어떨까 조심스레 권해봅니다. 홀로 결정을 내릴 수 없어 하원을 직접 보내니 연경 사태께서 그를 보고 결정하셨으면 합니다. 물론 마음에 차지 않는다면 거부해도 무방합니다. 다만 서신 내용에 대해서는 하원에게 따로 말씀하지 않으셨으면 합니다. 그럼 좋은 결과를 기다리겠습니다.

풍림장주 이경윤 배상.

청음각은 마치 풍림장의 서재를 보듯 단아한 곳이었다.

나이 어린 소녀는 그와 은상을 그곳으로 안내하고 얼른 나가 버렸다. 마치 이하원과 같이 있으면 큰일이라도 나는 줄 아는 것 같았다. 은근히 기분 나빠졌지만 대대로 여제자만 있는 아미인지라 남자를 보는 게 오랜만이라 그럴 수도 있다고 생각하고 넘어갔다.

안을 휘 둘러본 그는 앞에 놓은 의자로 가 앉았다.

얼마 지나지 않아 허둥지둥 사라졌던 소녀가 다시 나타났다. 그녀는 솔잎차를 쟁반에 담아 탁자 위에 올려놓고 역시 지금까지와 마찬가지로 고개를 푹 숙인 채 빠른 걸음으로 사라졌다.

몇 번이나 같은 일이 반복되자 그는 도저히 참지 못하고 이상하다는 듯이 고개를 갸웃했다.

"왜 저러지?"

'그것도 모른단 말이야?'

사태를 짐작한 은상은 슬그머니 새어 나오는 웃음을 꾹 참았다. 이하원이 그를 봤다.

"은상, 너는 그녀가 왜 저러는지 알겠어?"

은상은 그냥 고개만 흔들었다.

뭔가 아는 것이 분명하다. 그런데도 알려주지 않자 그는 은상을 한차례 쏘아봤다. 하지만 그뿐, 캐묻지는 않았다.

그는 탁자 위에 놓인 차를 따라 마셨다. 그 행동이 어찌나 자연스러운지 마치 이곳에서 몇 년은 산 것 같았다.

그는 주인이라도 된 듯 뒤에서 장승처럼 서 있는 은상에게 자리를 권했다. 하지만 은상은 그저 고개만 흔들었다. 이하원은 몇 번 권하다 은상이 사양하자 포기했다.

그렇게 얼마나 있었을까? 멀리에서부터 발걸음 소리가 들려왔다.

은상이 그를 봤다.

"약혼녀께서 오신 것 같은데요?"

"으음."

약혼녀라는 말에 그는 미간을 찌푸렸다. 하나 마땅찮다는 이유로 약혼녀를 앉아서 맞을 수는 없었다. 그는 천천히 자리에서 일어났다.

그때 문이 열렸다.

문밖에 서 있는 이를 보는 순간 이하원은 눈을 휘둥그레 떴다.

'뭐야?'

그는 당황했다.

설마? 아니겠지? 그는 고개를 숙이고 안으로 들어서는 소녀의 뒤쪽을 보았다. 진짜 약혼녀는 소녀의 뒤를 따라 안으로 들어설 것이라 생각했다. 하지만 소녀는 그대로 문을 닫아버렸다. 유감스럽게도 방 안에 들어선 이는 열 살은 넘었을까 싶은 그 소녀뿐이었다.

소녀는 문을 닫고도 문 쪽을 보며 고개를 푹 숙이고 있었다. 그러다 빙글, 몸만 돌렸다. 여전히 눈은 바닥으로 향한 채였다.

'이쪽 소저들은 바닥을 보는 취미라도 있는 건가?'

이곳까지 그를 안내해 준 소녀도 그렇고, 이 소녀도 그렇고 모두 바닥 보기를 즐기는 것 같다. 이하원은 그렇게 중얼거리며 소녀를 봤다. 그러다 문득 자신이 왜 이곳에 왔는지 생각났다.

그는 눈을 가늘게 떴다.

'설마 이 꼬맹이가 내 약혼녀?'

어이없어 속으로 중얼거릴 때였다.

'히잉~ 싫어! 싫어! 싫어어~'

이하원은 가늘게 뜨고 있던 눈을 커다랗게 떴다. 소녀의 행동을 보아하니 큰 감정의 동요는 없는 듯 보였다. 그런데도 생각이 그대로 전해져오자 순간 당황했다.

그는 얼른 고개를 흔들었다.

'말도 안 돼. 아닐 거야. 그래, 아니겠지. 하하, 세상에 이런 공교로운 일이 있을 리 없잖아?'

은상과 같이 마음을 고스란히 읽을 수 있는 사람은 흔하지 않았다.

별채에만 있을 때는 만나는 사람이 한정되어 있다 보니 미처 몰랐다. 하지만 여러 사람을 만나본 지금은 안다. 그가 쉽게 마음을 읽을 수 있는 이는 극히 드물다는 것을 말이다. 이곳까지 오는 동안에 그를 스쳐 간 많은 사람들 중에서도 단 한 명밖에 보지 못했다. 바로 한무결이라는 아이를. 그런데 여기에 그런 이가 또 있단 말인가?

'아닐 거야, 분명히.'

그는 속으로 그렇게 중얼거리며 소녀를 살폈다.

'꼬맹이'라고 표현한 것과 같이 그녀는 열 살을 겨우 넘긴 듯 보이는, 아주아주 어린 소녀였다.

키는 그의 가슴께에 다다를까 말까 할 정도로 작았고, 고개를 숙이고 있어 얼굴은 잘 보이지 않았지만 피부는 햇빛이라고는 본 적이 없는 듯 눈이 부시도록 희었다. 회색 법의(法衣)를 입고 허리까지 길게 기른 머리는 땋아 뒤로 넘기고 있었다.

그의 시선을 느낀 듯 소녀가 슬그머니 고개를 들었다. 그리고 이하원과 눈이 마주치자 깜짝 놀란 듯 주춤주춤 뒤로 물러나다 문이 등에 닿자 겨우 멈추어 섰다.

소녀는 몇 번이나 눈을 깜빡였다.

'으엑? 무슨 남자가 이렇게 잘생겼어? 사람 맞아? 은 사저가 산적은 저리 가라 할 만큼 못생겼을 거라더니 아니잖아~ 저번에 은 사저가 무슨 기방 여인의 오라버니라던가? 뭐라던가? 하면서 보여줬던 초상화보다 훨씬 더 잘생겼다!'

소녀의 생각이 그대로 전해져 오자 이하원은 어색하게 웃고 말았다.

그의 바람과는 달리 역시나 그녀는 은상이나 한무결과 같았다. 쉽게 마음을 읽을 수 있는 몇 안 되는 사람 중의 한 사람. 수하감으로 적격이었다. 하지만 무엇보다 그가 어색하게 웃은 것은 소녀가 속으로 중얼거린 내용 때문이었다.

워낙에 만나는 사람이 한정되어 있다 보니 지금까지 빼어나다는 말은 들어본 적이 없던 터라 찬사에 대한 면역이 없었다. 그런데 대뜸 소녀의 그런 생각이 전해져 오자 그는 그만 얼굴을 붉히고 말았다.

어이없게도 그 모습에 소녀는 아예 반쯤 얼이 나가 버렸다.

어느새 커다란 눈동자는 몽롱하게 변해 있었다. 그녀는 그를 뚫어져라 쳐다보기만 했다. 그러면서 속으로 엄청 잘생겼느니 어쩌느니 같은 소리를 했음은 말할 것도 없었다. 소녀가 생각을 이어갈수록 그는 점점 붉어지는 얼굴을 감당할 수 없었다.

슬그머니 손을 들어 얼굴을 가리며 난처한 표정으로 입을 뗐다.

"저… 꼬마 아가씨?"

"어어?"

소녀가 아직까지도 얼떨떨한 표정으로 그를 봤다. 몽롱하던 눈동자에 초점이 돌아왔다. 곧 소녀의 얼굴이 급변했다.

“뭐라구요?”

“응?”

“지금 뭐라고 하셨어요?”

이제 완전히 정신을 차린 듯 그녀는 허리에 손을 얹고 따지듯 물었다. 이하원은 슬쩍 시선을 피하며 머리를 굴렸다. 뭐라고 했더라?

‘뭐라고? 감히 날더러 꼬마라고 했겠다?’

소녀는 입술을 삐쭉이며 화를 낼 만반의 준비를 갖추고 있었다. 생각을 읽은 이하원은 눈을 굴리다 슬쩍 넘길 생각으로 우물댔다.

“글쎄? …아가씨?”

“꼬마! 아가씨라고 했잖아요! 꼬마! 왜 꼬마 소리는 쏙 빼먹는 거예요? 이봐요! 말씀드리건대 본 소녀는 꼬마가 아니에요! 올해로 꽃 같은 열네 살이 되었단 말이에요! 아시겠어요?”

‘열네 살? 맙소사! 열네 살이면 꼬마 중에서도 꼬마잖아?’

게다가 소녀는 말과는 달리 겉보기에는 열 살쯤으로 보였다. 열네 살 꼬마에게는 그럼 뭐라고 불러줘야 하는 거야? 이하원은 고민하다 말을 끌었다.

“그럼 뭐라고 불러야 하는…….”

“딱 보면 모르겠어요?”

당연히 알아야 한다는 어조에 이하원은 머리를 굴렸다.

“음… 소저? 아니면 낭자? 좋아! 낭자로 해주겠소. 이보시오, 낭자.”

말까지 높여주자 소녀는 매우 기분이 좋은 듯 환하게 웃었다.

“네, 말씀하세요.”

소녀의 기분이 급상승했다는 것을 안 이하원은 씩, 웃고 말했다.

“그게, 아무래도 전갈이 잘못 간 모양이오. 확인 좀 해주겠소?”

“전갈이요?”

“그렇소. 음… 본 공자는 분명히…….”

소녀가 본 소녀라고 한 말을 본떠 그렇게 말을 꺼내며 잠시 망설였다. 뭐라 설명을 해야 할지 순간 생각나지 않았다. 다행히 소녀가 곤란함에서 그를 구해주었다.

“그쪽 공자가 바로 이하원 공자 아닌가요?”

“맞소만?”

“찾는 사람은 하나은설(賀娜恩雪) 낭자겠지요?”

이 꼬마 아가씨가 그걸 어떻게 알았을까? 서찰은 분명 장문인에게로 보내졌을 텐데? 생각을 읽어보려 했지만 지금은 아무것도 읽히지 않았다. 소녀는 아무 생각도 안 하고 있었다. 왠지 더욱 대답하기가 꺼려졌다.

이하원은 침묵하다 마지못해 대답했다.

“…맞을걸?”

“그럼 전갈은 제대로 전해졌는데요? 사부께서 절 이곳으로 보내셨답니다. 바로 본 소녀가 하나은설이에요.”

환하게 웃으며 하는 말에 이하원은 잠시 말을 잇지 못했다. 그는 손을 들어 그녀를 가리켰다.

“낭자가… 음… 그러니까… 그… 하나은설 낭자라고?”

“네!”

짹짹, 새소리 같았다. 하지만 지금 그에게는 청천벽력과도 같았다. 그는 점점 찌푸려지는 얼굴을 피려 애를 쓰며 말했다.

“음… 이보시오, 낭자.”

“네?”

“미안하지만 일정을 좀 미뤄야 할 것 같소.”

소녀, 설아가 고개를 갸웃갸웃했다.

“무슨 일정을요?”

“아무래도 본 장으로 다시 가봐야겠소. 뭔가 착오가 있는 듯하오. 그러니 석 달만 더 기다려 주시겠소?”

“무슨 착오가 있단 말이죠?”

“분명 본 공자는 약혼녀를 맞이하기 위해 그 먼길을 마다하지 않고 여기까지 왔소. 그런데 혼인도 하지 않고 양녀부터 맞이하게 생겼으니, 어찌 착오가 없다 하겠소. 본 공자가 당장 장으로 가 확인을 해볼 터이니 잠시만 기다려 주시오. 아니, 기다릴 것도 없소. 분명 착오가 있을 것. 낭자께서는 그냥 오늘 일을 잊어버리시오. 그게 좋겠소.”

갑자기 설아의 눈에 눈물이 고였다.

“그쪽 공자는 본 소녀가 마음에 들지 않은 건가요?”

“이건 마음에 들고 안 들고의 문제가 아니오. 그러니까…….”

“우엥~”

갑자기 설아가 바닥에 주저앉아 울음을 터뜨렸다. 그 생각지도 못한 전개에 이하원은 크게 당황했다.

‘우엥~ 너무해! 나는 좋은데 공자는 내가 싫은가 봐! 너무해! 너무해! 나빠!!’

처음 싫다고 할 때는 언제고 이제는 좋다고 난리다. 설아의 마음이 여과없이 전해져 오자 더 난감했다.

그는 이러지도 못하고 저러지도 못하고 그저 설아가 우는 것을 지켜보기만 했다. 뒤에서는 은상이 매우 재미있는 듯 쿡쿡, 작게 웃으며 그를 구경하고만 있었다. 굉장히 괘씸하다고 생각하면서도 뭐라 구박을 하지는 못했다. 왠지 은상과 티격태격하면 설아가 더 울 것 같았다.

사실 달래주는 건 상관없다.

설아의 마음을 읽을 수 있는 이상, 달래주는 건 그다지 어렵지 않았다.

하지만 그러고 나면 그녀를 데려가야 한다는 생각에 괜히 망설여졌다. 그러나 망설임은 얼마 가지 않았다. 설아가 커다란 눈동자에 눈물을 가득 머금고 서러운 듯 울어대자 결국 그는 뒷일은 생각지 않고 그녀를 달래기 시작했다.

"저기, 낭자. 이건 운다고 해결될 문제가 아니오. 그러니 그렇게 울지 말고……."

"우에엥~"

설아가 더 큰 소리로 울자 그는 당황했다.

"아니, 저기, 낭자? 낭자는 모르겠지만 이 가운데 큰 착오가 있는 것이 분명하오. 그러니 우선 그것부터 해결하고……."

"착오는 없네."

어디선가 들려온 음성에 이하원은 숙이고 있던 고개를 들었다. 은상의 뒤로 중년 비구니가 와 있었다. 아무리 설아를 달래주기 위해 정신이 없었다고는 하나 그녀가 지척에 올 때까지 모르고 있었다는 사실에 이하원은 경악했다.

"사부님~"

설아가 바닥에 주저앉아 울면서도 중년 비구니를 향해 소리쳤다. 그녀가 바로 아미파의 장문인 연경 사태인 모양이었다. 하지만 무엇보다 이하원은 그녀가 한 말을 생각하고 심호흡을 했다. 불길한 생각이 자꾸 들었다. 그가 물었다.

"연경 사태십니까?"

다시 확인을 했다. 연경 사태는 고개를 끄덕여 그의 짐작이 맞음을 확인시켜 주었다.

이하원은 단도직입적으로 물었다.

"그렇다면 방금 하신 말씀은 무슨 뜻입니까? 착오가 아니라니요? 꼬마… 아니, 이 낭자가 제 약혼녀라는 이 황당한 현실이 착오가 아니라는 말씀이십니까?"

연경 사태는 그를 매우 이상하다는 표정을 봤다.

"당연하지 않은가? 착오는 무슨 착오란 말인가? 황당한 현실? 지극히 평범하다고 생각하네만?"

"하지만… 저는 분명 스물이라고 들었습니다."

그 말에 서찰의 내용을 상기해 본 연경 사태는 이 가운데 뭔가 오해가 있음을 알아챘다. 이경윤이 서찰의 내용을 이하원에게 알리지 말라고 한 데는 다른 이유가 있는 듯했다. 하지만 연경 사태는 그 오해를 풀려고 하지는 않고 그저 담담히 그의 말을 지적해 주었다.

"스물? 그건 자네 나이고."

"그럼… 겨우 열네 살 꼬맹이를 제게 시집보내기라도 하겠다는 말씀이십니까?"

그가 그 말을 하기 무섭게 설아는 엉엉, 통곡을 했다. 대놓고 싫다고 하는 게 못내 서러운 모양이었다. 연경 사태는 설아가 울든 말든 전혀 신경 쓰지 않았다. 오히려 이하원이 더 신경 쓰이는지 힐끔힐끔 설아를 보곤 했다.

연경 사태가 말했다.

"누가 지금 당장 보낸다고 했는가? 앞으로 육 년 후에나 자네와 혼인을 시킬 생각이네. 그동안 정이나 쌓으라고 미리 보내겠다는 거고."

"그렇다면 굳이 미리 보내지 않으셔도……."

연경 사태는 그의 말을 뚝, 잘랐다.

"잘 데려가게."

"아니, 미리 안 보내주셔도 되는데요? 그러니까……."

"행복하게 해주게나. 비록 혼인을 하지는 않았지만 설아는 약혼녀가 아닌가? 그러니 잘해주게나.”

거기까지 말한 연경 사태는 주저앉아 있는 설아의 등을 떠밀어 이하원을 향해 밀어버렸다. 비틀비틀 설아가 밀리자 이하원은 얼떨결에 그녀를 받았다. 그 모습을 지켜본 연경 사태는 더 할 말도 없다는 듯이 그대로 청음각을 나가 버렸다.

연경 사태에 의해 떠밀린 설아가 그의 품에서 손을 뒤로 두르고 꼬옥 끌어안는 게 느껴졌지만 그보다 그는 그대로 얼어 있기에 바빴다.

‘꿈…이지? 이거?’

아니, 그는 그저 현실을 도피하기에 바빴다. 하지만 상황은 그를 그대로 두지 않았다. 그는 금세 현실로 돌아왔다. 어찌나 꼭 끌어안는지 속이 답답해졌다.

고개를 내리자 까만 머리카락이 눈 안에 가득 들어왔다.

“꼬마… 아니, 낭자?”

불렀지만 설아는 대답은 하지 않고 그저 더욱 꼭 끌어안을 뿐이었다. 이걸 어떻게 하나? 고민하다 은상을 봤다. 도와달라는 뜻을 명백히 담고 있는데도 은상은 슬그머니 천장으로 고개를 돌렸다. 이하원은 돌려진 은상의 옆얼굴을 노려보다 다시 그녀를 불렀다.

“낭자? 저기… 낭자? 낭자!”

몇 번이나 부르자 그제야 설아가 고개만 들어 그를 봤다.

두 손을 깍지 끼고 단단히 그를 끌어안은 채였다. 조금 전처럼 대성통곡을 하며 울지는 않았지만 커다란 눈동자에는 아직도 물기가 어려 있었다. 꼭 집에 두고 온 동생을 보는 듯해 괜히 속이 쓰렸다. 설아에게 강하게 나가지 못하는 건 어쩌면 그래서일지도 모른다.

그는 등 뒤로 손을 돌려 설아의 손을 떼어내려 하며 말했다.

“낭자, 우선 이 손 좀 풀고……”

"본 소녀를 버리시려는 거예요?"

"뭐?"

뜬금없는 설아의 말에 이하원은 다시 굳었다. 버릴 거냐니?

'히잉~ 날 버릴 생각인 거야! 은 사저가 사랑을 받으려면 울보처럼 울면 안 된다고 했는데 마구 울어버려서 공자는 날 버리려고 하는 거야! 히잉~'

또 울고 싶었지만 이하원이 더욱 자신을 싫어할까 봐 그러지는 못하고 그녀는 곧 울듯 한껏 울상을 지었다.

사실 낭군이 될 사람을 보기 전까지만 해도 버려지고 싶었다.

그녀는 산적 같은 남자에게 시집가고 싶지 않았다. 아직 어린데 산적 아저씨에게 시집을 간다고 생각하니 그저 무섭기만 했었다. 하지만 지금은 아니었다. 오히려 이하원이 자신을 버릴까 겁이 났다.

단순히 잘생긴 얼굴만 보고 혹했다고 해도 좋다. 하지만 설아는 그것 이상의 뭔가가 있다고 믿었다. 그저 그런 끌림일지도 모르지만 어린 설아에게 이하원은 처음 본 남자이자 지금까지 단 한 번도 느끼지 못했던 두근거림을 준 상대였다. 절대 놓치고 싶지 않았다.

그런데 그는 전혀 그렇지 않은 걸까?

설아의 눈에 눈물이 고였다. 남자들은 우는 여자를 싫어한다는 은 사저의 말을 상기시키며 입술을 꼭 깨물어 참아봤지만 되지 않았다. 어느새 눈물이 볼을 타고 흘러내렸다.

이하원은 기가 막히기도 하고 속도 답답해져 왔다.

틈만 나면 속으로 중얼거리는 그 은 사저인지 뭔지 한 번 보고 싶을 정도였다. 도대체 무슨 소리를 어떻게 했기에 이토록 어린 꼬마가 버리니 마니 같은 소리를 하는지 궁금해졌다.

그는 달래듯 말했다.

"이건 버리니 마니 그런 단순한 문제가 아니오. 그리고 무엇보다, 답답하니 이 손부터 좀 풀고 제대로 이야기를 해보자는……."

설아가 그의 말을 잘랐다.

"하지만 본 소녀를 두고 가실 생각이잖아요?"

의외로 설아는 날카로웠다. 이하원은 차마 거짓말을 하지는 못하고 눈을 굴렸다.

"낭자, 사실 난 낭자가 생각하는 것만큼 괜찮은 사람이 아니라오. 제대로 할 줄 아는 것도 없고, 이 나이가 되도록 이룩해 놓은 것도 아무것도 없고… 또… 아! 성격도 매우 이상하다오."

말과 함께 그는 은상을 향해 눈짓했다. 도와달라는 뜻이었다. 다시 한 번 기부하면 가만두지 않겠다는 뜻도 포함해서. 은상은 웬일로 이번에는 그의 시선을 외면하지 않고 고개를 끄덕였다.

"모두 사실입니다. 주군께서는 지금까지 뭐 하나 제대로 해보신 적이 없는 분입니다. 게다가 지금까지 노닥거리느라 이뤄놓은 것도 아무것도 없지요. 그리고 무엇보다! 거짓말이 아니라 정말 주군께서는 성격이 매우 이상합니다. 가끔 제정신이 박힌 사람인가 의심이 들 정도죠. 결코 쉽게 결정을 내릴 문제가 아닙니다. 그러니 소저, 다시 한 번 심사숙고하고 결정을 하십시오."

이하원은 미간을 찌푸렸다.

분명 그를 도와주는 말이었다. 하지만 듣고 있자니 은근히 기분이 나빴다. 그가 은상을 노려봤다. 그러자 은상은 어리둥절한 표정까지 지으며 어깨를 으쓱했다.

'도와달라고 해서 두 팔 다 걷어가면서 도와줬는데 왜 저러는 거야? 다 사실이긴 하지만, 어쨌거나 도와줬잖아?'

이하원의 한쪽 눈썹이 위로 올라갔다.

'그래, 그렇단 말이지? 다 사실이라고 생각하고 있단 말이지?'

점점 화가 나기 시작했다. 언제 한 번 날 잡아서 대련을 하며 오늘 일을 꼭 제대로 물어봐야겠다고 생각했다. 하지만 무엇보다 이 꼬마를 떼어놓는 게 우선이다.

"낭자, 들었소? 은상이 비록 저렇게 거짓말 잘하게 생겼어도 거짓이라고는 할 줄 모르는 사람이라오. 그는 결코 거짓을 말하고 있는 게 아니란 말이오. 내 장담하건대 날 따라가면 분명 마음 고생이 심할 것이오. 그러니……."

은상이 눈꼬리를 말아 올리든 말든 이하원은 악담을 해가며 열심히 설아를 설득하려 했다. 하지만 설아는 단호히 그의 말을 잘랐다.

"본디, 여인으로 태어났으면 고생을 하더라도 지아비를 따르는 것은 당연한 거예요. 그러니 공자께선 그런 걱정일랑은 하지 마시고 본 소녀를 데려가 주세요!"

'도대체 누가 그런 말을 해준 거야!'

울고불고 그 나이에 딱 맞게 땡깡을 부릴 때는 언제고 이제는 다 큰 어른인 척하는 게 아주 가관이었다. 그런데 그 말이 결코 틀리지 않아 뭐라 반박을 할 수가 없었다.

이하원은 고개를 저었다.

"아직 낭자와 나는 혼인을 하지 않았소. 그렇기에 방금 낭자가 한 말은 맞지 않소이다. 만약 내가 낭자와 혼인을 하였다면 낭자가 고생할 것을 알더라도 어쩔 수 없지만 아직은 아니지 않소? 낭자는 나보다 훨씬 더 나은 지아비를 선택할 권리가 있소. 게다가 이제 겨우 열네 살이 아니오? 벌써부터 나 같은 남자를 지아비로 맞아들이면 분명 나중에 후회를 할 것이니 다시 한 번 생각해 보는……."

"그렇지 않아요!"

설아는 바락, 소리치며 그의 말을 잘랐다. 그녀가 말을 이었다.

"본 소녀는 절대 후회하지 않아요! 혼인은 인륜지대사라고 했어요. 게다가 이 혼인은 이미 십사 년 전에 결정이 난 일이잖아요? 그런데 지금에 와서 물릴 수는 없어요. 그렇게 되면 혼인을 정한 사부님께도 또 공자의 아버님께도 큰 죄를 짓게 되는 거라구요. 공자께서 싫은 게 아니라면 소녀를 버리지 마세요!"

"아니, 이건 좋고 싫고의 문제가……."

"소녀가 싫으세요?"

그렇게 참겠다고 속으로 다짐을 할 때는 언제고 어느새 설아는 그렁그렁 눈물을 매달고 물었다. 이하원은 난처한 듯 그녀의 시선을 피했다. 하지만 설아는 끝까지 그를 좇았다.

이하원은 눈동자를 굴렸다.

"아니, 그게……."

"싫으세요?"

"싫지는 않지만……."

다그치듯 묻는 말에 겨우 그렇게 대답했다. 그러자 설아는 여전히 눈물을 매단 채 지금까지와는 달리 해맑게 웃으며 말했다.

"그럼 본 소녀는 아무리 큰 어려움에 처한다 하더라도 공자를 따르겠어요!"

다짐하듯 소리치는 말에 이하원은 이마를 부여잡았다. 머리가 띵 하고 아파왔다.

'아이고, 두야!'

이하원은 설아를 떨치지 못했다.

결국 그들은 함께 산을 내려갔다. 예상치 못한 설아의 말에 딱히 반박

할 거리가 없어 물러난 듯 보였지만 사실 그는 혼인까지 앞으로 육 년이라는 기간이 남았음을 알기에 져주듯 한 걸음 물러났을 뿐이었다.

만약 당장 혼인을 해야 했다면 무슨 수를 써서든 설아를 떼어놓았을 것이다. 그것이 설아를 겁주게 하여 떼어놓는 것이든 무엇이든 간에 말이다. 그러고 보면 혼인까지 육 년이라는 햇수가 남은 것이 어쩌면 설아에게는 다행한 일이라 할 수 있었다.

아미에서는 그들이 설아를 데리고 떠나든 말든 별로 상관이 없는 모양이었다. 처음 아미에 들렀을 때 보았던 두 아미 제자만이 나와 그들을 마중했던 것이다. 나이 어린 소녀는 평소 설아와 꽤 친했던 듯 그녀의 손을 잡고 한참이나 무슨 이야기인가를 나누었다. 그러면서 힐끗힐끗 이하원을 보기도 했다. 하지만 연경 사태라던가 설아가 속으로 말했던 그 은 사저라는 여인은 마중 나오지 않았다.

그리되면 섭섭할 만도 한데 설아는 시종 생글생글 웃으며 이하원의 손을 꼭 잡고 있었다. 동생의 손도 제대로 잡아보지 못한 이하원인지라 보드라운 손이 만져지자 굉장히 난처한 듯 그는 가끔씩 눈살을 찌푸렸지만 설아의 손을 떨치지는 않았다.

누구에게나 항상 우위에 있던 이하원이 처음으로 이러지도 못하고 저러지도 못하는 모습에 은상은 매우 재미있어 했다.

그렇게 두 사람은 즐겁고 한 사람은 곤란해하며 객점으로 향했다.

객점에 도착하자 그들은 바로 풍림장으로 떠날 준비를 했다. 풀지도 않은 짐은 다시 싸지 않아도 되었다. 그들은 다음날 바로 떠나기로 했다. 아미산 아래 도착하자마자 바로 산에 올랐었기에 이하원도 은상도, 또 그들을 기다린 무사들도 식사 전이었다. 설아에게 물어보자 그녀도 식사 전이었다. 그들은 우선 식사를 하기로 했다.

음식이 나오자 설아의 눈이 반짝거렸다.

산사에 있다 보니 지금까지 그녀가 먹은 거라고는 소채와 나물뿐이었다. 그런데 처음으로 하산하여 기름진 음식을 눈앞에 두자 침이 꼴깍 넘어갔다. 모두 맛있게 보였다. 향기는 또 어떤가? 얼마나 향긋한지 단지 냄새를 맡는 것만으로도 군침이 돌았다. 하지만 정작 식사를 시작하자 그녀는 먹는 시늉만 하다가 금방 젓가락을 놓았다.

"왜? 더 먹지 않고?"

의아한 듯 이하원이 물었다. 설아는 차마 배가 부르다는 거짓말을 하지 못하고 도리도리, 고개를 숙인 채 머리만 흔들었다.

'뭐지?'

아무리 어리다지만 설아가 먹은 양은 확실히 적었다. 이하민과 식사를 자주한 덕에 그 또래의 소녀가 어느 정도를 먹는지 대충 알고 있던 이하원으로서는 그저 의아하기만 했다.

'은 사저가 말하기를 남자들은 많이 먹는 여자를 싫어한다고 했어. 어느 정도의 내숭은 떨어줄 줄 알아야 사랑을 받는다고 했으니 나도 사랑받기 위해서 이 정도는 참아야 해!'

이하원은 하마터면 젓가락을 떨어뜨릴 뻔했다.

이렇게 황당할 때가 또 있을까? 진짜 은 사저가 누군지 꼭 한 번 보고 싶었다. 어린아이에게 할 말이 있고 안 할 말이 있지, 무슨 소리를 어떻게 했기에 아이가 저런 소리를 다 한단 말인가?

그는 기가 막힌 듯 설아를 봤다. 그때 설아가 속으로 중얼거렸다.

'근데 참으려니 배가 너무 고프다. 조금만 더 먹으면 안 되나? 엄청 맛있던데… 진짜, 사랑받는 건 너무 힘든 일이야. 아~ 배고파.'

이하원은 입술을 꼭 다물고 고개를 숙였다. 그대로 있으면 대놓고 웃어버릴 것 같았다. 황당하기만 했는데 이제는 웃기기까지 했다.

설아의 속마음을 자신이 읽지만 않았더라면 차라리 나았을 텐데.

그는 속으로 쿡쿡, 웃으며 힐끗 설아를 봤다. 그리고 곧 자신의 생각을 수정했다. 설아의 표정은 그곳에 있는 모든 이들이 느낄 수 있을 정도로 아쉬운 빛이 역력했다. 따로 생각을 읽고 말고 하지 않아도 그녀가 지금 매우 배고파하고 있다는 것을 느낄 수 있었다. 식탁에서 시선을 떼지 못하는 것도 그랬다. 아직은 그 은 사저인지 뭔지 하는 사람에게 더 배워야할 듯했다.

통.

설아의 웃긴 모습에 이하원이 속으로 낄낄 웃느라 긴장의 끈을 잠시 풀자 탁자 위에 있던 물병이 공중으로 떠올랐다.

이제 익숙하기까지 한 그 광경에 냉무진은 물론이거니와 여타의 무사들조차 담담했다.

어차피 따로 식사를 방에다 차린 터라 다른 사람에게 들킬 염려도 없었다. 그들은 그저 묵묵히 식사를 할 뿐이었다. 만약 여기에 한무결이 있었다면 괜히 혼자서 난리를 쳐댔겠지만 다행히 그는 이하원이 객점에 도착했을 때부터 지금까지 자느라 정신이 없었다.

고개를 숙인 이하원은 물병이 공중에 둥둥 떠 있는 것을 보지 못했다. 다른 사람들은 전혀 신경 쓰지 않고 있었고.

그러다 보니 그는 통제에서 벗어난 힘을 거두어들이지 않았고 탁자 위에 있던 그릇들이 하나둘씩 뜨기 시작했다. 무사들은 자신의 밥그릇이 공중으로 뜨자 그것을 내릴 생각도 하지 않고 그대로 식사를 했다.

그야말로 기이하기 짝이 없는 광경이었다.

국을 떠먹던 은상은 자신의 국그릇이 공중으로 뜨자 고개를 들었고, 그제야 상황을 파악했다.

그는 깜짝 놀라고 말았다.

탁자 위에서 그릇들이 빙글빙글 돌아가며 떠 있는 광경은 이제 익숙하기까지 한 모습이었다. 하지만 이곳에는 그 광경을 익숙하게 보지 못할 인물이 끼어 있었다.

은상은 급히 공중에 떠 있는 그릇들을 하나하나 내리기 시작했다. 물론 그릇은 그가 내리면 다시 떠올랐다. 은상은 연신 이하원에게 눈짓을 했다. 빨리 알아채 주길 바라면서.

의외로 이하원은 금세 눈치챘다.

은상이 속으로 그를 부르기 무섭게 고개를 들었고 대번에 상황을 파악했다. 그는 얼른 내공을 끌어올려 손끝에 모으고 여기저기를 찍었다. 그 간단한 동작에 힘은 저절로 통제되었다.

탁탁탁탁.

공중에 떠 있던 그릇들이 어느새 탁자로 내려앉았다.

냉무진과 무사들은 그릇이 내려지자 또 그대로 식사를 했다. 참으로 놀라운 적응력이었다. 은상이 혀를 내두르며 얼른 정리된 사태에 안도의 한숨을 내쉴 때였다. 막 고개를 돌리다 설아와 눈이 마주쳤다. 설아는 눈을 동그랗게 뜨고 탁자를 뚫어져라 쳐다보고 있었다.

'들켰다!'

은상은 직감적으로 느꼈다.

얼른 고개를 들어 이하원을 봤다. 그는 매우 이상한 표정으로 무슨 희귀 생물을 보듯 설아를 봤다. 그녀는 처음 음식이 식탁으로 날아져 왔을 때와는 비교도 되지 않을 만큼 두 눈을 반짝이고 있었다.

'헤에~ 신기해라. 어떻게 한 거지? 공자가 손으로 여기저기를 가리키고 그릇이 내려앉은 걸로 봐선 공자가 한 것 같은데, 역시 대단한 사람이었어. 이럴 때는 은 사저가 뭐라고 하는 거라고 저번에 가르쳐 줬는데 뭐라고 했더라? 그… 아! 그래, 땡잡았다고 한댔어. 좋아! 난 땡잡았어! 헤헤.'

설아는 몹시도 흥미로운 듯 이미 탁자에 내려앉은 접시를 살펴보며 신기해했다. 그러면서 힐끔힐끔 이하원을 보며 눈을 빛냈다.

'또 보고 싶은데 한 번만 더 해주면 안 되나?'

지금까지 이십 년을 살아오면서 이런 반응은 처음이었다.

가장 믿을 수 있다고 자신하는 은상조차도 처음에는 쉽게 받아들이지 못한 능력이다. 그런데 설아는 그것을 너무도 쉽게 받아들였고 전혀 이상하게 생각하지 않았다. 오히려 굉장히 재미있어했고 더 해주길 바랐다.

이하원은 그저 어이가 없어 설아를 보기만 했다.

설아는 한 번만 더 해달라고 조르려다 그 은 사저인지 뭔지가 말한 '남자들은 이것저것 요구하는 여자를 싫어한다' 라는 말을 떠올리며 참았다. 은 사저라는 여인이 꼬맹이를 망쳐 놓은 듯했지만 그럼에도 설아는 결코 미워할 수 없는 순수함을 가지고 있었다.

이하원은 자리에서 일어났다.

"나가자."

은상이 자리에서 일어났다. 보통 은상과 둘이서만 돌아다니길 좋아하는 그인지라 다들 그가 은상을 두고 한 말인 줄 알았다. 하지만 이하원은 그대로 기다렸다. 시선은 설아를 향해 있었다.

이리저리 주위를 둘러본 설아가 자기를 가리키며 말했다.

"본 소녀에게 하신 말씀인가요?"

"그래. 처음 하산한 거라면서? 시장 구경 하러 가자."

그는 그렇게 말하며 손을 내밀었다. 어느새 이하원이 말을 편하게 하고 있다는 것을 설아는 눈치채지 못했다. 그녀는 발딱 자리에서 일어나 그의 손을 맞잡았다. 그리고는 환하게 웃으며 그를 봤다. 이하원도 처음이라고 할 만큼 따뜻한 미소로 그녀를 봤다.

그들은 객점을 나섰고 은상이 그 뒤를 따랐다.

시장 구경을 나선 이하원은 언젠가 은상에게 그랬던 것처럼 온갖 군것질을 다 사다가 설아에게 먹였다.

눈은 빛내면서 배가 부르다는, 누구도 믿지 못할 소리를 하며 거절하는 그녀에게 자신은 다른 남자들과는 달리 잘 먹는 여자를 좋아한다는 소리까지 해가며 배가 부를 때까지 이것저것 사 먹였다.

객점에서 웃기지도 않은 내숭을 떠느라 배가 고픈데도 참았던 설아는 그렇게 시장에서 아주 배가 터지도록 먹고 또 먹었다. 처음으로 하는 시장 구경에 설아는 이것저것 쓸데없는 것을 물어댔지만 웬일로 그는 한 번도 짜증을 내지 않고 친절하게 설명을 해주었다.

은상은 매우 이상하다는 듯이 이하원을 보았다.

'무슨 꿍꿍이지? 보통 저렇게 잘해줄 때는 분명 뭔가 있는데……'

누구보다 이하원에 대해 잘 아는 은상이었지만 이번만은 어째서 이하원이 떼어낼 생각만 하고 있던 설아에게 갑자기 태도를 바꿔 저리도 잘해주는 건지 알지 못했다.

"아무것도 찾지 못했다고?"

"죽여주십시오."

사내가 즉시 오체복지하며 말했다.

중년인은 인상을 썼다. 숙여진 사내의 뒤통수를 노려본 그는 어딘가에 있을 영을 불렀다.

"영."

"하명하십시오."

"어떻게 되었나? 진정 왕승지(王勝志), 저놈의 말대로 아무런 흔적도 찾아내지 못했나?"

영은 잠시 말이 없었다. 그러다 뒤늦게 대답했다.

"아무것도 찾아내지 못했다는 게 흔적입니다."

"무슨 말이지?"

"너무 깨끗합니다. 마치 누군가가 인위적으로 흔적을 지우기라도 한 것처럼……."

"그렇다면 너는 이 일에 누군가가 개입했을 수도 있다는 것이냐?"

"모릅니다. 단지 그럴 가능성도 배제할 수 없다는 것뿐입니다."

'흠.'

중년인은 가만히 턱을 쓸며 고민했다.

영의 말에 따르면 확실히 누군가가 개입했을 가능성도 있다. 물론 확신할 수는 없다. 아니, 이 일은 은밀하기 그지없는 것으로 누군가가 개입했을 가능성보다는 하지 않았을 가능성이 더 컸다.

우선은 보고부터 들어보고 판단을 내려야겠다는 생각이 들었다.

"이깟 일로 목숨을 취하면 어디 사람 목숨이 남아나겠느냐? 되었으니 일어나라. 보고나 마저 듣겠다."

중년인이 쉽게 용서를 해주었는데도 사내의 표정은 밝지 못했다. 오히려 그는 죽기를 바라기라도 한 듯 아쉬워하는 빛까지 띠었다.

사내가 몸을 일으키자 중년인이 물었다.

"다시 한 번 확인하겠다. 지난번에 보고하기를 의검대는 태행산 산맥 끄트머리의 제원으로 향하는 길목에서 실종되었다고 했다. 맞나?"

"그렇습니다."

"그렇다면 정확한 날짜를 알 수는 없으나 그 근래에 제원으로 들어서는 무리들에 대해 조사했을 터. 의심이 가는 무리들도 물론 찾았겠지?"

그는 찾지 못했다면 가만두지 않겠다는 뜻을 은연중에 풍기고 있었다. 사내는 놀랍다는 표정으로 고개를 끄덕였다.

“그렇습니다.”

“그들에 대해 말해 봐라.”

“그것이…….”

사내를 생각을 정리하듯 잠시 망설이다가 대답했다.

“현재 의심이 가는 무리는 모두 네 무리입니다.”

“네 무리?”

“그렇습니다.”

제원을 오가는 이들은 하루에 수백 명이었다. 하루도 아니고 며칠을 기간으로 잡았는데 네 무리로 줄일 수 있었다는 것은 놀라운 일이었다.

중년인은 흥미롭다는 시선으로 사내를 봤다. 사내가 말했다.

“그중 첫 번째는 무당(武當)의 인물들로 의검대와 연락이 끊긴 직후에 제원에 들어선 것으로 확인되었습니다. 백이 넘는 의검대를 모두 처치했다고 하기에는 시간상 맞지 않아 네 무리 중 가장 가능성이 적습니다. 게다가 그들은 그저 속가제자들로 실력으로 봐도 대주들을 단시간에 처치할 수는 없으므로, 다른 조력자가 없는 한 용의선상에서 제외해도 될 것으로 판단됩니다.”

“그리고?”

“그리고 두 번째는 백교(栢敎)로…….”

“백교? 지금 백교라고 했나?”

중년인의 음성은 날카로웠다. 사내는 보고를 하다 말고 깜짝 놀라 얼른 그 자리에 엎드렸다. 중년인이 말했다.

“대답해라. 백교라고 했느냐?”

“그렇습니다.”

중년인의 안색이 변했다.

절대강자의 세계. 현 강호에서 단일 세력으로는 최고로 치는 팔황성은 철저히 마(魔)를 표방하고 있었다.

정파인들에게 있어서는 마나 사(邪)나 그 밥에 그 나물이겠지만 엄연히 마와 사는 달랐다. 만약 정파인들이 인식하듯 마와 사가 하나였다면 아마 강호는 그들에 의해 벌써 일통되고도 남았을 터였다. 하지만 유감스럽게도 팔황성은 지극히 폐쇄적이었고, 사파와는 교류 자체를 하지 않았다. 그리고 그 덕에 아직까지도 강호는 정과 마와 사의 세 부류로 힘의 균형을 이루고 있었다.

마가 팔황성에 의해 통일되었다면 사는 팽팽하게 두 부류로 나뉘어져 있었다. 그리고 그들 중 하나가 바로 백교였다. 비록 팔황성에 미치는 무력은 아니었지만 결코 쉽게 볼 수 없는 세력이다. 그런데 무당파에 이어 백교가 그곳을 지났다?

중년인은 인상을 쓰고 말했다.

"계속해라."

사내는 더듬더듬 다시 보고를 했다.

"그들, 백교의 행사가 워낙 은밀하여 확실하지는 않으나 흔적으로 보아 무려 소교주가 친히 친위대 이십 명과 신혈단(新血團) 삼십 명을 이끌고 그곳을 지나갔음이 확인되었습니다."

중년인은 영을 불러 확인했다.

"영, 저놈의 말이 사실이냐? 진정 백중안(栢中岸)이 오십에 달하는 수하들을 이끌고 그곳을 지나갔느냐?"

"친위대 이십과 신혈단 사십. 총 육십입니다."

영이 사내의 말을 고쳐 주었지만 진실은 사내의 보고보다 더했으면 더했지 덜하지 않았다. 골치가 아픈 듯 중년인은 더욱 인상을 썼다. 그때에도 사내의 보고는 이어졌다.

"그리고 풍림장이 백교의 뒤를 이어 그곳을 지나 제원으로 들어섰는데 아미로 간 것이 확인되었습니다. 신분상 확인되지 않은 이들이 많아 의심스럽기는 하지만 무당파와 마찬가지로 특별히 뛰어난 고수는 없었습니다. 그러니 이들 역시 다른 조력자가 없다면 용의선상에서 제외해도 될 것으로 판단됩니다.”

“허허…….”

중년인은 기가 막힌 듯 헛웃음을 터뜨렸다.

점점 사태가 심상찮게 돌아가기 시작했다. 삼대가장 중에 첫째로 무당파에 버금가는 만만찮은 세력이 풍림장이다. 그런데 그들조차 이 일에 개입되었다고 말하고 있다. 물론 사내의 말에 따르면 고수는 없어 무당과 마찬가지로 의심거리가 적었지만, 그래도 그 자체만으로도 마음을 놓을 수 없는 곳이었다.

‘남은 하나는 어디인지 정말 궁금해지는군.’

중년인은 그렇게 중얼거리며 턱짓으로 마저 보고를 하라고 재촉했다. 사내가 말을 이었다.

“그리고 마지막으로는 현우림(賢遇林)이…….”

“끄응.”

중년인은 신음했다. 그는 얼른 영에게 물었다.

“영, 저놈의 말이 사실이냐?”

“그렇습니다.”

사실을 확인한 그는 골치가 아픈 듯 이마를 꾹 눌렀다.

정파를 대표하는 두 세력에 이어 사파의 반을 다스리는 세력이 나오더니 이제는 중도 세력마저 튀어나온 것이다.

사파의 두 세력은 팔황성과는 달리 가끔 힘을 합쳐 강호를 집어먹으려고 할 때도 있었다. 그럴 때면 정파에 힘을 실어주는 곳이 바로 현우림이었다. 철저히 중도 세력임을 표방하며 강호가 위급에 빠지면 가끔씩 도와주기도 하는 곳.

그런 거물들이 정해진 시간 동안 그곳을 차례로 지나갔다?

단지 우연이라 치기에는 너무도 시기가 잘 들어맞았다. 그런데도 단순한 우연일까? 중년인은 생각했다. 혹시 자신이 너무 과민반응을 하는 것은 아닐까 하고. 하지만 아무리 생각해 봐도 이것은 우연이라기에는 너무도 딱딱 들어맞았다.

'하긴, 필요하기만 하다면 무엇이든 이용하는 게 진리다. 그것이 진실이든 거짓이든 간에.'

그는 더 이상 이 믿기지 않는 상황이 우연인지 아닌지를 따지는 것은 그만두기로 했다. 어차피 그에게는 필요한 상황이었다. 어수선한 현재의 상황을 타파하기 위해서도. 또,

'저놈을 없애 버리기 위해서도.'

중년인은 은연중에 살기를 담아 여전히 고개를 숙이고 있는 사내를 보았다.

아무리 봐도 간담이 작은 사내. 어디 하나 잘난 구석이라고는 보이지 않는데 이상할 정도로 성내에서 상당한 인지도를 얻고 있었다. 전 성주가 도주할 수 있도록 시간을 번 후 바로 항복을 해버린, 믿을 수 없을 정도로 종잡을 수 없는 인물.

중년인은 저 사내를 죽이고 싶었다. 하지만 현재 팔황성의 상황은 꽤나 안 좋은 편이었다. 안 그래도 간계로 전 성주를 치고 성주의 자리를 차지했다는 소리를 듣고 있는데 여기에서 성내의 많은 이들에게 신임을 받고 있는 사내를 죽인다면 더욱 자신의 인지도는 바닥을 칠 것이다. 그러니 직접 죽이기보다는 다른 이의 손을 빌릴 수밖에.

또한 바깥의 적은 안의 문제를 해결해 주곤 한다.

아무리 내부에 갈등이 있어도 바깥에 적이 생기면 우선적으로 그것에

대항하려 하기 마련이고 그러다 보면 세력을 규합하는 데도, 불만을 해
소하는 데도 도움이 될 것이다.

어떻게 봐도 이보다 더 좋은 수는 없을 듯했다.

탁탁.

탁자를 두드리며 생각을 정리한 중년인은 사내를 향해 말했다.

"비록 아무 흔적도 발견하지 못했다지만 그 같은 거물들이 일시에 그
곳을 지나쳤다면 결코 우연이라고 볼 수 없다. 이것은 분명 전 성주 일행
을 납치하여 본 성을 집어삼키려는 야욕을 가진 것으로 판단되는 바, 정
파 놈들에게 알려라. 본 성은 전 성주와 그 후계의 신변을 안전하게 확보
할 때까지 정파 놈들을 향한 응징을 멈추지 않을 것이라고."

중년인이 선언하듯 말하자 사내는 매우 이상한 표정을 지었다.

"단지 정파를 향해⋯ 입니까?"

"그렇다."

"그렇지만 지금 상황으로 가장 의심이 되는 곳은 백교입니다. 무당이
나 풍림장은 오히려 가장 의심이 적은 곳으로 그들보다는 차라리 백교나
현우림을⋯⋯."

"그만. 나도 그 정도는 안다."

중년인은 사내의 말을 자른 후 말했다.

"하지만 가장 거슬리는 곳은 무엇보다 정파 놈들이지. 솔직한 심정으
로는 사파 놈들이나 중도 놈들 역시 한꺼번에 처치하고 싶으나 현재 본
성의 힘으로 그들까지 감당하는 것은 힘들다. 그러니 우선은 정파 놈들
을 처치한 후 나머지 놈들도 처리할 생각이다. 물론 사파 놈들이나 중도
놈들이 나서서 우리를 방해한다면 이야기가 달라지겠지만."

살기가 번뜩이는 눈으로 힐끗 사내를 본 중년인은 말을 이었다.

"사파 놈들과 중도 놈들에게 알려라. 본 성의 행사를 방해하지 않는다

면 우리 역시 그들은 그냥 두겠다고. 하지만 본 성에 적의를 드러낸다면 결코 그냥 넘기지 않을 것임도 일러두어라."

"하지만 확실하지도 않는데 단지 의심만으로 그리하는 것은……."

쾅!

사내가 또다시 반박을 하자 중년인은 책상을 내려치며 자리에서 일어났다.

"왕승지! 네가 언제부터 본좌의 말에 토를 달았지?"

"주, 죽여주십시오!"

사내는 얼른 바닥에 엎드리고 소리쳤다.

그 비굴하기까지 한 모습에 쯧쯧, 저절로 혀가 차졌다. 어쩌면 저렇게 간담이 작을까? 확실히 큰일을 해먹기에는 부족한 인물이었다. 경계를 하는 것조차 부질없는.

중년인은 혀를 차며 손을 흔들었다.

"쯧쯧, 그리 알고 물러나라. 전 강호에 공표하라. 전 성주 일행을 납치한 이들에게는 철저한 응징만이 있을 것이라고."

"조, 존명!"

덜덜 떨리는 몸을 주체하지 못하고 사내는 부들부들 떨며 대답하고 얼른 밖으로 나가 버렸다. 그 뒤로 중년인의 혀 차는 소리만이 방 안을 맴돌았다.

늦여름의 후텁지근한 바람이 불고 있었다.

막 건물을 벗어난 사내는 잠시 눈을 감고 있다 천천히 눈을 떴다.

"없군."

무슨 소리인지 알 수 없는 소리를 중얼거리며 탁, 어깨를 털었다. 잔뜩 웅크리고 있던 몸이 처음으로 당당하게 퍼졌다.

그는 길게 늘어선 대로를 보다 짧게 한숨을 내쉬었다.

"성주께서는 은밀한 곳을 찾아 몸을 숨기셨다니 다행이지만, 소성주께서는 어찌 되셨는지 모르겠군. 부디 아무 일도 없어야 할 텐데……. 하긴, 낙진(洛溱)과 양(楊) 노야께서 동행하셨으니 어련히 알아서 하셨겠느냐마는."

거기까지 중얼거린 그는 고개를 들어 하늘을 봤다.

"곧 강호에 피바람이 불겠구나. 비록 성주를 위한 것이라고는 하나 내가 벌인 일도 적지 않으니 이 죄를 다 어찌할지……."

第八章
협상하다

협상하다

밤하늘을 뚫고 두 명의 사내가 담을 넘었다.

그들이 들어선 곳은 한 객점이었다. 평창(平昌)은 물론이고 사천 전체에서도 유명한 객점은 그 크기가 어마어마했다. 당연히 그만큼 복잡하기도 했다. 하지만 그들은 망설이지 않고 오른쪽으로 꺾었다. 몇 개의 건물을 연이어 지나 후원에 도착한 그들은 한 건물의 밑에 서서 상의했다.

"문에 한 명, 창에 한 명이 있다. 너는 문의 녀석을 처리해라. 나는 창으로 들어가겠다."

은은히 비치는 달빛에 반백의 머리를 드러낸 노인이 지난 며칠부터 지금까지의 상황을 생각해 내고 전음을 보냈다. 하지만 삼십대 중반쯤으로, 그보다 배 이상 젊어 보이는 사내는 고개를 저으며 반대했다.

"어찌 어르신께서 창으로 가겠다고 하십니까. 제가 창에 있는 녀석을 처리하죠. 어르신께서 문의 녀석을 처리하십시오."

사내의 고집을 잘 아는 노인은 보통 창에 있는 녀석이 좀 더 강하다고 말하며 반대를 하려다 그냥 고개를 끄덕였다.

아무리 강하다 해도 사내를 이길 수는 없다.

그는 노인도 인정하는 고수였다. 처음 소란이 이는 것을 원치 않아 창의 녀석을 자신이 처치하려고 했던 노인은 사내라고 해도 소란을 일으키지는 않을 것이라 생각하고 손짓했다.

"그럼 셋에 들어간다."

사내는 고개를 끄덕이고 창가로 자리를 옮겼다. 노인도 소리없이 문가에 섰다. 노인은 내력을 끌어올리고 전음을 보냈다.

"하나. 둘. 셋!"

동시에 그는 안으로 뛰어들었다.

끼익.

문이 작게 삐걱거렸지만 워낙 작아 귀를 기울이지 않으면 들리지 않을 정도였다. 노인은 바로 문을 지키고 있는 녀석이 있는 곳을 향해 손을 뻗었다.

휘익.

파공성이 일었다.

즉시 목을 틀어쥐어 목숨을 취할 생각이던 노인은 얼마 지나지 않아 어딘가 이상함을 느꼈다. 손에 그 누군가의 목이 쥐어지지 않은 것도 그렇지만 창으로 뛰어들었을 사내의 모습이 보이지 않았던 것이다.

'어?'

의아하게 생각하고 바르게 몸을 돌리는데 은은히 달빛이 스며드는 창가에 한 인영이 서 있는 게 보였다.

창으로 들어오기로 했던 사내인가? 하지만 노인은 금세 부정했다. 창가에 선 이는 자신이 아는 사내보다 한 뼘 정도 더 키가 컸다. 결코 사내일 수 없었다.

"누구냐!"

노인이 처음으로 소리를 내어 말했다. 인영은 손에 든 뭔가를 돌리다 노인의 말에 웃음기 어린 소리를 냈다.

"글쎄, 그건 내가 노인장에게 해야 할 말인 것 같소만?"

방 안이 밝진 않았지만 상대적으로 밝은 곳에 있는 인영 쪽에서는 노인의 모습이 보이지 않을 터였다. 그런데 인영은 정확히 노인을 알아봤다. 그리고 그때, 노인은 인영이 빙글빙글, 손에 쥐고 돌리는 것이 다름 아닌 창으로 들어오기로 했던 사내의 무기임을 알아봤다.

"그건……."

"아, 이거? 요 밑에서 방금 얻은 건데……."

인영은 여전히 그것을 돌리며 기대 있던 창에서 한 걸음 앞으로 걸어 나왔다. 그리고 마치 노인에게 보여주기 위해서라는 듯이 뒤쪽에서 들어오는 빛으로 인해 음영이 생기는 얼굴을 비스듬히 옆으로 틀었다. 달빛에 드러난 얼굴은 놀랍도록 빼어났다.

노인은 경악해서 소리쳤다.

"네놈은!!"

인영은 다름 아닌 자신들이 찾고 있는 이를 구금(拘禁)하고 있는 몹쓸 놈이었다. 그리고 그때, 그 몹쓸 놈이 미소를 지으며 말했다.

"륜(輪)이라고, 여기 옆에 '낙진'이라고 이름까지 새겨져 있는데. 혹, 노인장도 아는 물건이오?"

노인의 안색이 변했다.

"그를 어떻게 했느냐?"

"그? 아, 그 낙진인지 뭔지 하는 사내를 말하는 것이오?"

인영은 어깨를 으쓱했다.

"그것참, 말을 해도 무슨 말을 그리하시오? 어떻게 하다니? 설마 하니 내가 그를 죽였을까 봐서 그러시오?"

"만약 그리했다면 내 너를 결코 그냥 두지 않을 것이다!"

노인은 한기 서린 음성으로 그렇게 말했다. 하지만 인영은 전혀 겁먹은 기색이 아니었다. 오히려 그는 노인을 가르치려 들었다.

"이런이런~ 노인장, 스스로 생각하기에도 너무 불공평하다고 생각하지 않으시오? 노인장은 여기로 들어오자마자 문을 지키고 있을 무사의 목숨을 앗으려고 했소. 만약 내가 평소대로 거기에 무사를 세워두었다면 그는 노인의 손에 허망하게 죽었을 것이오. 그런데 나에게는 그리하지 말라니 무슨 법이 그렇소?"

"그래서, 그를 죽이기라도 했다는 것이냐?"

"모르지, 그거야. 죽었는지 아직까지는 살아 있는지."

넌지시 사내를 제압했다는 뜻을 풍겼다.

더 이상 들어볼 것도 없다. 노인은 즉시 공격해 들어갔다. 손을 갈고리처럼 웅크리고 무엇이든 다 잡아 뜯을 듯 휘두르자 인영은 몸을 비틀어 옆으로 피했다.

콰지직.

조금 전까지만 해도 그 인영이 서 있던 창틀이 노인의 손에 의해 뜯겨 나갔다. 인영은 유유히 침상 쪽으로 자리를 옮겼다. 그러다 노인이 재차 공격을 가하려 하자 얼른 말했다.

"잠깐! 난 아직 할 말이 남았는데 이렇게 무턱대고 공격을 하면 어쩌자는 거요?"

"난 더 할 말 없다!"

노인은 뜯긴 창틀 부스러기를 던지고 몸을 날렸다.

땅. 땅.

인영이 들고 있던 륜과 노인의 손이 부딪치며 불꽃이 일었다. 사람인

이상 피와 살로 이루어진 손이 분명한데도 노인의 손은 쇠보다도 더 단단했다.

인영은 한차례의 공격이 끝나고도 채 가시지 않은 암경에 살짝 어깨를 떨었다. 조금 전까지만 해도 노인이 화를 내든 말든 굉장히 유쾌해 보이던 그였다. 그로부터 얼마 지나지도 않았건만 지금은 그렇지 않은지 그는 미간을 찌푸렸다.

"내 분명 잠시 기다리라고 했소, 노인장."

으름장을 놓듯 말했지만 노인은 대꾸도 없이 손을 뻗었다. 바닥을 박차고 날아올라 인영의 머리를 비수어 버릴 듯 장을 격했다.

퍼엉!

심오한 공력이 없이는 시도도 하기 힘든 장풍이 노인의 손에서 터져 나왔다. 인영이 재빨리 피하자 노인은 재차 장풍을 날렸다.

쉬익.

파공성이 일고 얼굴 가죽을 벗길 듯한 날카로움이 느껴졌다. 인영은 또 한 번 그대로 피하려고 몸을 돌리다가 그렇게 하더라도 장풍의 위력이 모두 가시지 않고 돌아올 것을 알고 오히려 마주 손을 뻗었다.

콰앙!!

"윽."

어느 정도 예상은 하고 있었지만 그 예상을 가볍게 뛰어넘는 노인의 심후한 내공에 인영은 팔이 부러지는 듯한 고통에 신음을 흘렸다. 주춤주춤 뒤로 밀리다 결국 뒤쪽의 침상에 주저앉았다. 그는 이를 악물어 역류해 올라오는 피를 삼켰다.

'내상이 다 낫기만 했더라도……'

생각하니 짜증이 밀려왔다.

노인은 분명 강했다. 단순히 공격을 받은 게 아니라 내공 대결에 가까운 공격을 받은 덕분에 상대적으로 내공이 약한 그가 밀린 탓도 물론 있다. 또다시 대결을 한다고 해도 순수 무공만으로는 이길 수 있을지 장담할 수도 없었다. 하지만 그렇더라도 만약 그가 정상이었다면 이리 쉽게 밀리진 않았을 터였다. 그것이 그의 자존심을 긁었다.

그는 문을 향해 소리쳤다.

"어이, 꼬마. 당장 나와라!"

기다렸지만 대답은 없었다. 그는 미간을 찌푸리고 문을 노려보았다. 그러다 노인이 다시 공격을 가하려 하자 버럭, 소리쳤다.

"이 빌어먹을 꼬마 녀석 같으니! 내가 저 노인을 죽이는 게 보고 싶지 않다면 당장 튀어나와! 지금 나오지 않는다면 난 네 녀석이 그리도 아끼는 저 노인을 죽여 버릴 거야!"

마치 하려고만 하면 그리할 수 있다는 식의 광오한 말에 노인이 화를 냈다.

"네놈! 감히 누구더러……."

끼익.

그때 문이 열렸다. 그리고 그 사이로 한 작은 인영이 안으로 들어왔다. 그가 노인을 향해 말했다.

"이제 그만 하십시오, 양 노야."

막 인영을 향해 공격을 가하려던 노인이 멈칫했다. 자신이 그리도 찾던 이와 비슷한 음성에 눈을 돌려 작은 인영을 확인한 노인의 눈동자가 크게 흔들렸다.

"소성주……."

꼬마, 한무결은 오랜만에 노인을 만나고도 웃기는커녕 오히려 잔뜩 얼굴을 찡그렸다. 그게 꽤나 불쌍해 보였는지 인영, 이하원이 한무결을 그동안 얼마나 구박을 했으면 저럴까 싶어 노인이 도끼눈을 떴다.

"소성주, 감히 저놈이 소성주를……."

"그만! 여기서 더 하면 그는 정말 양 노야를 죽이려 들 겁니다."

노인의 말에 이하원이 인상을 쓰자 한무결이 미간을 찌푸리며 그렇게 말했다.

노인의 실력에 대해서는 누구보다 잘 아는 한무결이었다. 비록 노인, 자신만큼 자세히 알지 못하고 강호라는 곳이 그렇듯 삼 푼쯤 실력을 숨기긴 했지만 그래도 노인은 자신의 실력에 자신있었다. 그런데 그 한무결이 지금까지 자신의 공격에 밀리기만 하던 몹쓸 놈에게 자신이 진다고 말하고 있었다.

노인은 믿을 수 없다는 표정으로 한무결을 보았다가 이하원을 봤다. 이것도 협박을 해서 그런 거라 생각하니 울화가 치밀었다.

"네놈이……."

"한 번만 더 '놈' 소리 하면 정말 죽여 버리겠다."

이하원이 활활 타오르는 황금빛 눈동자를 빛내며 나직이 말하자 노인은 순간 등골이 서늘해짐을 느꼈다.

노인은 기이하기까지 한 황금빛 눈동자를 들여다보았다. 그리고 왜 인지 맹수 앞에 선 듯한 느낌을 받았다. 속에서 반발이 터져 나왔지만 그는 '놈'이라는 말을 그때는 물론이거니와 그 후로도 두 번 다시 입에 담지 않았다.

설아와 한무결은 상극이었다.

둘 다 은상과 마찬가지로 비록 일방통행이라지만 이하원과 생각을 교류한다는 점은 같았다. 하지만 첫 눈에 이하원이 좋아진 설아와 첫눈에 이하원이 싫어진 한무결. 그들은 어떻게 해도 친해질 수 없는 사이였다.

설아는 이하원을 무슨 괴물 보듯 하는 한무결이 못마땅했다.

지금까지 단 한 번도 사람을 싫어해 본 적이 없는 설아는 그 감정이 무척 낯설었다. 하지만 그래도 그녀는 한무결이 싫었다. 이따금 이하원이 물건을 띄울 때면 자신은 그저 신기하고 재미있기만 한데 대뜸 '괴물' 소리부터 해대는 그가 날이 갈수록 싫어졌다. 열네 살의 설아는 그렇게 처음으로 사람을 싫어하는 감정을 배웠다.

물론 한무결이라고 설아를 좋아할 리 없다.

괴물, 그 이상도 이하도 아닌 이하원을 무슨 황자님이라도 되는 양 뺨을 발그레하니 물들이며 좋아서 어쩔 줄을 모르는 설아가 그는 처음 만난 바로 그 순간부터 싫었다. 지금까지 받들어져만 온 자신을 향해 눈을 치뜨는 것도 못마땅한데 자신은 떨어뜨리고 싶기만 한 인물을 졸졸 따라다니며 웃어대니 아무리 좋게 봐줘도 싫다는 것 이상의 감정은 가질 수 없었다. 솔직히 처음부터 좋게 봐줄 생각도 없었지만.

싫으면 안 보면 된다. 하지만 그들은 그럴 수도 없었다.

설아는 무슨 일이 있어도 이하원과 같이 있고 싶어 했다. 그가 어디를 가든 따라가고 싶어 했고 다른 볼일이 있는 척하면서 그의 곁을 떠나지 않았다. 이하원 역시 그런 그녀를 그냥 웃으며 지켜보았다. 그러다 보니 이하원이 있는 곳이 곧 설아가 있는 곳이었다. 그런데 그런 그가 어딜 가나 데리고 다니는 게 바로 한무결이었다.

싫다고 발악을 해도 그는 억지로 끌고 다녀가며 놀리기를 즐겼다.

당연히 설아와 한무결도 자주 만날 수밖에 없었고 그러면 그럴수록 그들은 서로를 싫어하는 감정을 키워 나갔다. 그리고 둘의 마음을 뻔히 읽으면서도 이하원은 무척 흥미로운 표정으로 그들을 지켜보기만 했다.

참으로 악취미라 하지 않을 수가 없었다.

그렇게 풍림장으로 돌아가는 길은 소소한 소란을 제외하고는 별다른 문제 없이 잘도 지나갔다.

그런데 언제부터인가 두 꼬마의 생각을 읽으며 혼자 낄낄대던 이하원의 표정이 바뀌기 시작했다. 처음에는 의아한 듯 가끔 길가에 멈추어 서거나 고개를 갸웃했다. 그러다 점점 미간을 찌푸리는가 싶더니 어느 순간 딱딱하게 굳은 표정으로 눈살을 찌푸렸다.

"주군, 왜 그러십니까?"

심각한 듯 보이는 얼굴에 걱정이 된 은상이 물었다. 하지만 그는 그냥 고개를 흔들었다. 그리고는 갑자기 눈을 감고 정신을 집중하기 시작했다. 워낙 은밀해 쉽사리 알아차릴 수 없을 정도였지만 이미 몇 번의 실패로 정확히 기운을 감지할 수 있게 된 그는 끝까지 기운을 쫓았다. 그리고 얼마 지나지 않아 작게 미소를 지었다.

역시 자신의 예상은 틀리지 않았다. 언제부턴가 누군가가 그들을 따라오고 있었다.

"오늘은 여기서 쉬어가자."

갑자기 말을 세우고 하는 말에 은상이 그를 봤다.

잘못 들었나 싶었지만 이하원은 어느새 멀찍이 보이는 객점으로 말을 돌리고 있었다.

고개를 들어 하늘을 봤다. 아직 해도 다 떨어지지 않았다. 그런데 정말 여기에서 쉬려는 걸까? 갈 길이 바쁘다고 재촉할 때는 언제고? 하지만 은상은 토 한 번 달지 않고 바로 그의 뒤를 따랐다. 이해할 수 없는 일을 벌일 때마다 투덜대긴 하지만 그도 이하원이 결코 아무 이유 없이 일을 벌이지는 않는다는 것을 익히 알고 있었던 것이다.

객점에 들어 짐을 푼 이하원은 은상에게 한무결을 불러오라 일렀다. 그리고 은상이 한무결을 데려오자 말했다.

"이 꼬마와 긴히 할 말이 있으니 은상, 너는 잠시 나가 있어라."

지금까지 한 번도 이런 적이 없었다. 그런데 갑자기 이하원이 자신을 물리자 은상은 놀랐다.

"예?"

'나에게도 못할 비밀 이야기를 하기라도 하시겠다는 건가?'

섭섭해지려 했다. 하지만 이하원은 설명을 해줄 생각은 않고 씩, 짓궂은 미소를 지었다.

"내가 이 꼬마랑 몰래 비밀 이야기를 좀 해야겠거든. 그러니까 나가 있어."

꼭 자신의 생각을 읽은 듯한 말에 은상은 더욱 인상을 썼지만 고개를 끄덕이고 밖으로 나갔다. 둘만 남게 되자 한무결은 뭐가 그리 불안한지 두리번두리번 주위를 둘러보다 구석에 자리를 잡았다. 그리고는 이하원을 노려봤다.

"왜! …요."

"언제쯤이면 똑바로 높임말을 쓸래? 진짜 맞아야 정신을 차리겠어?"

한무결은 대답 대신 고개를 돌려 버렸다. 결국 이하원은 지금까지와 마찬가지로 성큼성큼 걸어가 머리를 한 대 쥐어박았다. 그리고 다짜고짜 말했다.

"꼬마, 너 봤지?"

안 그래도 맞은 게 억울한데 갑자기 밑도 끝도 없는 소리를 하자 한무결은 대뜸 소리쳤다.

"내가 뭘?!"

이하원이 주먹을 들어 보였다. 하지만 한무결은 턱을 내밀고 어디 때릴 테면 때려보라는 식으로 굴었다. 그러다 이하원이 주먹을 뒤로 빼며 진짜 때리려고 하자 얼른 소리쳤다.

"…봤다는 건데요?! 씨이."

폭력 앞에 굴복하는 게 억울해 미칠 것만 같았다. 하지만 역시 관은 멀고 주먹은 가까웠다.

머리 몇 대 쥐어 박히는 것뿐이니 끝까지 반항 한 번 해보자는 생각도 들었다. 하지만 그것도 한두 번이지 자꾸 맞다 보니 이제 혹이 만성으로 붙어 있었다. 그런데다 안 그래도 혹이 나 있는 데를 또 때리고, 또 때리고. 맞은 데 또 맞는 게 얼마나 아픈데. 결국 지금까지 누군가에게도 맞아본 적이라고는 없어 폭력에는 약하기만 한 한무결은 그렇게 무식하기까지 한 폭력 앞에 굴복할 수밖에 없었다.

이하원은 매우 흡족한 표정을 지었다. 그러다 곧 싹 표정을 지웠다. 순식간에 표정을 바꾸는 그는 시종 무표정한 사람보다 더 무서웠다. 그는 싸늘하게 굳은 얼굴로 한무결을 봤다.

"내가 힘을 써서 백 명에 가까운 복면인들을 몰살시킨 것."

"헉!"

더 이상 물러날 곳도 없건만 한무결은 주춤 뒤로 물러났다. 꿀꺽, 침을 삼켰다. 그때의 공포가 다시 되살아나는 것 같았다.

'어떻게…….'

지금까지 의식적으로 표시 내지 않으려 얼마나 노력했던가.

안 그래도 말도 안 되는 이유로 자신을 잡아두려고 하는 그다. 그런 상황에서 그때 장면조차 자신이 봤다는 것을 알면 절대 놓아주려 하지 않을 것이었다. 한무결은 직감적으로 알았고, 그래서 더욱 숨기려 했다. 그런데 저 괴물은 이미 알고 있었다.

이하원이 자신의 생각을 읽어낸다고는 상상도 하지 못하고 그는 단지 그렇게 표 내지 않으려고 했는데도 감쪽같이 알아낸 이하원에게 혀를 내둘렀다.

그때 이하원이 말을 이었다.

"그 복면인들, 사실 처음부터 널 따라왔던 거였지 않나? 네가 수레에 숨는 바람에 흔적을 쫓다 나와 만난 것이고. 생각해 보면 난 널 도와준 거야. 그 정도는 알아듣지?"

"……."

한무결은 아무 말도 하지 못했다.

역시 이 인간은 사람이 아니었다. 뭐 하나 제대로 단서를 준 것도 없는데 이것까지 알아낼 줄은 짐작도 못했다. 게다가 단지 수가 틀려 몰살시켜 놓고 괜히 자신을 위해 그랬다는 등의 헛소리까지 하다니. 정말 대단한 괴물이었다.

한무결이 뭐라 말하지도 못하고 입만 꾹 닫고 있자 이하원은 자연스레 머리를 뒤로 넘기고 말했다.

"묻겠다, 꼬마. 너는 팔황성의 소성주인가?"

"…도대체 당신이 모르는 건 뭐야?"

기가 막혀 묻자 이하원은 웬일로 반말을 했음에도 꿀밤을 먹이지 않고 오히려 시종 무표정하던 얼굴 위로 빙그레 미소를 짓기까지 했다.

"글쎄, 하여튼 난 지금 무척 거슬려."

"무엇이?"

"네 떨거지들이 날 따라오고 있는 것이."

바로 떨어진 대답에 한무결은 고개를 갸웃했다.

'떨거지?'

그러다 번뜩, 순간 뇌리를 스친 생각에 한무결은 무심코 중얼거렸다.

"설마……."

이하원은 친절하게 그의 짐작이 맞음을 확인시켜 주었다.

"노인 한 명과 사내 한 명. 모른다고 하지는 않겠지?"

'그렇다면 양 노야와 낙 숙부가?'

"꼬마, 넌 잘 모르겠지만 사실 난 별로 가진 게 없다. 그렇기 때문에 뭘 달라고 해도 줄 만한 게 없어. 그런데 졸졸 따라다니면 줄 게 없는 난 무척 난처하다고. 그렇다고 우락부락한 남자들을 뒤에 매달고 다니는 취미도 없고. 알겠어?"

이하원이 자리에서 일어나 방 안을 서성이며 그렇게 말했다. 반쯤 장난이 가미된 말에 한무결이 벌떡 자리에서 일어나 소리쳤다.

"그럼 날 놔주면 되잖아! 그들은 당신을 따라오는 게 아니라 날 따라오는 거라고!"

"모르는 모양인데, 꼬마야."

이하원은 그 자리에 멈추어 서서 웃었다. 하지만 그 웃음은 지금까지와는 달리 시릴 만큼 싸늘했다.

"난 내 비밀을 아는 그 누구도 목숨을 내놓지 않는 한 내 손을 벗어나게 두지 않아. 미안하게도 꼬마, 넌 우연히도, 그리고 필연적으로 내게서 벗어날 수 없게 되었다, 내가 죽지 않는 한은."

그가 한무결을 정면으로 보았다.

"꼬마, 넌 날 죽일 능력이 있는가? 널 따라오는 떨거지들과 힘이라도 합치면 날 죽일 수 있겠나? 만약 그렇다면 날 벗어날 수 있을 것이다. 하지만 그게 아니라면, 앞으로도 넌 내게서 벗어날 수 없어."

이하원의 미소가 짙어졌다. 그가 말을 이었다.

"네가 아무리 그따위 연극을 하더라도."

흐르는 식은땀을 닦을 생각도 하지 못하고 한무결은 꿀꺽, 침을 삼켰다.

이하원, 그는 정말로 모르는 게 단 하나도 없었다. 처음부터 범상치 않은 사람이라고 생각은 했었다. 우연찮게 그 압도적인 힘을 봤을 때는 그의 힘을 빌려 위기를 벗어나야겠다고 생각한 적도 있었다. 하지만 그는 곧 포기했다. 가벼운 듯 보이지만 결코 가볍지 않은 이하원이라는 인물은 그리 쉽게 속아줄 인물이 아니었다.

　지금까지 한무결은 자신이 이하원을 높게 평가하고 있다고 생각했다. 과소평가보다는 과대평가가 낫다 생각했다. 나중에 대비를 하기 위해서 라도. 그런데 아니었다. 오히려 그는 이하원을 너무도 과소평가하고 있었다. 그는 한무결이 상상하는 것 이상의 그릇이었다. 이미 모든 것을 알고 있으면서도 지금까지 단 한 번도 그것을 드러내지 않다가 지금 이렇게, 필요하다고 생각한 순간 한꺼번에 터뜨려 버리는 인내와 결단력. 얼마나 생각이 깊은 건지 한무결로서는 짐작도 가지 않았다. 그는 자신과는 차원을 달리하는 인물이었던 것이다.

　'어쩌면…….'

　한무결의 눈빛이 바뀌었다. 그는 깊게 숨을 몰아쉬고 기대고 있던 벽에서 몸을 일으켰다.

　"당신이 원하는 것은 제가 평생 당신에게서 벗어나지 않는 겁니까?"

　말투가 바뀌었다. 지금의 그는 도저히 열네 살의 아이라고는 믿을 수 없는 모습이었다. 하지만 이하원은 그게 당연하다는 듯이 놀란 기색도 보이지 않았다. 그가 고개를 저었다. 한무결이 물었다.

　"그럼?"

　"내가 원하는 것은 네가 내게 믿음을 주는 것이다."

　한무결은 신음하듯 낮게 읊조렸다.

　"믿음……."

　그가 고개를 들어 이하원을 봤다.

　"그것은 제가 어떻게 하면 됩니까?"

　이하원은 웃었다.

　"그걸 왜 내게 묻지? 네 스스로 생각해라. 어떻게 해야 내게 믿음을 줄 수 있을지. 그러고 나서 선택하는 거지. 물론 그 선택에는 내게서 벗어나는 것 따위는 포함되어 있지 않다. 내게 믿음을 주느냐 마느냐, 그것에 따라 조금이라도 더 많은 것을 얻을 수 있느냐 없느냐의."

"좋습니다."

길게 생각하지도 않고 한무결은 흔쾌히 고개를 끄덕였다.

그는 지금까지의 한무결이라고는 믿을 수 없을 정도로 곧은 눈으로 이하원을 봤다. 그리고 천천히 입을 열었다. 굳은 결심이 내려진 후라 그런지 음성은 더없이 맑았다.

"대신에, 조건이 있습니다."

그럴 줄 알았다는 듯이 이하원은 조금 전보다 더 깊게 웃었다.

한바탕 소란이 일고 난 후 상황을 대충 정리한 그들은 따로 마련된 객실로 자리를 옮겼다.

혹시라도 누가 들을까 낙진은 경계를 섰고, 한무결은 그토록 기다리던 사람들을 만나 지난 일을 털어놓았다. 양 노야, 양현선(楊玹仙)은 손자 같은 한무결의 이야기를 하나도 빠짐없이 다 들으려는 듯 한마디 한마디 귀 기울여 들었다.

이야기는 어느새 쫓기고 쫓기다 태행산으로 들어서고 거기에서 일행이 나뉜 순간으로 넘어가고 있었다.

"아버지께서는 둘 중 하나라도 살아남아야 한다고 말씀하시며 많은 수의 수하들을 이끌고 가셨습니다. 하지만 사실 말은 그리하셨지만 그리되면 적이 아버지의 뒤를 따를 것이라 예상하셨습니다. 아버지께서는 누구보다 제가 살아남기를 바라셨던 거죠. 노야와 낙 숙부께 저를 맡긴 것도 그런 연유에서였을 겁니다."

성주가 아들을 아끼는 마음에 일부러 둘 중에 하나는 살아야 한다는, 어떻게 들으면 매정하기까지 한 말을 하고 그리했다는 것은 이미 양현선도 아는 이야기였다.

그가 고개를 끄덕이자 한무결이 말했다.

"그런데 유감스럽게도 적은 아버지의 유인에 빠져들지 않았습니다. 오히려 세 명뿐인 우리를 아버지 일행으로 오인했습니다. 거의 대부분의 역적 무리가 우리를 쫓았고, 결국 낙 숙부와 노야께서는 그들을 따돌리기 위해 으슥한 산속에 저를 두고 가셨지요."

여기까지도 물론 아는 이야기였다. 지금부터 나올 이야기가 바로 양현선이 듣고 싶어 하는 것이었다.

그는 회상하듯 말했다.

"그랬었소. 노부와 낙진이 아직 어리기만 한 소성주를 두고 그리 가버렸었소."

그 한때의 실수로 지금까지 찾아 헤맨 것을 후회하는 말투였다. 한무결은 고개를 젓고 노인의 손을 꼭 잡았다.

"그때 전 공포에 질려 있었습니다. 언제 역적 무리가 절 찾아낼지 알 수 없었고 무공도 그리 강하지 않아 그 잠깐이 마치 억겁과 같이 느껴졌습니다. 결국 전 노야께서 절대 벗어나지 말라 하셨던 곳을 벗어나고 말았습니다. 그런데 역적의 무리 모두가 노야나 낙 숙부를 쫓아간 것이 아니더군요."

그때를 떠올린 양현선은 고개를 끄덕였다.

그랬다. 적을 따돌리기 위한 것이 아니라 적을 끌어들이기 위해 시작한 도주라는 것을 적은 알고 있는 듯했다.

그들은 양현선과 낙진에게 각각 다섯 명씩의 수하들을 보내 쫓게 하고 거의 모든 전력으로 여전히 한무결이 은신해 있는 곳 주위를 뒤졌다. 그랬기에 한무결이 공포에 질려 양현선이 정해준 곳에서 벗어나지 않았더라도 결국 그는 들켰을 것이었다.

"그건 노부의 잘못된 판단이었소. 그로 인해 소성주가 고생이 심했겠구려.”

한무결은 고개를 저었다.

“그렇지 않습니다. 언젠가 아버지께서 말씀하시기를 위급함도 힘듦도 수련의 한 방편으로 삼으라 하셨습니다. 저 역시 그리 생각하고, 또한 노야의 판단은 잘못되지 않았습니다. 단지 적이 노야의 뜻대로 움직이지 않았을 뿐이니 그리 생각하실 것 없습니다.”

양현선은 잘 자라준 손자를 보는 조부의 눈으로 한무결을 보았다. 한무결이 말을 이었다.

“노야께서 있으라 한 자리에서 벗어난 저는 결국 역적 무리에게 들키고 말았습니다. 다행히 그 순간에는 그들을 피할 수 있었지만 그 뒤로 그들에게 쫓기기 시작했습니다.”

생각하니 지금도 간담이 서늘해졌다. 한무결은 부르르, 몸을 떨고 말했다.

“그들은 마치 토끼를 몰듯 쫓았고 전 도주하느라 정신이 없었습니다. 성내의 표식으로 흔적을 남기기에는 역적 무리 역시 그에 대해 알기에 그리할 수 없었습니다. 그저 노야와 낙 숙부께서 절 구하러 와주길 바랄 뿐이었지요. 하지만 그 역시 되지 않았습니다.”

결코 원망을 하고자 한 말이 아니었다. 하지만 양현성은 괴로운 듯 노안을 일그러뜨렸다.

양현선이 말했다.

“소성주가 우리를 그리도 찾고 있는 줄은 모르고 우리는 그때 모든 적들을 따돌렸다고 생각했소. 후에야 그게 아니라는 것을 알았지만. 당시에는 그리 판단했기에 우리는 소성주는 안전하리라 생각하고 바로 성주의 행방을 찾았다오.”

“아버지…….”

한무결은 신음했다. 단 한 번도 돌아보지 않고 가버리던 아버지의 뒷모습이 떠올랐다. 평소 아버지의 성정을 생각해 보면 그것은 아마도 헤어지기 싫은 아들과의 이별에 대한 아픔을 그 나름대로 보여준 것이리라. 그는 초조함이 깃든 눈으로 양현선을 봤다.

"그래서, 어찌 되었습니까? 아버지께서는 무사하십니까?"

양현선은 고개를 저었다.

"조금이라도 소식을 알아보기 위해 각고의 노력을 기울였으나 전혀 알아낼 수 없었소. 하지만 우리가 이리 행방을 수소문하고도 찾지 못한 걸 보면 분명 역적 무리에게서도 잘 벗어났을 거요."

"그렇다면 다행이군요."

"소성주의 이야기나 더 해보시오. 노부와 낙진이 후에 소성주가 안전하지 않다는 것을 알고 급히 돌아가긴 했으나… 어찌 된 영문인지 흔적이 하나도 남아 있지 않았었소. 무려 백이 넘는 무리들이 소성주를 쫓았으니 그들의 손에서 벗어나기란 결코 쉽지 않았을 터. 그런데도 흔적조차 남지 않았으니, 어찌 된 것이오?"

양현선의 물음에 대한 답을 아는 한무결은 지그시 미소를 지었다. 여기까지 자신을 찾느라 두 사람이 한 고생이 눈에 보이는 듯했다.

한무결이 말했다.

"왜 흔적이 남지 않았는지 그건 저도 모릅니다. 그저 당시 전 산을 지나고 있던… 이 공자 일행을 발견하고 그들의 짐수레에 몸을 숨겼습니다. 그랬더니 역적 무리들은 흔적을 쫓다 이 공자 일행과 접전을 벌였고, 이 공자께서 기지를 발휘하여 그들을 쫓아냈습니다. 아마도 흔적이 지워진 것은 그들이 저지른 짓 같습니다."

이하원의 힘에 대해 이야기하기가 애매해 뒤에 가서는 살짝 말을 바꾸는 한무결이었다.

팔황성에서 자란 아이답지 않게 거짓이라고는 모르는 한무결이다. 그
것을 알기에 양현선은 아무리 진실해도 결국 팔황성의 아이는 팔황성의
아이라는 사실도 잊어버리고 한 점 의심 없이 그 말을 받아들였다.

한무결이 말을 끝맺었다.

"그 후로 딱히 어디로 가야 할지 알 수 없어 이리 이 공자 일행과 동행
을 하는 중입니다."

대충 지난 이야기가 끝나고 이하원에 대한 이야기가 나오자 양현선은
고개를 돌려 후원에서 볼썽사납게 쪼그리고 앉아 은상과 낄낄대며 놀고
있는 남자를 보았다. 그러다 그의 손에서 빙글빙글 돌아가고 있는 류이
눈에 들어오자 눈살을 찌푸렸다.

한무결의 말을 들어보면 이하원은 누가 뭐라 해도 은인이었다.

만약 이하원이 아닌 다른 사람이었다면 양현선은 그 고마움에 자신이
할 수 있는 것이라면 무엇이든 해주려 들었을 것이었다. 하지만 왜 인지
지금은 전혀 그럴 마음이 들지 않았다.

'괘씸한 놈……'

몹쓸 놈은 역시 몹쓸 놈이었다.

조금 전 있었던 일을 생각하면 지금도 울화가 치밀었다.

마치 낙진을 억류해 놓기라도 한 듯 류을 돌리며 화를 돋우던 놈. 알
고 보니 그놈이 들고 있던 류은 낙진의 무기가 아니었다. 낙진의 류에는
이름이 새겨져 있지도 않았다. 그런데 놈이 낙진의 이름을 댄 덕에 미처
그가 그 이름을 알 리는 없다 생각하고 그가 들고 있던 류이 낙진의 무기
라고 믿어버렸던 것이다.

사실 그때 낙진은 은상에 의해 저지당해 방 안으로 들어오지 못한 상
태였고, 그들은 가볍게 공수가 오가긴 했으나 거의 대화를 했다고 한다.
그랬는데 마치 죽이기라도 한 듯 지껄여 대며 일부러 그가 손을 쓰도록

유도했으니, 어찌 몹쓸 놈이라고 하지 않을 수 있겠는가.

그래 놓고는 또 화가 치밀어 공격을 하는 그에게 할 이야기가 있다는 둥, 그러니 좀 기다려 보라는 둥의 소리를 해대질 않나 그를 가르치려는 듯 뭐라뭐라 지껄여 대지를 않나. 정말 생각할수록 괘씸한 놈이었다.

그런 생각을 하며 노려보고 있자 무슨 이야기가 그리 재미있는지 시종 웃으며 은상과 대화를 나누던 이하원이 시선을 느낀 듯 고개를 돌렸다. 눈이 마주치자 이하원은 굉장히 얄미워 보이는 미소를 짓고 반대편으로 걸어가 버렸다. 그 뒤로 언제 나타났는지 소녀 한 명이 쭐레쭐레 따라가고 있었다.

"앞으로는 어찌할 생각이오? 이대로 그와 동행을 할 생각이오?"

"아직은 아버지의 소식도 알 수 없고 딱히 있을 만한 곳도 없으니 그리할까 합니다. 혹, 노야께서 따로 생각하신 거라도 있습니까?"

"그렇진 않지만… 만약에라도 그가 나쁜 마음을 품는다면……."

마땅찮은 듯 말을 끊었다. 이하원을 매우 못마땅하게 생각하는 양현선으로서는 당연한 반응이었다. 한무결이 웃음을 터뜨렸다.

"나쁜 마음이오? 하하하, 노야, 안심하십시오. 절대 그런 일은 없을 겁니다."

"그가… 믿을 만한 사람이라는 뜻이오?"

한무결은 잠시 생각하는 표정이 되었다 미소를 지었다.

"노야께서는 제가 못 미더우십니까?"

"그게 무슨 말이오?"

"그러니 그리 물으시는 것 아닙니까? 제가 본 바로, 현재로서는 누구보다도 믿을 수 있는 사람입니다. 또 믿어야 하는 사람이구요."

믿어야 하는 사람.

그저 가볍게 내뱉어진 말 같지만 결코 가벼운 뜻을 담은 말이 아니었다. 하지만 양현선은 그것을 눈치채지 못했다.

그는 그저 이상하다는 듯이 물었다.

"어째서 소성주는 그를 그리도 믿는 거요?"

"노야께서 그를 어찌 생각하는지는 잘 압니다. 노야와 그가 공수를 주고받기 전부터 밖에서 들었으니까요. 사실, 생각해 보면 그는 굉장히 이상한 사람입니다."

'내 말이 그 말이오!'

이하원을 몹쓸 놈에 괘씸한 놈, 그리고 이상한 놈으로 규정하고 있던 양현선은 그렇게 소리치려 입을 뗐다. 하지만 한무결이 한 걸음 더 빨랐다.

"그는 자신이 '좋은 사람'으로 남는 것을 참을 수 없는 모양입니다. 꼭 도와줘도 도움을 받은 이가 고마움을 느끼지 못하도록 만들죠. 오히려 도움을 받은 이가 자신을 원수 보듯 하도록 만듭니다. 그렇게 한다고 해서 득이 되는 것도 아닌데 그는 그렇게 합니다. 노야, 잘 생각하세요. 그는 결코 노야께서 생각하시는 그런, 가볍고 사람을 가지고 노는 형편없는 인간이 아닙니다."

정확히 마음을 꿰뚫어 보고 하는 말에 양현선은 감탄했다.

이하원이 어떤 인물인가를 떠나 자신의 마음을 이리도 정확하게 알아보는 한무결에게 감탄했다. 사람의 마음을 이토록 정확히 꿰뚫어 볼 수 있을 정도면 사람 보는 눈도 그에 못지않을 듯싶었다.

양현선이 말했다.

"소성주가 그렇게까지 말한다면 노부 역시도 그를 믿어보겠소."

그 말에 한무결은 기쁜 듯 웃으며 고개를 끄덕였다. 하지만 그때 그는 겉으로는 웃으면서 속으로는 툴툴대고 있었다.

'진짜 그가 일러준 그대로잖아? 거참, 신기하네. 어떻게 그는 노야께서 이리 나오실 줄 안 거지? 뭐, 그거야 그렇다 치고. 진짜 이상한 사람

아냐? 자기 스스로 자기가 잘났다는 소리를 해달라고 내게 무슨 말을 해야 할지까지 다 지어내 일러주기까지 하다니. 정말 생각할수록 이상한 사람이라니까.'

그랬다.

이하원에 대한 한무결의 평가는 사실 이하원이 직접 그리 말하라고 일러준 것이었다.

묘한 표정으로 흡족한 듯 고개를 끄덕이는 양현선을 보던 한무결은 어느 순간 멈칫했다. 별 생각 없이 이하원이 일러주는 대로 말했다. 그런데 순간 이런 생각이 들었다. 단순히 자기가 잘났다는 것을 양현선에게 알리기 위해 일러준 말이 아닌, 어쩌면 그게 정말 진실일지도 모른다는 생각.

따지고 보면 정말 그랬다.

만약 양현선이나 낙진이 무사들 중 한 명이라도 죽였다면 자기 것에 대한 애착이 지나친 이하원은 결코 그들을 그냥 두지 않았을 것이다. 사전에 그것을 막은 것은 무사들의 목숨을 살려주는 것인 동시에 양현선과 낙진의 목숨을 살려주는 것이기도 했다. 그런데도 양현선도, 낙진도 결코 그를 좋게 보지 않았다.

무엇보다 자신 역시 그렇지 않은가.

어떻게 봐도 도움을 받은 것은 자신이었다. 역적 무리로부터의 위기에서 벗어난 것도 이하원 덕분이었다.

그저 상황이 그리 흘렀다고 생각할 수도 있지만 이하원은 이미 그가 수레에 숨어 있음을 알고 있었다. 그리고 복면인들이 찾는 이도 그라는 것을 알았다. 만약 싸움을 원치 않았다면 수레에 있는 자신을 내주면 되었다. 그런데 그는 그렇게 하지 않고 복면인들을 물리쳤다.

이번에도, 사실 보면 도움을 요청해야 하는 것은 자신이었다. 그런데 이하원은 그가 도움을 필요로 한다는 것을 이미 안 양 그에게 손을 뻗었다. 그런데 자신은 그를 어떻게 생각하는가?

지금도 그는 이하원이 싫었다.

대의만 아니었다면 그와는 평생 상종도 안 하고 싶을 정도였다. 지금껏 도움을 받고, 앞으로도 그리될 텐데 그에 대해 자신은 조금도 고마움이라거나 호의를 느끼지 못하고 있었다.

'어쩌면…….'

한무결은 이하원이 사라진 곳을 향해 고개를 돌렸다.

'그는 정말 큰 그릇인지도 모른다.'

예상을 뛰어넘는 큰 그릇이라 생각했던 그의 생각보다 어쩌면 더욱 뛰어난.

속이 터질 지경이었다.

쾅쾅. 사내는 탁자를 내리쳤다. 앞으로 상체를 내밀며 소리쳤다.

"아, 거짓말이 아니라는데도 왜 못 믿으십니까!"

탁자 위에 다리를 올려놓고 뒤로 기대고 있던 중년인은 귀를 후비며 대충 말했다.

"그럼 헛것을 봤는가 보지."

"그런 게 아니라질 않습니까! 정말 괴물이라니까요! 금빛이 번쩍번쩍하더니 백 명이 순식간에……."

중년인이 사내의 말을 잘랐다.

"증거를 가져오라니까, 증거를. 가봤으니 알잖아? 백 명은 고사하고 한 명은 죽었을까 싶게 깨끗하기만 하더만."

"그, 그 괴물이 없애 버렸겠지요! 그놈은 그러고도 남습니다!"

지겹다는 표정으로 듣고 있던 중년인은 이제는 숫제 미친놈을 보듯 그를 봤다. 사내는 속이 탔다. 그 끔찍한 곳에서 살아 돌아온 것만 해도 기적이다. 보고를 해야겠다는 의무감에 공포심도 눌러가며 말하는데 이렇게까지 안 믿을 줄이야!

"저뿐만이 아니라, 이번 임무를 맡은 모두가 목격했습니다. 뭣하면 그들을 불러 물어보십시오!"

"그럼 단체로 미치기라도 했나?"

"살문주!"

사내가 참지 못하고 소리를 질렀다.

짜증스레 사내를 본 중년인은 더 이상은 못 참겠던지 몸을 바로 했다. 몽롱하던 눈빛이 매섭게 변했다.

"임무 실패의 평계치고는 너무 어처구니없다고 생각하지 않나? 좀 제대로 된 변명이라도 준비해 오든가. 누구 앞에서 그런 헛소리야? 책임을 물어 목숨을 취하지 않는 것만도 고맙게 여기지는 못할망정, 네놈을 비롯한 이번 의뢰에 참여했던 놈들은 다음 임무가 떨어지기 전까지 모두 지옥동으로 들어간다!"

지옥동.

그 끔찍하기가 이루 말할 수 없을 정도여서 지옥동이라 이름 붙여진 그곳은 살문에서 전설로 내려오다시피 한 수련장이었다. 괴물에 대해 열변을 토하던 사내의 얼굴이 하얗게 변했다.

"헉! 그건……."

"그게 싫으면 처음부터 거짓말을 하질 말았어야지. 어디서 날 능멸하려 들어? 당장 꺼져라!"

중년인은 차갑게 쏘아붙이고 그를 쫓아냈다.

第九章
전쟁의 시작

넉 달 가까이 되는 여행 끝에 도착한 풍림장은 왜 인지 어딘가 어수선했다.

대대적인 환영 인사는 없어도 약혼녀에 대한 이경윤의 관심으로 봤을 때 직접 나와 설아를 맞을 거라 예상했지만 그런 일은 없었다. 별채를 지키고 있던 무사들 대부분이 이하원의 새로운 처소로 자리를 옮겼으니 정주립 등도 그리 가라는 말과 따로 안부 인사를 위해 들를 필요는 없다는 말을 전하기 위해 하녀 한 명만 잠시 왔을 뿐이었다. 그렇게 되자 냉무진을 제외한 모두의 목적지가 같아졌다.

냉무진은 묵묵히 고개를 숙여 인사를 하고는 왼쪽으로 길을 꺾어 가버렸다.

남은 이들은 모두 중앙으로 나 있는 길을 따라 쭉 걸어갔다. 설아는 이하원의 손을 잡고 걸어가며 신기한 듯 연신 주위를 둘러보았다. 여기저기를 가리키며 설명을 해주던 이하원은 어느 순간부터 뭐가 그리 이상한지 고개를 갸웃갸웃하기 시작했다. 그러다 은상에게 물었다.

"이상하지 않아?"

"어디가 말입니까?"

이하원은 자신을 알아보지 못한 듯 인사도 않고 휙휙, 지나치는 사람들을 손짓하며 말했다.

"글쎄, 딱히 어디라고 하긴 그런데, 왜 인지 하나같이 굉장히 분주해 보이잖아. 마치 곧 싸움이라도 벌일 것처럼."

"단지 분주해 보인다는 이유로 싸움이 벌어질 것 같다고까지 하는 건 스스로 생각해도 좀 이상하지 않습니까? 그리고 진짜 분주하다고 해도 그게 어때서요? 전 어디가 이상한지 전혀 모르겠는데. 혹시 그동안 주군께서 별채에만 있다 보니 본관의 분위기에는 아직 익숙하지 않아서 그런 거 아닙니까?"

'아니면 사람들이 못 알아봐 줘서 삐쳤다거나.'

뭐가 그리 마음에 안 드는지 간혹 트집을 잡을 때 보면 대부분 꽁한 상태라는 것을 아는 은상은 속으로 그렇게 말을 덧붙였다. 이하원이 인상을 썼다.

"그런 거 아니야."

"제가 보기에는 그런 것 같은데요?"

"아니라니까."

이하원은 이리저리 고개를 돌렸다. 그러다 어딘가 눈에 익은 인물이 보이자 은상에게 물었다.

"저자는 누구지?"

은상이 그를 따라 고개를 돌렸다.

"잘 모르겠지만… 주군과 인사를 나눈 장로들 중 한 명의 개인 호위 같은데요?"

확인하듯 정주립을 보았다. 비록 정주립 등이 보지 말아야 할 것을 본 이유로 별채에 갇혀 지내다시피 하지만 그래도 같은 풍림장 소속 무사이니 알지 않겠냐는 뜻이었다.

정주립은 순순히 고개를 끄덕였다.

"장운(張潧)이군요. 그는 왕 장로의 개인 호위입니다."

"안면이 있나?"

이하원이 묻자 정주립은 약간 당황한 표정으로 그를 봤다. 은상을 통해 한 다리 건너 묻던 그가 갑자기 자신을 향해 물음을 던질 줄은 몰랐던 모양이었다.

그는 잠시 후에 고개를 끄덕였다.

"예, 어느 정도 안면은……."

"그럼 물어봐, 어째서 이렇게 어수선한지. 사람들은 어째서 이리도 분주하며… 아니, 다른 건 다 빼고 그냥 무슨 일 있냐고 물어봐라."

"예? 아, 네."

대답은 하면서도 참으로 엉뚱한 지시라고 생각했다.

길게 쳐도 겨우 넉 달을 비웠을 뿐이다. 그런데 그동안 무슨 일이 있으면 얼마나 큰일이 있겠는가. 그저 분위기가 이상하다는 이유로 그런 것을 물으라고 하는 것은 솔직히 이상해 보였다. 하지만 이하원의 명이기에 그는 내키지 않는 걸음으로 장운을 향해 갔다.

막 자신을 따르는 무사들에게 이것저것 지시를 내리고 몸을 돌려 반대편으로 가려던 장운은 정주립이 부르자 멈추어 섰다. 그리고 둘은 그 자리에 서서 잠시 이야기를 나누었다.

한참 동안 장운과 대화를 하고 돌아온 정주립은 매우 이상한 표정을 짓고 있었다. 마치 꿈속을 거니는 듯 붕 뜬 듯한 표정이었다. 잠시 기다리던 이하원이 더 이상 참지 못하고 다가가 어깨를 쳤다.

정주립은 깜짝 놀란 듯 펄쩍 뛰었다.

"아! 아… 어?"

"뭐라고 하던가?"

겨우 정신을 차린 듯 보이자 이하원이 물었다.

장운과의 이야기가 길어질수록 정주립의 표정은 심각하게 변해갔다. 그것을 보고 다들 말은 안 했지만 무슨 일이 있긴 있다는 것을 직감했다. 그들은 하나같이 흥미롭다는 표정으로 정주립을 주시했다.

"그게……."

정주립은 인상을 썼다. 그리고 어떻게 알았냐는 뜻을 담은 눈으로 이하원을 보고 말했다.

"아무래도 전쟁이 벌어질 것 같습니다."

"뭐?"

"간밤에 연월(練月), 신정(新正), 율진(率震) 등 감숙을 대표하는 중소 문파 열 곳이 모두 멸문을 당했다고 합니다."

순간 정적이 감돌았다.

양현선이나 낙진 등은 놀란 표정으로 정주립을 봤다.

감숙에는 이렇다 할 거대 문파가 없다. 그러다 보니 거대 문파라고 할 수는 없지만 그렇다고 소문파라고도 할 수 없는 문파 열 곳이 그곳에 터를 잡고 있었다. 그런데 그 열 개의 문파가 동시에 멸문을 당했다고 하니 어찌 놀라지 않을 수 있겠는가.

아무리 거대 문파가 아니라지만 단 하룻밤 사이에 열 개의 문파를 멸문시키는 건 아무나 할 수 있는 일이 아니었다.

양현선이 왠지 모를 불안감에 물었다.

"그렇다면… 흉수가 누군지는 알아냈나?"

정주립이 대답했다.

"따로 알아내고 말고 할 것도 없습니다. 간밤에 열 개의 문파가 모두 멸문을 당하고 그 소식이 전해진 오늘 아침 육대 문파와 오대세가, 삼대 가장 등, 즉 정파를 대표하는 십오대문파의 앞으로 각각 선전포고문이 도착했으니까요."

꿀꺽, 양현선은 침을 삼키고 물었다.

"어디로부터의?"

이하원이 끼어들었다.

"혹시 팔황성인가?"

정주립은 이번에도 정확히 맞춰 버린 이하원을 경악 어린 눈으로 보다 고개를 끄덕였다. 이하원과 은상의 눈이 자연스레 한무결에게로 향했다. 한무결은 딱딱하게 굳은 표정으로 서 있었다.

거동이 불편하다는 것은 소녀를 외롭게 한다.

그것은 아무리 밝고 구김없는 소녀라도 마찬가지였다.

혹시라도 동생이 외로움을 탈까 이하원은 매일 이하민의 처소에 들렀다. 바빠 가지 못할 때는 은상을 보냈다. 후에는 은상이 매일 들르고 이하원이 가끔 가는 게 되어버렸지만.

어쨌거나 려흔과 이경윤이 신경 써주지만 비슷한 나이이기 때문일까? 이하민은 유독 이하원을 잘 따랐다. 그런데 지난 네 달간 그녀를 홀로 둔 것이다.

이하원은 도착하자마자 이하민의 처소에 들렀다.

비슷한 나이인 것을 고려해 일부러 설아와 함께 갔다. 둘이 친구가 되길 바라는 마음에서였다. 마치 그런 그의 마음을 읽은 듯 이하민은 설아를 보자 눈이 부실 정도로 환한 미소를 지었다.

"이하민이에요."

예쁘게 웃으며 두 팔을 벌렸다. 설아는 이하원과 이하민을 번갈아보았다. 이하원이 빙그레 웃으며 등을 밀었다.

"설아다. 하나은설. 설아, 너도 인사 해야지?"

이하원이 재촉하자 설아는 애정 표현이 익숙하지 않은 듯 얼굴을 붉히다 엉거주춤 이하민을 안았다 뒤로 물러났다.

이하민이 이하원을 봤다.

"오라버니, 봐요. 내 꿈에 나온 오라버니 신부랑 똑같이 생겼어요!"

"그래?"

속으로는 말도 안 된다고 생각하면서 겉으로는 신기하다는 표정을 지어주었다. 그러자 이하민은 신이 난 듯 지난번 했었던 꿈 이야기를 또 했다. 자신이 나온다는 것 때문인지 설아는 눈을 반짝이며 들었다.

웃으며 그녀들이 하는 요량을 지켜보던 그는 밤이 늦어오자 자리에서 일어났다.

"늦었다. 뒷이야기는 다음에 해야겠다."

"벌써 가요?"

이하민은 아쉬움에 어쩔 줄을 몰라 했다. 이하원이 그녀의 머리를 콩, 쥐어박았다.

"이 아가씨야, 우리도 좀 쉬자. 응?"

무리한 부탁이라는 것을 알았던지 이하민은 헤헤, 하고 웃더니 설아를 봤다. 이하민이 설아의 손을 꼭 잡고 말했다.

"자주 놀러 와~"

"응!"

설아도 활짝 웃으며 고개를 끄덕였다. 어느새 친해진 소녀들은 그렇게 인사를 나누었다. 이하원은 여전히 웃으며 그 광경을 지켜봤다.

밤이 되었다. 그러자 누가 먼저랄 것도 없이 이하원의 방으로 모여들었다. 원형 탁자를 중앙에 두고 상념에 빠져 있다 이하원이 고개를 들자 일제히 그에게로 시선을 모았다. 하지만 이하원은 그들을 보지 않았다. 그는 한무결을 보고 있었다. 한무결이 신음하듯 중얼거렸다.

"이 사태는 분명, 나 때문이겠죠?"

"아마도."

고개를 끄덕이는 이하원을 보고 한무결은 천천히 눈을 감았다 떴다.

직접 본 이하원의 능력은 그야말로 대단했다. 고수에 추적술에도 일가견이 있는 양현선조차 자신을 찾아내기가 힘들었다고 하지 않았던가. 그런데 적들이 자신이 어디에 있는지 알고 있다고 생각하니 등골이 서늘해졌다. 하지만 만약 그렇다면 어째서 풍림장으로 와서 바로 공격을 하지 않았을까? 이리저리 머리를 굴려보던 한무결은 쉽게 답이 떠오르지 않자 물었다.

"적들이 내가 어디에 있는지 이미 알고 있는 걸까요?"

이하원은 고개를 저었다.

"그렇지는 않을 거다."

확신 어린 답에 한무결이 다시 물었다.

"어째서입니까?"

"만약 네가 이곳에 있다는 것을 알았다면 무슨 연월이고 율진이고 하는 것들을 처리할 시간에 여기부터 공격을 했겠지."

자신의 짐작과 같은 대답이었다. 하지만 한무결은 반박했다.

"하지만 그렇게 치면 그들이 정파 무림 전체를 상대로 선전포고를 한 이유를 찾을 수 없습니다. 내가 여기에 있다는 것도 모르면서 아무 이유도 없이 전쟁을 일으킬 만큼 멍청이들은 아니라구요."

그런 멍청이들에게 당해 이런 꼴이 되었다고 생각하면 더욱 화가 나기 때문에 한무결은 뜻하지 않게 그들을 비호했다.

이하원이 말했다.

"멍청이든 아니든, 뒤로 손을 쓰지 않고 이렇게 크게 일을 벌인 것은 어쩌면 단순히 너 하나만을 찾기 위해서가 아닐 수도 있다."

이하원의 말을 잠시 생각해 본 한무결이 물었다.

"그 말은 이 일이 나로 인해 벌어진 것은 맞으나 사태가 이리 커진 것은 단순히 나 때문이라고만은 할 수 없다는 겁니까?"

"음."

"그렇다면?"

이하원은 어깨를 으쓱하고 말했다.

"모르지, 나야."

너무도 태연히 발을 빼는 말이었다. 일순 그를 주목하고 있던 이들이 황당하다는 표정을 지었다.

그때 이하원이 말했다.

"하지만 한 가지 확실한 것은 난 그 어떤 증거도 남기지 않았다는 거다. 그들이 알아낼 수 있는 거라고는 그때 우리가 거기를 지나 제원에 들어섰다는 것 정도일 거야. 하지만 거기는 하루에도 수백이 지나다니는 곳. 절대 확신할 수는 없을 거다. 주변 감각에 민감한 내가 볼 때 가끔 우리를 주시하는 이들이 있긴 했지만 그들은 너나 노인장 등을 보지 못했어. 그런데도 이렇게 일을 크게 벌인 것을 보면 분명 그것만이 아닌 다른 무언가가 있음을 알려주는 거지."

들어보니 맞는 말이었다. 한무결은 고개를 끄덕이고 물었다.

"그… 다른 무언가는 도대체 뭘까요?"

이번에도 이하원은 대충 대답했다.

"나도 모르지. 내가 그 사이에 숨겨진 자세한 내막을 어떻게 알 수 있겠어?"

"대충 짐작하는 것은 있을 거 아닙니까."

은상이 답답해하며 묻자 이하원은 귀찮다는 표정을 지었지만 순순히 대답했다.

"물론 지금까지 무결에게 들은 팔황성의 사정을 생각해 몇 가지 가정을 세워볼 수는 있지."

거기까지 말하고 이하원이 검지를 치켜들었다. 모두의 시선이 손가락 하나에 멈추었다.

그가 말했다.

"우선 첫 번째. 이것은 확률적으로 가장 낮은 것이긴 한데, 그 시간대에 그곳을 지나간 무리들이 모두 정파인들이었을 때다. 정파인들밖에 지나가지 않았는데 갑자기 쫓기던 이도 쫓던 이도 종적이 묘연하다? 확신할 수는 없지만 의심할 거야. 그런데 거기다 만약 그곳을 지난 정파인들이 그저 평범한 정파인들이 아니라면 어떻게 될까?"

이하원은 주위를 한차례 둘러보고 말했다.

"물론 우리야 고작 열 명뿐인 일행이다. 하지만 만약 이 정도 되는 일행 몇이 차례로 그곳을 지나갔다면? 사실 본 장만 해도 강호에서의 위치가 결코 낮지 않다. 그런데 우리 정도 되는 문파의 인물 몇이 그곳을 지나갔다고 쳐보자. 우리를 포함해서 두세 곳 정도만이라도. 그렇다면 과연 그것을 우연이라 여길까? 이 넓은 땅덩어리에서 고작 열다섯에 지나지 않는 거대 문파의 일행들이… 그래, 대충 둘 정도가 그곳을 짧은 시간 내에 차례로 지나갔다면?"

"정파인들이 미리 알고 그곳에서 진을 치고 있다 일을 끝내고 차례로 지나갔다고 생각할 수도 있겠군요."

은상이 대답하자 이하원은 흡족한 표정으로 고개를 끄덕였다.

"그렇지. 그들은 정파인들이 옛 성주와 후계를 내세워 팔황성을 차지하려 든다고 생각할 것이다. 모르긴 몰라도 그리되면 위기감에라도 성주나 후계를 찾기보다는 작은 꼬투리조차 주지 않기 위해 지금처럼 정파 전체를 없애 버리려 할 거야. 그럴 수 있는 힘이 있는 이상에는 말이지."

사파나 중도 세력이라 알려진 현우림이 끼어들지 않는 한은 사실상 정파 전체와 싸워도 밀리지 않는 세력이 팔황성이었다. 그렇게 보면 이하원의 추측은 충분히 가능성이 있었다. 고개를 끄덕여 보인 은상이 다시 물었다.

"그럼 두 번째는요?"

"두 번째는, 팔황성 내에 문제가 있을 때다. 대대로 나라를 이루어온 이들이 내부의 불만을 없애기 위해 흔히 쓰는 방법이 전쟁을 일으키는 것이었지. 그렇게 해서 불만을 밖으로 돌리는 거야. 이것 역시 마찬가지로 생각할 수 있다. 성주가 교체되었다. 그리되면 그에 굴복하지 않는 이들이 있을 테고 필연적으로 분란이 일기 마련이다. 그리고 분란을 바깥으로 돌리기 위해 현 성주는……."

"전쟁을 일으키려 들겠죠."

"하지만 그 역시 가정이다."

"그럼 또 있습니까?"

"마지막으로, 이게 가장 가능성이 높다. 바로 제삼자가 끼어들어 그곳에 정파인들의 흔적을 남겨놓았을 때. 노인장의 말을 들어보면 노인장이 무결을 찾아 그곳을 지나칠 때만 해도 흔적이 없었다고 했다. 하지만 그 후에도 그랬을까? 만약 노인장이 그곳을 지나간 후 누군가가 흔적을 남겨놓았다면? 이 역시 첫 번째와 같은 상황이 된다. 정파인들이 성주나 무결을 내세워 팔황성을 먹으려 든다고 생각하겠지."

"그 제삼자는 누굽니까?"

한무결이 잔뜩 긴장한 표정으로 묻자 이하원은 피식, 웃어버렸다.

"그걸 내가 어떻게 알아? 그리고 세 가지 가능성 모두 사실로 확인되지 않는 추측에 불과하다. 그런데 그 추측에서 나온 제삼자를 내가 알 수 있을 리가 없잖아. 뭐, 굳이 대라면… 사파 정도겠지. 둘 다 팔황성과 정파의 싸움을 반길 테니까. 아니면 우리가 미처 알지 못하는 세외 세력이라거나."

이하원이 거기까지 말하자 하나같이 감탄 어린 눈으로 그를 봤다. 제대로 된 정보라고는 하나도 없는데 그렇게까지 유추할 수 있다는 게 그저 놀라울 따름이었다.

은상이 물었다.

"그럼 이제 우리는 어떻게 해야 합니까?"

"따로 생각할 게 있나? 이유가 어찌 되었든 걸어오는 싸움은 피하지 않는 게 나아. 게다가 우리 역시 목적이 있잖아?"

말과 함께 이하원은 한무결을 보며 이전에 했던 약속을 상기했다. 시기가 조금 빠르긴 했지만 이대로 나가는 것도 나쁘지 않다고 생각했다. 하지만 은상은 눈살부터 찌푸렸다.

'설마?'

은상이 혹시나 하고 물었다.

"설마 하니 주군께서는 이번 선발에 따라갈 생각이십니까?"

이하원은 씩 웃고 은상의 어깨를 툭툭, 치며 너스레를 떨었다.

"오! 정답! 은상, 웬일로 똑똑해졌는데? 나랑 있더니 물들었나?"

은상은 고개를 돌리며 못 들은 척했다. 하지만 이토록 실없는 소리만 해대는 이하원이지만 단 한 번이라도 그와 떨어진다고는 생각할 수 없는 은상은 속으로 나직이 중얼거렸다.

'준비해야겠군.'

아침이 되었다.

밤새 결론을 내린 터라 이경윤에게 볼일이 생긴 이하원은 문안 인사를 핑계로 이경윤의 처소로 향했다. 이경윤은 오늘도 몇 년 전부터 취미를 붙인 난 치기에 여념이 없어 보였다.

이하원의 인사를 건성으로 받고 먹물을 듬뿍 묻혀 쿡, 찍어 쭈욱 내뻗었다. 어찌나 눈에 힘을 주고 있는지 종이가 뚫리진 않을까 걱정이 될 정도였다. 오로지 난 치기에만 온 정신을 쏟는 듯 그는 이하원에게 앉으라는 말도 하지 않았다. 보통 그리되면 무안해하기 마련인데 이하원은 아무렇지도 않게 이경윤의 앞 자리에 턱, 하고 앉았다.

"팔황성에서 선전포고를 했다면서요."

이하원은 자리에 앉으며 대뜸 그 소리부터 했다.

힐끔, 이하원이 자리에 앉는 것을 곁눈질로 보면서도 일부러 난 치는 데 온 노력을 다 쏟아 붓고 있다는 것을 보여줄 생각으로 거기에만 정신을 집중하던 이경윤은 갑작스런 아들의 말에 자칫 붓을 떨어뜨릴 뻔했다. 그는 붓을 놓으며 놀랍다는 듯이 말했다.

"허, 어제 돌아와 놓고 그건 또 어디서 들었느냐?"

"그냥 귀가 있다 보니 어찌어찌 듣게 되었습니다."

장주의 자리고 뭐고 별로 관심도 없어 보이던 아들이다. 별채에 뒀더니 거기가 자기 자린 줄 알고 나올 생각이라고는 하지도 않지 않았던가? 해서 아직 여섯 해나 남은 약혼녀를 데려오면서까지 그를 별채에서 빼냈다. 그런데 그런 그가 본관에 괜찮은 심복이라도 심어두었던 걸까? 어제 저녁에 돌아온 이하원이 알기에는 확실히 일렀다.

이경윤은 멋대로 이하원이 슬슬 장주의 위에 관심을 가져 자신의 사람을 만들고 있다고 생각하고 흡족해하며 말했다.

"예로부터 마도와는 상대도 말라는 말이 있지만 이토록 어이가 없기는 처음이다. 글쎄, 자기네들의 성주와 후계를 정파에서 납치해 갔으니 그들을 돌려줄 때까지 보복 행위를 하겠다지 뭐냐."

"성주… 와 후계라고 했습니까?"

"그렇다."

"전(前) 성주가 아니라요?"

되묻는 이하원을 이경윤은 이상하다는 듯이 봤다.

"전 성주라니? 그게 무슨 뜬금없는 소리냐. 팔황성에 성주가 광마(狂魔) 한성우(罕星羽) 말고 또 있었더냐?"

그 말 한마디에 이하원은 이경윤이 그간의 사정에 대해 전혀 모르고 있음을 눈치챘다.

"그럼 선전포고문을 보내온 이는 누굽니까?"

"그거야 당연히 부성주 석운적(席云迪)이지. 그간 별채에 있느라 강호의 정세에 어두운 너는 잘 모르겠지만, 본디 팔황성은 성주가 절대적인 힘으로 다스린다. 그 바로 밑에 칠대 황주(皇主)라 불리는 이들이 있는데 그들은 모두 동등한 힘으로 성주를 보필하지. 그런데 이번에 성주와 후계가 납치되고 구심점이 없어지자 부성주라는 직위를 만들어 그 칠대 황주 중 여섯 황주들보다 상대적으로 강한 이를 부성주의 위에 올렸는데 그게 바로 석운적이다. 그는 마도의 인물답지 않게 충성스럽기로 이름이 높은 인물이니 진정 성주와 후계가 사라졌다면 아마도 그들을 찾을 때까지 정파를 향한 보복 행위를 멈추려 들지 않을 것이다."

간계로 성주를 해치고 성주의 위에 오른 이가 누군지 아직 이하원은 듣지 못했다. 하지만 그는 이경윤의 말만으로 모든 것을 짐작했다.

어떻게 충성스럽다고 소문이 났는지는 알 수 없으나 한무결이 그리도 이를 가는 적이란 석운적이라는 인물일 것이다. 그리고 그는 정마대전을 벌이기 위해 자신이 성주의 위를 차지했음을 알리지 않고 겉으로는 부성주를 표방하며 성주와 후계를 찾기 위한 싸움을 벌이는 것으로 보이도록 만들었다. 그리되면 마도답지 않은 대의명분이 갖추어지게 되는 것이다.

이것으로 봤을 때, 그들은 정파에 전 성주나 후계가 있다고는 생각하지 않는 모양이었다. 의심은 하지만 그보다 오히려 정파에 없을 확률이 더 크다고 생각하는 듯했다. 그렇지 않다면 전 성주나 후계로 인해 이미 사실을 다 알고 있을 정파를 상대로 이런 눈속임을 할 리는 없을 테니까.

'그렇다면 두 번째 가정이 가장 근접한 건가?'

쉽게 반역이 일어나지 않는 팔황성에서 성주를 쫓아내고 성주의 위를 차지했다는 것을 알았을 때부터 쉬운 자가 아닐 거라고는 생각했지만 단지 안의 불만을 밖으로 돌리기 위해 정마대전을 벌일 정도인 것을 보면 실제는 상상 이상의 인물인 듯했다.

이하원은 이래저래 생각을 정리하고 물었다.

"그래서 정파에서는 어떻게 하기로 했습니까?"

"어떻게 하기는 뭘 어떻게 해? 팔황성에서 겉으로는 그리 말하나 사실 알고 보면 단순히 정마대전을 일으키기 위해 수작을 부리는 것이 아니겠느냐? 게다가 이미 팔황성은 감숙의 열 개나 되는 문파를 멸문시켰다. 당연히 그에 대한 응징을 하지 않을 수 없는 법. 정파에서는 각자 선발대를 보내 정의맹(正義盟)을 창설하기로 했다."

대충 짐작한 결과였다.

"본 장에서는 누가 대표로 가게 되었습니까?"

"글쎄다. 아직 확정되지는 않았다. 정보에 어둡다고는 하나 팔황성에서도 우리가 이리 나올 것이라는 것을 모르지는 않을 터. 각 문파에서 고수들이 상당수 빠져나간 것을 알면 그 본거지를 노리려 할지도 모른다. 그렇기에 내가 직접 선발대를 이끌 수는 없으니 따로 적당한 사람을 뽑아야 할 듯싶다."

말을 마친 이경윤은 이상하다는 듯이 이하원을 보았다.

“그런데 아침부터 그런 것들은 왜 묻는 것이냐?”

꼬박꼬박 대답을 다 해줄 때는 언제고 이제야 그게 궁금한 모양이었다. 그리고 이경윤의 질문을 받은 이하원은 씨익, 악동같이 웃으며 대답했다.

“그냥, 그 선발대에 저도 한번 끼어볼까 해서 말입니다.”

순간 이경윤이 멈칫했다.

그는 천천히 고개를 들어 이하원을 봤다. 그리고 그렇게 시간이 멈추었다.

잠시 후 이경윤이 물었다.

“꼭 따라가고 싶은 것이냐?”

그의 말에는 묻는 말에 대답만 잘하면 승낙해 줄 수도 있다는 뜻이 담겨 있었다. 한바탕 말싸움이라도 할 거라 생각했던 이하원은 반색하며 말했다.

“그렇습니다. 꼭 가고 싶습니다!”

“흐음.”

턱을 쓸며 이하원을 훑어보았다. 이경윤의 얼굴에 잠깐이지만 이채가 어렸다.

‘이렇게 컸나?’

자신의 아들은 지금까지 본 누구보다도 좋은 눈을 하고 있었다.

오로지 강자만이 가질 수 있는 절대적인 자신감. 그것이 그 속에 깃들어 있었다. 별채에 틀어박혀 빈둥대기나 하고 뭐 하나 끈기있게 하는 것을 본 적이 없어 걱정했더니 괜한 기우였던 듯했다.

이경윤은 흡족한 미소를 지었다. 하지만 그것은 금세 사라졌다.

평소 워낙에 감정 표현이 적은 데다 표정의 변화도 거의 없는 이경윤인지라 그 몇 번의 변화를 이하원은 조금도 알아차리지 못했다.

이경윤이 말했다.

"안 그래도 오늘쯤 회의를 열 생각이었다. 그때 네가 선발대에 합류하는 것에 대해서도 이야기를 해보도록 하겠다. 아마 네가 이리 아침부터 나와의 면담을 청한 것을 보면 오늘쯤 회의가 있을 것을 예상했기 때문이겠지?"

당연하다. 그렇지 않았다면 그의 말마따나 이른 아침부터 여기까지 왔을 리가 없다. 이하원은 드물게 반짝이는 눈빛으로 고개를 끄덕였다.

이경윤이 말을 이었다.

"솔직한 마음으로, 너는 그 회의에서 내가 반대를 하지 않았으면 싶어서 나를 찾았을 것이다. 아니냐?"

'도대체 모르는 게 뭐야?'

이경윤은 역시 보통이 아니었다. 대부분 이하원은 먼저 남의 생각을 짐작하고 행동하는 쪽이었다. 그런데 지금은 이경윤에게 하나하나 다 읽히고 있었다.

이하원은 내키지 않은 표정으로 대답했다.

"맞습니다."

"그래서 나는 네가 원하는 대로 반대도 찬성도 하지 않고 중립의 입장에 서서 그냥 지켜볼까 한다. 이 정도면 네가 바라는 것에서 크게 벗어나지는 않을 터. 되었느냐?"

이경윤만 아니면 모두들 그가 선발대에 끼이는 것에 쌍수를 들고 환영할 것이었다. 이하원은 선뜻 고개를 끄덕였다.

"부탁을 하고자 한 것은 아니지만, 그렇게 해주시면 고맙겠습니다."

일부러 부탁을 하려고 한 것은 아니라고 슬쩍 말을 뺐다. 이경윤은 표정 변화 없이 말했다.

"알겠다. 내 그리 해주도록 하지."

의외로 이경윤은 쉽게 고개를 끄덕였다. 이렇게 쉽게 일이 흘러갈 줄 몰랐던 이하원은 뜻밖의 상황에 기뻐 자꾸만 입이 벌어졌지만 애써 아무렇지도 않은 척했다.

그때 이경윤이 말했다.

"대신에, 조건이 있다."

"조건?"

반문을 하는 이하원의 미간이 찌푸려져 있었다. 기뻤던 것도 잠시, 그는 속으로 한껏 투덜거렸다.

'왜 내 주위에는 조건 따윌 걸길 좋아하는 사람들이 많은 거야?

"그 조건이라는 게… 뭡니까?"

이하원의 음성은 조금 전과는 달리 퉁명해져 있었다.

이하원이 이경윤과 만나고 있을 때 냉무진은 이하진을 만나러 갔다.

기화요초가 만발한 길을 따라 걷자 아담한 화원이 나타났다. 둥그런 화원은 중앙에 커다란 공터를 두고 있었는데, 그곳에 한 청년이 허리를 굽히고 바닥에 뭔가를 그리고 있었다.

"흠흠."

냉무진이 일부러 기척을 냈지만 청년은 나뭇가지로 이리저리 선을 긋는 데 여념이 없어 보였다. 몇 번 더 헛기침을 해 인기척을 냈지만 청년이 여전히 바닥만 보고 있자 냉무진은 더 이상 부르기를 포기하고 정자로 가 앉았다. 그리고 청년이 그리는 것을 구경했다.

청년이 바닥에 그리고 있는 것은 단순한 그림이 아니었다.

진(陣)에 대해 조금이라도 아는 사람이 보았다면 경악했을 진법(陣法)의 정수. 그것을 청년은 이른 아침, 장난이라도 치듯 그리고 있었다.

확실히 범상치 않은 재능이었다, 단순히 서자로 있기에는 아까운.

‘하지만…….’

냉무진은 결코 인간이라 볼 수 없는 압도적인 힘을 발휘하던 이하원의 모습을 떠올렸다. 단 한 번도 마음의 평정을 깨뜨린 적이 없던 그조차 순간 두려움에 휩싸였었다. 그것은 재능이고 뭐고, 그런 수준이 아니었다. 이하진에게 아무리 뛰어난 재능이 있다 한들 인간인 이상에는 그를 능가할 수는 없을 듯 보였다.

‘이모님, 그리고 어머니. 당신들의 꿈은 그저 꿈으로 끝나게 될 것 같습니다.’

냉무진은 자신의 손을 꼭 부여잡으며 무슨 일이 있어도 이하진이 장주의 뒤를 이을 수 있도록 해달라던 여인을 떠올렸다. 그리고 그런 그녀를 안타까이 보던 어머니도. 이하진이 가지려 하는 자리의 본 주인이 어떤 능력을 가지고 있는지 모르고 떠났기에 어쩌면 그녀들은 행복했을지도 모른다.

냉무진은 문득 그런 생각을 했다.

“어? 언제 왔나?”

막 진을 완성하고 허리를 펴던 이하진이 냉무진을 발견하고 물었다. 냉무진은 자리에서 일어나며 대답했다.

“조금 전에.”

“왔으면 부르지 않고?”

“부른다고 알아챌 사람인가, 네가?”

평어를 쓰는 것부터 ‘네가’ 라는 지칭을 하는 것이 주종 관계라고 하기에는 힘든 말이 냉무진의 입에서 흘러나왔다. 이하진은 피식, 웃고 들고 있던 나뭇가지를 어느새 흐릿하게 안개를 일으키고 있는 진법 안으로 던졌다.

“어제 돌아왔다는 말은 들었다. 그래, 우리 하원은 어떻던가?”

“우리 하원?”

기가 막힌 듯 이하진이 쓴 표현을 중얼거리는데 이하진이 물었다.

"괜찮은 아이지 않던가?"

넉 달 전에야 처음 봐놓고 뭘 그리 많이 안다고 저런 소리를 하는 건지 모르겠다. 냉무진은 빈정대듯 말했다.

"참 많이도 괜찮은 아이더군 그래."

비꼬는 말인데 칭찬으로 들리는 모양이다. 냉무진의 말에 이하진은 싱글벙글 미소를 지었다.

"눈이 맑아. 너무 맑아서 오히려 탁해 보일 정도이니, 단순히 맑기만 한 게 아니라 맑으면서도 깊어. 보통 그런 아이는 나중에 큰일을 하기 마련이지. 아마 하원도 큰 인물이 될 거야."

"그래서 좋다는 건가?"

"좋지 그럼. 내 동생인걸."

"동생인 동시에 적이다. 그건 알고 있나?"

사람 좋게 웃고만 있던 이하진의 얼굴이 굳었다.

"적이 아니다, 무진. 말은 똑바로 해라. 아무리 너라도 그리 말하는 건 참을 수 없어."

"넌……."

냉무진은 한숨과 함께 물었다.

"이모님의 마지막 소원이자 유언을 들어드리지 않을 생각인가?"

"……."

이하진은 아무 말도 하지 않았다.

터벅터벅.

정자로 걸어가 앉았다. 그는 정자 주위를 가득 메운 꽃을 보았다. 어딘가 공허하게 보이는 눈으로 주위만 둘러보다 한숨을 내쉬었다.

"후우."

'어머니…….'

생각만 하면 가슴이 아프다. 그녀에게 그는 하나의 희망이었다. 이미 다시는 볼 수 없는 사람이 되었지만, 그녀는 그에게 모든 것을 걸었다. 그것이 비록 애정에서 비롯된 것이 아니라 하더라도.

그녀는 죽는 순간에조차 말했었다. 무슨 일이 있어도 꼭, 자신의 소원을 이루어달라고. 하지만…….

'할 수 없습니다, 어머니. 전… 그렇게 할 수 없어요.'

유일하게 웃어준 혈육이었다.

기억하는 순간부터 지금까지 단 한 번도 안아준 적이 없는 아버지. 아니, 안아주는 게 다 뭔가? 그는 미소조차 보여준 적이 없었다. 항상 그를 타인 보듯 했다. 뜻하지 않은 생명이라는 것을 알려주려는 듯이.

그것은 어머니도 마찬가지였다. 단지 아버지를 잡기 위해 그를 낳았으니까. 그리고는 그가 철이 들기도 전에 유명을 달리했다. 그렇게 지금까지 정이라곤 느껴보지 못한 그다. 그런 그에게 유일하게 미소를 보여준 이가 바로 이하원이었다.

'하민은…….'

얼마 전 별채로 가 만났던 또 다른 동생을 떠올렸다.

여동생이라 이하원과는 다른 정을 느끼게 했던 동생. 한없이 약하게만 보이던 소녀는 그를 보기 무섭게 적의를 드러냈다. 창을 보며 옅게 웃고 있던 것도 잠시, 발톱을 드러내며 소리를 질렀다. 당장 사라지라고. 별채를 나오면서 얼마나 서운하던지 순간 울컥하기까지 했다. 호의는 호의로 돌아온다는데 그에게는 그렇지 않은 모양이었다. 그래서 더욱 소중해졌다. 놓을 수 없었다. 하나뿐이기에, 이하원이 자신에게 적의를 보이지 않는데 자신이 먼저 그럴 수 없다.

"…할 수 없다."

“뭐?”

낮게 중얼거리는 소리를 들은 냉무진은 믿을 수 없다는 표정으로 되물었다. 이하진은 대답하지 않았다. 그저 고개만 저을 뿐.

무려 이십 년 만에 처음 만난 동생이 그를 낳아주고 죽는 순간까지 애정을 보여준 어머니보다도 더 소중하단 말인가? 이하진과 그의 어머니에 대해 자세히 알지 못하는 냉무진으로서는 도저히 그를 이해할 수가 없었다.

절대 이하진이 이하원을 이길 수 없다고 생각했다.

그렇게 보면 친우의 입장에서 그를 말려야 하는 것이 당연했다. 하지만 그는 오히려 이하진을 부추기려 했다.

“다시 한 번 잘 생각해 봐라. 이리 쉽게 결정할 일이 아니야. 이건 단순히 이모님의 소원을 들어주고 말고의 문제가 아니다. 네가 장주의 위를 포기하면 지금까지 널 밀어주던 이들이 맨 먼저 네게서 등을 돌릴 테고 결국 넌 설 자리를 잃게 될 거다. 지지대조차 잃어버린 서자를 누가 보아주겠나? 그 후의 넌 아무것도 아니게 되는 거야. 그런데도 넌 그리 쉽게 다 잡은 것을 놓을 생각인가?”

“그건……..”

이하진이 막 입을 떼는데 한 사내가 그들을 향해 뛰어왔다.

이리 허겁지겁 뛰어올 일이 있었던가?

이하진은 갑자기 무슨 일이라도 생긴 건가 싶어 사내가 인사를 하기도 전에 먼저 물었다.

“무슨 일인가?”

사내는 꽤나 곤혹스런 표정이었다.

“그, 그게……..”

“말해라.”

“긴급 회의가 열린답니다. 얼른 회의실로 가보십시오.”

"긴급 회의?"

이해할 수 없다는 표정으로 이하진이 고개를 갸웃했다.

"이른 아침부터 갑자기 무슨 긴급 회의란 말인가? 무슨 일이지?"

고작 평무사로 그것까지 알 수는 없다는 것을 알면서도 이하진은 물었다. 그리고 사내는 마치 그런 그의 기대에 부응하려는 듯 대답했다.

"저도 자세히는 모르나 그… 소공자가 장주님을 뵙고 난 후에 결정된 일이라 합니다. 그런데 그게……."

"말해라."

이하원의 이야기가 나오자 이하진은 약간 당황한 표정을 지었다. 그가 재촉하자 사내는 잠시 망설이는 듯하다가 대답했다.

"확실한 것은 아니지만 들리는 말에 소공자께서 이번 선발대에 참여하겠다는 뜻을 밝혀서 그리되었다는 소리가……."

더 들어볼 것도 없다는 듯이 이하진은 자리를 박차고 뛰어갔다. 뒤에서 냉무진이 불렀지만 그는 오히려 경공을 펼쳐 더 빨리 가버렸다. 그렇게 그가 허겁지겁 뛰어간 곳은 하나둘씩 수뇌들이 모여들고 있는 회의실이었다.

아침부터 회의실 안은 만석이었다.

이미 사내에게 무슨 일 때문인지 들었으면서도 이하진은 도저히 믿을 수 없다는 표정이었다. 잘못 들은 건 아닌가 싶기까지 했다. 한 다리 건너 듣는 것과 본인에게 직접 듣는 것은 그 정도로 차이가 났다.

그는 새파랗게 질린 안색으로 정면에 앉아 있는 이하원을 보다 꽝, 하고 탁자를 내려치며 소리쳤다.

"안 됩니다! 절대 있을 수 없습니다!"

그는 단호히 소리쳤다. 그리고 그에 따른 반응은 셋으로 나뉘었다.

이하진의 발언이 마땅찮은 듯 인상을 쓰는 쪽과 반기는 듯한 쪽, 그리고 딱히 좋지도 싫지도 않은 듯 미지근한 태도를 취하는 쪽. 그런데 신기한 것은 마땅찮은 듯 구는 쪽의 대부분이 이하진의 측근이라는 것이었다.

"소공자께서는 지금까지 단 한 번도 제대로 된 강호행을 한 적이 없습니다. 이번 기회에 강호행을 하고 이름을 떨치는 것도 나쁘지 않다고 봅니다만."

이하진의 측근 중에 측근인 강(姜) 총관이 반대하며 말했다. 이하진은 즉시 그를 노려보았다.

"이번 길이 얼마나 위험한지 강 총관은 그것도 모른단 말입니까? 팔황성입니다! 분명 길보다는 흉이 더 많을 텐데 거기에 강 총관의 말대로 지금까지 한 번도 제대로 된 강호행을 한 적도 없는 하원을 보내려는 게 말이 되는 소립니까?"

"하지만 소공자라면 충분히 잘해내실 겁니다."

"누가 하원이 잘하지 못할 거라고 했습니까? 이건 단순히 잘해내고 말고 하는 문제가 아닙니다. 전 반대입니다! 이건 어떻게 봐도 말이 안 됩니다! 절대 안 됩니다!"

이하진이 조목조목 들어 따지고 더욱 강경하게 나서서 소리치자 강 총관은 더 뭐라 하지 못했다. 주군의 뜻을 받드는 게 그가 할 일이다. 그런데 그가 주군으로 모시는 이하진이 저토록 싫어하는데 더 우길 수는 없지 않은가. 그러자 이번에는 왕신암(王信岩) 장로가 나섰다. 그는 장로들 중 가장 먼저 이하진을 인정한 인물이었다.

"이미 이십 년 전부터 강호에는 소공자가 광중에 걸렸다는 소문이 퍼져 있소이다. 그를 불식시키기 위해서라도 이번 선발을 소공자가 이끄는 것도 나쁘지 않다고 보오. 노부는 소공자가 가는 것에 찬성이오."

그가 강 총관을 거들고 나서자 다시 강 총관을 제외한 이하진의 측근들이 우르르, 앞으로 나서 이하원이 이번 선발에 끼이는 것을 찬성하며 목소리를 높이기 시작했다.

첫 접전은 그 무엇보다 위험하다.

팔황성은 누구보다 위험한 상대였고, 다른 문파에서 어느 정도 되는 전력을 보내올지 알 수 없었다. 게다가 오랜만에 손발을 맞추는 건데 문파끼리 잘 맞을 리도 없었다. 예로부터 첫 접전에서 많은 이들이 희생되곤 했다. 선발대와 함께 가면 살아 돌아온다는 보장도 없지만 목숨은 부지하더라도 반병신이 될 수도 있었다. 그런데도 이경윤은 찬성 쪽으로 기울어지는 회의실을 구경하고만 있었다. 이하원은 오히려 즐거운 듯 미소를 짓기까지 했다.

부들부들 떨며 찬성으로 기울어져 가는 회의실을 보고 있던 이하진은 지금까지 약하게나마 반대를 하던 이들과 중간적인 입장에서 따로 입장 표명을 하지 않던 이들도 풍림장의 이름을 널리 알려야 하지 않겠냐는 말에 흐지부지 찬성하는 쪽으로 넘어가자 결국 참지 못하고 소리쳤다.

"그리도 풍림장의 명예가 중요하다면, 이건 어떻습니까? 제가 직접 선발대를 이끌고 가겠습니다! 설마 하니 하원이 나서는 것에도 찬성했으면서 대공자가 나선다는 데 반대를 할 이는 없겠지요?"

그는 차가운 눈으로 지금까지 이하원이 가는 것에 찬성하던 이들을 훑어보았다.

처음에는 강호행을 경험하기 위해 이하원이 가야 한다고 하던 이들이었다. 하지만 지금에 이르러서는 반대하는 이들의 마음을 돌리기 위해 풍림장의 명예를 들고 나왔다.

정파의 지주라 할 수 있는 열다섯 개의 문파가 나서는데 풍림장만 다른 문파에 밀릴 수는 없지 않겠냐는 게 이유였다. 그런 상황에서 이하진이 직접 나서겠다고 하자 그들은 할 말을 잃었다. 이하진은 쭉 사람들을 훑어본 후 마지막으로 왕신암에게 시선을 고정시켰다.

“어떻게 하시겠습니까?”

이하진의 눈을 본 왕신암은 그가 절대 뜻을 굽히지 않을 것임을 알았다. 계속 자신의 뜻을 밀어붙이려 한다면 이하원은 고사하고 결국에는 이하진이 가게 될 듯했다. 물러나지 않을 수 없었다.

“대공자가 그렇게까지 말한다면 노부도 더는 우기지 않겠소.”

이하진은 갑자기 사태가 역전되자 불만인 듯 입술을 툭, 내민 이하원을 봤다.

“너는 어떻게 할 테냐?”

“형님께서 그리도 소제가 가는 것이 싫으시다면 소제도 더는 우기지 않겠습니다. 하지만 형님도 안 됩니다. 만약 형님께서 가시려 한다면 소제도 갈 겁니다.”

“네가 그리 말한다면 나도 갈 생각 없다.”

이하원만 아니었다면 갈 생각조차 없었던 이하진은 쉽게 물러났고 결국 이야기는 상위 무사 중에 한 명인 서인경(序仁京)이 오백의 무사들을 이끌고 가는 것으로 마무리되었다.

회의실을 나서는 이경윤은 무슨 생각을 하는지 알 수 없었고, 이하원은 이하진의 뜻에 굽히긴 했으나 그게 매우 불만스러운 듯했다. 이하진의 측근 모두가 싫은 듯 보였고 다른 이들도 썩 기분 좋은 것 같진 않았다. 유일하게 이하진만이 꽤나 만족스러운 듯 미소를 지었다.

그로부터 채 일주일도 지나지 않아 서인경이 지휘하여 집결지로 향하던 무려 오백에 달하는 풍림장의 무사들이 도성을 넘지 못하고 알 수 없는 습격자들에 의해 몰살을 당했다는 믿을 수 없는 소식이 전해졌다.

회의가 열렸다.

갑작스런 소식에 긴급하게 열린 회의에서 이하원은 이번에야말로 자신이 가야 함을 열심히 피력했다. 하지만 이하진은 오히려 중요한 사안인만큼 초행인데다 경험도 없는 이하원이 갈 수는 없다고 전보다 더욱 거세게 절대 안 된다는 의견을 밝혔다.

초행이네, 경험이 없네, 등등 예로 든 이유는 많았지만 사실 이하진에게 이하원이 가면 안 되는 이유는 하나였다. 위험하다는.

그럴 수밖에 없는 것이 선발대로 보낸 오백에 달하는 무사가 단 한 명도 살아남지 못하고 몰살당했다. 대력표국(大力鏢局)이 마침 그곳을 지나지 않았다면 소식은 더욱 늦게 전해졌을 것이다. 시체는 하나같이 풍림장의 무사들뿐이었고 습격자가 누군지도 밝혀지지 않았다. 하지만 그들은 이미 알고 있었다.

팔황성!

그들이 아니고서야 이렇게까지 엄청난 힘을 발휘할 수 있는 곳은 거의 없었다. 게다가 팔황성과의 전쟁 중임에야 더 말해 무엇 하리.

그런데 이런 상황에서 어떻게 이하원을 보낼 수 있겠는가.

이하진은 지난날 반대하여 끝내 못 가게 한 것에서 만족하지 않고 이번에도 절대 못 보낸다는 입장이었다.

이경윤은 자신은 상관하지 않을 테니 어디 누가 이기나 한 번 보자는 표정이었다. 목적이 있는 만큼 이번만은 어떻게 해서든 갈 생각이었던 이하원이지만 근심 가득한 이하진의 얼굴을 보자 더는 우길 수 없었다. 어쩔 수 없이 그는 항복할 수밖에 없었다. 이하진이 눈을 부릅뜨고 강경한 어조로 이하원을 보낼 바에는 자신이 가겠다고 하니 더는 우길 수도 없었다.

결국 장주의 동생인 이경영이 정예 무사 삼백을 이끌고 가는 것으로 결정이 났다. 첫 선발대보다 이백이 적은 수였지만 그만큼 정예였다.

결정이 나자 그들은 그 즉시 떠났고, 그렇게나 따라가고 싶어 한 것을 보면 아쉬울 만도 한데 이하원은 신기하게도 아무렇지도 않은 듯 담담하니 그들을 미중했다. 그리고 그가 그토록 담담할 수 있었던 이유가 삼 일 후에 밝혀졌다.

"그래서, 강호행을 하겠다고?"

말을 하면서도 이경윤은 그럴 줄 알았다는 표정이었다.

이하원이 고개를 끄덕였다.

"그렇습니다. 첫 선발에서도 그렇고 이번 선발에서도 그렇고, 하나같이 소자의 미천한 경험을 들어 보내니 마니 말이 많으니 그리 보이지 않도록 해야 하지 않겠습니까?"

"음."

힐끗, 이하원을 본 이경윤은 승낙도 아니고 거절도 아닌 애매한 대답을 하고는 고개를 숙이고 난 치기에 몰두했다.

이하원은 단지 기다렸다.

그리 길지 않을 거라는 예상과는 달리 그 기다림은 무척 길었다. 그로부터 족히 두 시진이 넘도록 이하원을 앞에 두고 난을 친 이경윤은 그것을 들어 감상하며 그제야 입을 뗐다.

"좋을 대로 해라."

기다린 것에 비하면 정말 간단한 대답이었다. 하지만 쉽게 떨어진 허락에 이하원은 꿇어앉아 있느라 무릎이 뻐근해진 것도 못 느꼈다. 그동안 강경하기만 한 이하진을 대하다 보니 평소라면 아무렇지도 않았을 이경윤의 대답이 기쁘기까지 했다.

"그럼."

막 인사를 하고 자리에서 일어나 나가려고 할 때 이경윤이 물었다.

"언제 떠날 생각이냐?"

"내일 바로 갈까 합니다만."

"아혼에게 인사하고 가는 것, 잊지 마라. 비록 혼인을 하지는 않았다지만 설아에게 인사하는 것도 잊지 말고."

강호행.

선발대와 함께 가는 게 아닌 만큼 놀러 가는 것이나 마찬가지인데도 그는 이하원이 설아를 데려가지 않을 것을 이미 알고 있었다.

혹시 이하원이 입으로는 강호행이라고 떠나놓고 무슨 짓을 할 생각인지 알고 있는 것은 아닐까? 설마 하면서도 힐끗, 다시 난을 치기 시작한 이경윤을 보았다. 하지만 마음의 평정을 잃지 않는 이경윤에게서 알아낼 수 있는 것이라고는 아무것도 없었다.

"뭐를 한다고?"

못 들어서 되묻는 게 아니다. 물론 이하원도 그걸 알고 있었다. 그럼에도 그는 씨익, 웃고 다시 한 번 같은 말을 반복해 주었다.

"강호행 말입니다, 형님."

"강호행… 이라고?"

이하진의 표정은 매우 이상했다.

그 후로도 그는 몇 번 더 같은 질문을 했다. 그리고 이하원은 그때마다 지겨워하지 않고 같은 말을 반복해 주었다.

족히 열 번은 같은 질문을 반복했을까 싶을 때 이하진이 처음으로 물음이 아닌 말을 꺼냈다. 하지만 단순히 말을 한 것이 아니었다. 그는 거의 소리를 지르고 있었다.

"안 된다! 절대 안 돼!!"

"형님……."

인상만큼이나 부드러운 이하진이 소리까지 지르자 이하원은 무척 난처한 듯했다. 일부러 애처로운 듯 형을 불렀지만 이하진은 끄떡도 안 했다. 그는 눈을 감고 딱딱한 어조로 말했다.

"안 돼."

"형님……."

"글쎄, 안 된다면 안 되는 줄 알아! 그러니 이리 헛소리를 할 시간이 있으면 무공이나 익혀라. 알겠느냐?"

"이러지 마십시오, 형님. 아버님께서도 허락하신 일입니다."

"장주께서… 허락을 하셨다고?"

그는 이하원처럼 이경윤을 아버지라 부르지 않고 장주라고 불렀다. 어딘가 씁쓸함이 담긴 말투였지만 이하원은 그것을 알아채지 못했다.

그는 크게 고개를 끄덕이고 대답했다.

"네."

이쯤 되면 양보를 하리라 생각했다. 하지만 이하진은 완고했다.

"그렇다면 유감이구나. 장주께서 허락하셔도 나는 허락 못한다. 지금 강호가 얼마나 위험한데 하필이면 이런 때에 강호행이라니, 안 돼!"

이하진은 전혀 뜻을 굽힐 생각이 없어 보였다. 이하원이 몇 번이나 설득을 했지만 그는 들은 척도 하지 않았다.

사실 따지고 보면 이하진이 이하원에게 강요를 할 수 있는 입장은 아니었다. 이미 이경윤이 허락을 했으니 더욱 그랬다. 총명하다고 소문난 이하진이다. 그런 그가 그걸 모를 리 없었다. 그럼에도 그는 무조건 안 된다고 했다. 그리고 역시 이하진만큼이나 그것을 잘 알면서도 이하원 역시 어떻게 해서든 설득을 해보려고 했다. 하지만 아무리 말을 해봐도 이하진은 바늘 하나 들어가지 않았다.

어떤 이유든 이하원이 위험한 곳에는 발도 들여놓지 않기를 바라는 게 이하진의 마음이었다. 그런 그의 마음은 철벽보다도 더 단단했다. 그러다 보니 결국 백기를 드는 쪽은 이하원으로 정해져 있었다.

"이렇게까지 반대를 하시니… 어쩔 수 없군요."

어깨를 늘어뜨리고 하는 말에 이하원이 강호행을 포기한 것으로 알아들은 이하진은 잔뜩 찌푸린 얼굴을 펴며 한 가닥 미소를 지었다. 그는 축 처진 이하원의 어깨를 툭툭, 두드리고 말했다.

"그래, 그래, 그래야지. 상황이 대충이나마 마무리되면 그때 나와 함께 강호행을 하자. 그러니 지금은 좀 참아라. 알겠느냐?"

"네, 충분히 알아들었습니다."

대답과 함께 이하원은 한숨을 내쉬었다. 유감스럽게도 그 한숨이 뜻하는 바가 뭔지 이하진은 알지 못했다.

밤이슬이 내려앉았다.

한밤중. 보통은 곤히 자는 게 마땅한 시간이다. 하지만 세상 사람이 모두 같을 수 없듯, 그것을 지키는 자가 있으면 지키지 않는 자도 있기 마련이다. 그리고 바로 여기에 후자에 속하는 이들이 있었다.

어둠을 깨고 슬금슬금 움직이는 두 그림자. 그들은 훤칠한 키의 인영이었다.

숨죽이고 나무 뒤에 숨어 있다 정찰하는 무사들이 그곳을 지나가자 어둠에서 나와 재빨리 담까지 날아갔다. 그리고 담벼락에 바짝 붙어 다시 주위를 살폈다. 앞선 인영의 눈동자가 어둠 속에서도 유독 반짝이는 것이 신기하게도 이 아슬아슬한 상황을 즐기고 있는 듯 보였다.

"꼭 이렇게까지 해야 합니까?"

이런 상황에 전음까지 보내는 것을 보면 뒤선 인영은 불만이 많은 듯 보였다. 앞선 인영의 어깨가 순간 움찔했다. 슬그머니 뒤선 이에게는 보이지 않게 고개를 돌린 그는 변명 비슷한 것을 했다.

"그럼 어떻게 해? 대놓고 나가기는 다 틀렸는데."

"어째서요? 장주님께서도 허락을 하신 걸로 압니다만?"

"형님께서 반대를 하시잖아."

"그분이 무슨 권리로요? 적장자는 주군이지 않습니까!"

뒤선 인영의 항의에 앞선 인영은 고개를 흔들었다.

"아니지. 적자는 내가 맞지만 장자는 형님이시다. 은상, 말은 똑바로 해야지."

밤이슬을 맞으며 몰래 풍림장을 빠져나가는 두 인영은 다행히도 양상 군자가 아닌 이하원과 은상이었다.

은상은 불만스레 전음을 보냈다.

"이번에는 주군께서 틀리신 것 같은데요? 인정받지 못한 장자도 있답니까? 그분은 아직 장자로 인정받지 못했습니다. 그러니 사실이야 어떻든 어디까지나 주군께서 적장자란 말입니다."

이하원은 말 대신 어둠 속에 묻힌 은상을 쏘아보았다.

"또! 또! 한 번만 더 그런 소리 해봐라~ 그때는 세게 때려줄 테다! 멍이 들도록 때려주겠어! 알겠냐, 은상?"

은상은 입술을 툭, 내밀었다.

눈이 좋아 어둠을 꿰뚫어 보는 이하원은 그것을 보고 절레절레 고개를 저었다. 벌써 이십대 중반이다. 열두 살 어린아이가 아니란 말이다. 그런데 저런 게 귀여워 보이기라도 할 줄 아나?

황당하다는 표정으로 보다 담 위로 올라섰다. 그때 은상의 전음이 들려왔다.

"참! 그런데 설아 소저께 인사는 하셨습니까?"

순간 이하원은 발을 삐끗했는지 담장에서 떨어질 뻔했다. 그는 겨우 손으로 짚어 흔들리는 몸을 고정시킨 후 은상을 노려보았다. 그 모습만으로도 이미 대답을 들은 것과 마찬가지였다.

은상은 절레절레 고개를 저었다.

"인사도 안 하고 이리 가시는군요. 설아 소저께서 얼마나 주군을 마음에 두고 있는지 아시면서."

핀잔 어린 말에 처음에는 찔끔한 듯했지만 얼마 지나지 않아 그는 특유의 뻔뻔함으로 무장하고 턱을 내밀었다.

"인사하면? 우리가 이리 조용히 갈 수 있었을까?"

맞는 말이다. 울고불고 난리가 났을 테니 밤이슬을 맞으며 담장을 넘는 일은 벌일 수 없었을 거다.

"그러게 처음부터 이럴 필요가 없는 거잖습니까? 설아 소저께 제대로 인사도 하고 당당히 정문으로 나가면 될 걸, 뭐 하러 이런 귀찮은 데다 떳떳하지도 않은 짓을 하냔 말입니다!"

또다시 이야기가 제자리로 돌아왔다. 은상은 이하원이 이하진의 말에 휘둘리는 게 싫은 모양이었다.

이하원은 결론도 나지 않는 언쟁은 하고 싶지 않은 듯 입을 다물었다. 그리고 빠르게 담장을 넘어 반대편 어둠 속으로 잠겨들었다. 불만스레 그 모습을 지켜보던 은상도 곧 그 뒤를 따랐다. 어느새 그곳은 처음부터 아무도 없었던 양 공기마저 제자리를 찾아갔다.

"얼레? 숙부님! 이게 어떻게 된 일입니까? 이런 우연이⋯⋯."

은상은 고개를 저었다. 어쩌면 저리도 어색하단 말인가.

'바보만 아니면 거짓말을 하고 있다는 걸 알겠다.'

말 그대로였다.

이하원은 어색의 극치를 달리고 있었다. 입가에 지어진 이상한 미소부터 시작해서, 의도적으로 생략한 것이 여지없이 드러나는 말꼬리에, 반쯤 내밀다 멈춘 손까지. 이하원의 말이 거짓이라는 것을 못 알아차린다면 그건 그 사람이 둔치라는 증거였다.

당연히 둔치 따위가 아닌 이경영은 어처구니가 없는 듯 이하원을 보다 말했다.

"네가 여기까지는 어쩐 일이냐?"

"아, 강호행을 좀 해볼까 해서 말입니다. 물론 아버님께서도 허락하셨고 모두의 마중을 받으며 정정당당히 정문으로 나왔습니다. 하하하."

그 자리에 있던 거의 대부분이 얼었다.

어색하기 그지없는 웃음에 묻지도 않았는데 이것저것 부는 것까지. 이하원은 몰래 빠져나왔음을 대놓고 자백하고 있었다. 은상은 이쯤에서 그의 입을 막을 필요가 있음을 느꼈다.

"그리 일찍 출발하시더니, 수가 많아서 그런가요? 이 장로님께서 떠난 후 삼 일 뒤에 출발한 저희와 이렇게 만나다니……."

"아아, 어쩌다 보니 그리되었다."

이경영은 굳이 자신들이 늦은 게 아니라 이하원과 은상이 빨랐다는 것을 지적하지 않았다.

그는 이하원을 보고 말했다.

"그래, 강호행을 하겠다고?"

"네, 숙부님. 저도 이제 약관을 넘었으니 강호를 돌아다니며 많은 것을 보고 많은 것을 경험하려고 합니다."

"음, 그래서 어디로 가려고?"

인사치레 비슷한 물음이었다. 하지만 이하원은 마치 기다렸다는 듯이 이경영의 물음이 나오기 무섭게 큰 소리로 말했다.

"그게! 아직까지 정하지 않았지 뭡니까! 하하하, 여기까지 오면서 은상과 상의했지만 쉽게 결정이 나지 않더군요. 가고 싶은 곳이 너무 많아서……. 그런데 여기서 숙부님을 만났으니 이것도 운명인가 봅니다."

그는 별 웃기지도 않은 운명을 들먹이며 덥석, 이경영의 손을 잡았다. 그리고는 말을 이었다.

"숙부님, 이왕 이렇게 된 거 제가 싫지 않으시다면 잠시간 동행했으면 하는데, 어떻습니까?"

"물론 싫지는 않지만……."

"감사합니다, 숙부님!"

이경영이 승낙하지 않았는데도 이하원은 다 결정이 난 듯 그렇게 말하고 과장되게 웃음을 터뜨렸다. 그게 얼마나 어색한지 보고 있던 은상이 다 한숨을 나올 정도였다.

이경영은 이하원과는 다른 의미로 어색한 미소를 지었다.

'이 녀석, 원래 이런 녀석이었나?

이경윤의 후계로 장주의 자리를 물려줘도 되는 인물인지 다시 한 번 생각해 봐야겠다는 생각까지 들었다.

그는 좋을 것도 없지만 그렇다고 나쁠 것도 없다 생각하고 이왕 이렇게 된 것 잠시라도 동행하기로 결정했다. 물론 그게 잘못된 선택이었음은 하루도 지나지 않아 드러났다. 하지만 지금은 그것을 알 수 없었고, 그렇게 이하원은 두 번째 선발대에 끼었다. 그리고 단 하루 만에 기피 순위 일순위에 꼽힌 이하원은 그로부터 일주일도 지나지 않아 선발대에서 쫓겨났다.

사실 그의 악질적인 장난을 태연히 받아넘길 수 있는 상대는 오로지 은상뿐이었다.

第十章
꿰뚫어 보다

삼백의 무사가 떠나는 모습을 지켜보던 은상은 한숨을 내쉬었다.

골칫덩어리도 이렇게까지 골칫덩어리인 사람이 또 있을까? 은상은 힐 끗, 마치 버림받기라도 한 양 어깨를 축 늘어뜨리고 처량하게 서 있는 이하원을 봤다.

그는 자신과 은상을 떨어뜨리고 나자 그제야 속 시원하다는 듯이 뒤도 돌아보지 않고 떠나는 삼백의 무사들을 매우 아쉬운 눈으로 보고 있었다. 그러면서 자기가 뭘 잘못했는지 모르겠다는 표정이었다. 그런데도 당장 쫓아가 매달리지 않는 것은 아마도 그나마 남아 있는 자존심 덕분인 듯했다.

연신 고개를 갸웃갸웃하며 '왜? 왜?' 따위의 소리를 내뱉는 그를 한심한 표정으로 보던 은상은 뒤늦게 다가가 물었다.

"도대체 뭘 먹인 겁니까?"

그제야 이하원이 그를 돌아봤다. 은상이 매섭게 노려보고 있자 순간 이하원의 어깨가 움찔했다.

그는 부스럭부스럭 품에서 뭔가를 꺼냈다.

"아니, 이걸 좀……."

부끄럽다는 듯이 살짝 고개를 돌리는 이하원을 이상하다는 듯이 쳐다본 은상은 곧 그의 손에 들린 것을 보고 눈을 동그랗게 떴다.

"그거 약당에서 훔쳐 온 거 아닙니까?"

"훔치다니!"

깜짝 놀라 말도 안 된다는 표정으로 소리친 이하원은 잔뜩 얼굴을 찌푸렸다. 두 손을 마구 흔들며 그는 은상의 말을 지적했다.

"훔친 게 아니라 가져온 거다!"

"네, 네, 가져왔죠. 말도 안 하고 몰래. 그런데 세간에선 그걸 뭐라고 하는 줄 아십니까? 바로 '훔쳤다' 고 합니다."

"으음."

'모를 줄 알았더니.'

뻔히 훔칠 당시 옆에서 보고 있었다는 것도 잊었는지 이하원은 속으로 그렇게 투덜거렸다. 맞는 말이기에 반박도 하지 못했다.

은상은 이하원의 손에서 약 봉투를 빼앗아 들고는 말했다.

"주군께서는 도대체 왜 그렇게 멋대로십니까? 도대체 왜요! 아무리 주군께서 풍림장의 적장자시라지만 이번은 심했습니다. 아무 말도 않고 이런 걸 막 물에 타고 그러니 좋아할 사람이 어디 있습니까? 정체도 알 수 없는 이런 이상한 걸 먹었으니… 이 장로께서 주군을 쫓아내도 주군께서는 할 말도 없으십니다!"

듣고만 있던 이하원은 순간 발끈하여 소리쳤다.

"하지만 우리도 먹었잖아! 뭘 그런 사소한 걸 가지고 그렇게……."

"사소하다니요! 어떻게 이게 사소한 겁니까? 어떻게요? 어디 대답해

보십시오? 도대체 왜 이걸 물에 탔습니까? 네? 말씀해 보십시오!"

은상이 강하게 나가자 금세 이하원은 꼬리를 말았다.

"아니, 그냥 나는… 맛있어 할 것 같아서 좋은 마음으로……."

"그럴 리가 없지 않습니까!"

핑계 같지도 않은 핑계에 화가 나 버럭 소리치던 은상은 겉봉투에 적힌 깨알 같은 글씨를 그제야 봤다. 그는 믿을 수 없다는 표정으로 약봉지에 코를 갖다 대고 킁킁, 냄새를 맡았다.

"이거… 산공분(散功粉) 해독약 아닙니까?"

"어… 어… 그렇던가?"

당황한 듯 이하원이 눈을 돌렸다. 은상은 그를 쏘아보았다.

"냄새를 맡아보니 맞는데요? 산공분 해독약. 산공분에 중독되지 않았을 때 복용하면 대략 반 시진 동안 내공이 사라지는. 무사들이 하나같이 내공을 쓸 수 없다고 해도 안 믿었더니……."

"그 대신에 그 후로 일주일간은 산공분에 걸려도 괜찮잖아."

"산공분에 걸릴 일이 우선 없는데 그게 무슨 상관입니까?"

은상은 한심하다는 어조였다.

누구도 산공분의 해독약을 미리 먹는 사람은 없었다. 그럴 게 내공을 흐트러뜨리는 산공분에 이미 중독된 상태라면 해독약을 먹는 게 당연하지만 중독되지도 않았는데 일부러 먹어 반 시진가량이나 내공을 못 쓰게 되는 어리석은 짓을 저지를 바보는 없기 때문이었다.

싸울 때도 그렇다.

적이 산공분을 쓸지도 모른다는 걸 알아도 언제 싸울지 확신할 수 없을 때는 절대 해독약을 먼저 복용하지 않는다. 말 그대로, 언제 적이 쳐들어올지 알 수 없는데 그걸 먹었다가 무슨 낭패를 볼 것인가? 그런데 그런 멍청한 짓을 이하원이 저지른 것이다.

주군이라고 생각하긴 하는 건지 한껏 이하원을 쏘아보던 은상은 갑자기 생각난 듯 아, 하더니 말했다.

"그러고 보니 이것과 선환(善丸)을 함께 복용하면 발열에 설사까지 하게 되지 않습니까?"

"그랬던가?"

은상은 버럭, 소리쳤다.

"그렇습니다! 그리고 풍림장의 사람이라면 누구나 외부로 나갈 때는 선환을 복용하게 되어 있습니다. 선환은 말 그대로, 웬만한 독에는 쉽게 당하지 않을 만큼 영험한 해약이니까요!"

일부러 선환을 복용하는 무사들을 상대로 산공분의 해독약을 풀어서 발열에 설사까지 하게 만들고, 또 반 시진 동안 내공까지 잃게 만든 이하원의 행동을 은상은 도저히 이해할 수 없었다.

안 그래도 오백의 무사가 한꺼번에 몰살을 당하는 바람에 모두의 긴장이 최고조에 달해 있었다. 언제 공격을 받을지 알 수 없다는 것이 더욱 그들을 불안하게 만들었다. 그런데 그런 그들을 상대로 이상한 약을 풀어 열에 쓰러지게 만들질 않나, 설사를 하게 하지를 않나, 그런데다 내공까지 무려 반 시진 동안이나 못 쓰게 했으니 쫓겨나도 할 말이 없는 짓을 저지른 것이다.

내공이 돌아오지 않는 반 시진간 무사들은 안절부절못했고, 이경영은 손수 이하원을 내쫓았다. 그런데도 이렇게 나오는 걸 보면 이하원은 자신이 무엇을 잘못했는지 도저히 이해가 안 가는 모양이었다.

은상은 절레절레 고개를 저었다.

가끔 저런 식으로 황당한 짓을 하는 주군을 모신 것이 어쩌면 자신의 인생에서 가장 큰 불행이 아닐까 하는 생각도 들었다.

조목조목 이유를 들어 구박을 하자 이번만은 뻔뻔하게 나가지 못하고 풀이 죽은 듯 터덜터덜 뒤쪽으로 돌아가는 이하원을 보니 괜히 마음이 아팠다. 분명 이하원이 잘못한 게 맞는데도 항상 이렇다. 어딜 가든 말든 그냥 둬버리고 싶었지만 또 그러지 못하고 이하원을 불렀다.

“주군!”

이하원은 대답도 않고 그냥 계속 앞으로 걸어갔다. 은상이 다시 소리쳤다.

“주군! 도대체 지금 어디 가시는 겁니까?”

우뚝, 이하원은 그제야 멈춰 섰다.

그는 슬쩍 한 번 고개를 돌려 은상을 보고는 다시 걷기 시작했다. 그러면서 은상이 매우 궁금해할 거라고 생각했는지 대답은 해줬다.

“여기 더 있어서 뭐 하려고? 배고프다. 우선 뭐 좀 먹어야겠어.”

“……”

은상은 할 말을 잃었다.

고작 밥 타령이라니? 풀이 죽은 게 아니라 배가 고파서 축 처져 있었던가 보다. 이경영에게 실컷 야단맞고 손수 쫓겨나기까지 했는데도 그는 아무렇지도 않은 모양이었다. 아니면 엄청나게 두꺼운 신경의 소유자이거나. 물론 은상은 후자에 더 큰 힘을 실어주었다.

지금도 그렇고 앞으로도 그렇고 은상은 이하원을 이해하게 되는 날은 오지 않을 거라고 중얼거렸다.

‘장난을 치질 말든가.’

도대체 이게 뭐 하는 짓이냔 말이다. 일부러 산공분 해독약을 풀어서 무사들을 그렇게 골탕 먹여 쫓거나 놓고는 그 뒤를 몰래 쫓는 꼴이라니. 아무리 할 짓이 없다지만 이건 반쯤 제정신이 아니지 않고서야 할 수 있는 짓이 아니었다.

은상은 주위를 훑어보며 푹 한숨을 내쉬었다.

앞쪽으로 무사들이 쉬고 있는 게 보였다. 그리고 옆에서 그런 그들을 관찰하듯 보고 있는 이하원도.

객점으로 돌아가 이것저것 정신없이 먹어댈 때까지는 차라리 좋았다. 그가 저지른 장난질에 긴가민가하던 무사들이 진짜 광증에 걸렸다고 믿든 말든, 이경영에게 쫓겨났든 말든. 어쨌거나 그때가 좋았단 말이다. 지금은 완전히…….

'후우.'

은상은 다시 한숨을 내쉬었다.

이렇게 뒤에서 몰래 이경영이 이끄는 무사들을 쫓은 지도 벌써 이틀이 지났다. 처음 나무만 타고 이동하는 것이 불편한 듯 자기가 하자고 해놓고도 후회하는 빛이 역력하던 이하원은 더 이상 없었다. 지금은 꽤나 익숙해진 듯 그는 불편한 것도 모르고 아래를 내려다보며 흥미진진한 표정을 짓고 있었다.

이하원처럼 경이적인 적응력이 없는 은상만 죽을 맛이었다.

혹시라도 밑에 있는 무사들이 들을까 제대로 움직이지도 못하고 그는 인상만 썼다. 몸을 받치고 있는 팔이 욱신거렸다. 그런데다 덥기까지 하자 슬슬 짜증이 일고 있었다.

그때 맞은편에서 바람이 불어왔다.

흔들흔들 머리카락이 흔들렸다. 모처럼 시원한 바람이 얼굴을 쓸고 가자 은상은 가볍게 미소를 지으며 눈을 감았다.

"음? 어째 단 냄새가 나는 것 같은데……."

밑에서 이경영이 중얼거리는 소리가 들렸다. 바람결에 약하지만 달콤한 향이 섞여 났던 것이다.

마침 같은 생각을 하고 있던 은상은 슬쩍 고개를 끄덕이며 이곳이 언덕이라는 것도 잊고 어디서 요리라도 하는 모양이라고 속으로 중얼거렸다. 그렇게 이경영도, 은상도 그 단 향이 산공분 해독약의 효능이 남아 있지 않은 평상시였다면 결코 맡을 수 없는 냄새라는 것은 알지 못했다.

"출발하자."

충분히 휴식을 취했다고 생각한 이경영이 일어나며 말했다.

그가 제일 먼저 몸을 날렸다. 그 뒤로 삼백의 무사들은 경공을 펼쳐 질서정연하게 따르기 시작했다.

은상은 긴장했다.

무사들이 경공을 펼치기 시작하면 따라가기가 무척 힘들었다. 게다가 나무만 타고 가는 상황이었으니 오죽하겠는가. 이하원은 은상이 움직일 생각을 않자 툭, 치고 앞서 나갔다. 나무 위를 넘나드는 그는 어느새 나무와 하나가 되어 있었다.

그 모습에 은상은 혀를 내두르며 속으로 한마디 해주고 몸을 날렸다.

'괴물……'

"음?"

앞서서 경공을 펼치던 이경영이 갑자기 섰다.

손을 들어올리자 뒤따르던 무사들도 일제히 멈추어 섰다. 무사들은 처음에는 의아해하다 어느 순간부터 낯빛을 굳혔다. 그들의 주위로 은연중에 심상찮은 기운이 느껴졌다.

그때였다.

"삐이이익."

어디선가 휘파람 소리가 들려왔다. 그 소리를 신호로 어둠을 뚫고 검은 그림자가 하나둘씩 생성되기 시작했다. 전신을 검게 물들인 이들은 어느새 그들의 주위를 둘러싸고 있었다. 대략 백여 명에 이르는 복면인들이 나타나자 무사들은 긴장한 표정으로, 하지만 결코 당황하지는 않은 눈빛으로 검을 빼 들었다. 하지만 만만치 않은 수나 기세를 보자 가슴 한 구석이 서늘해졌다.

'만약 이틀 전에 나타났더라면…….'

섬뜩했다.

만약 그때 이들이 나타났더라면 반 시진간 내공을 쓰지 못하는 그들은 반항 한 번 제대로 해보지도 못하고 목숨을 잃었을 터였다. 고수와의 승부에서 일 초가 모든 것을 결정짓듯 일견 짧은 듯 보이는 반 시진이라는 시간은 사실 따지고 보면 그들 전부가 몰살을 당하고도 남을 시간이었다. 그런 생각에 정말 운이 좋았다고 생각하며 그들은 자세를 잡았다.

주위를 둘러싼 복면인들 사이로 이마 위에 눈에 잘 띄지 않는 세 개의 붉은 점을 찍은 복면인이 나타났다.

그를 보자 이경영의 눈에 잠깐이지만 동요의 빛이 어렸다.

"혈영대(血榮隊)!"

"호오, 우리를 아는가?"

복면인이 신기하다는 듯이 물었다.

지극히 폐쇄적인 팔황성에는 강호에 널리 알려진 무력 기관과 그렇지 않은 무력 기관이 있었는데 혈영대는 그중 후자에 속해 있었다. 그런데 이경영이 쉽게 알아맞히자 뜻밖인 듯했다. 하지만 이경영은 대답하지 않았다.

그는 굳은 표정으로 단정 지어 말했다.

"역시 팔황성이었군."

"무엇이 말인가?"

복면인은 무슨 말을 하는지 모르겠다는 듯이 물었다. 이경영이 눈을 부릅떴다.

“이곳을 지났던, 풍림장의 오백이나 되는 무사들을 모른다고 할 참이냐?”

복면인은 그제야 알겠다는 듯이 말했다.

“아, 반항 한 번 제대로 해보지도 못하고 죽어버린 그 시시한 놈들?”

“뭐라고?”

“난 결코 없는 말을 지어내어 하지는 않는다. 그놈들은 반항 한 번 하지 않고 그대로 갔다. 물론 네놈들 역시 곧 그리될 테지. 해서 한 번뿐이지만 권고한다. 되지도 않는 반항 따위 하지 않는다면 고통없이 죽여주마.”

그는 오만하게 그렇게 말했다. 그리고 선심이라도 쓰듯 물었다.

“자, 어떻게 할 테냐?”

더 들어볼 필요도 없다. 이경영은 검을 빼 들었다.

차앙—

“죽는 놈은 네놈이 될 거다!”

“권고가 먹히지 않는 놈이군. 두 번은 없다고 했다. 쳐라!”

말과 함께 그는 뒤로 물러났고 주위를 둘러싸고 있던 복면인들이 앞으로 나와 공격을 했다.

대략 백에 이르는 복면인들과 삼백에 이르는 무사들의 싸움은 그렇게 시작되었다. 전신을 검게 물들인 복면인들과 풍림장 특유의 청의를 걸친 무사들의 접전은 그야말로 장관을 이루었다.

챙챙챙.

“컥—!”

“크악!”

검과 검이 부딪치고 피가 튀었다.

처음에는 팽팽하던 전선이 시간이 흐르자 조금씩 무너지기 시작했다.

하나둘 목숨을 잃는 자들이 늘어나기 시작했다.

상대적으로 뛰어난 실력의 복면인들이었지만 세 배에 달하는 무사들을 이길 수는 없었다. 그러다 보니 목숨을 잃는 쪽은 갑작스레 습격을 당한 쪽이 아닌 자신만만하게 습격을 한 쪽이었다.

이 예상치 못한 광경에 우두머리의 눈동자 위로 의아함이 떠올랐다.

"어째서 아무렇지도 않지?"

그는 참지 못하고 이상하다는 듯이 물었다.

한참 세 명의 복면인을 상대로 밀어붙이고 있던 이경영은 그 셋이 한꺼번에 후퇴하자 잠시 숨을 고른 후 바로 전선으로 몸을 날리려다 그 소리를 듣고 고개를 들었다.

"뭐가 말이냐?"

그가 되물었다. 복면인은 더욱 이상하다는 표정을 지었다.

"모른단 말인가? 그런데 어째서 네놈들은 산공분에……."

"역시!"

복면인이 말을 채 끝맺기도 전에 위쪽에 있던 나무에서 한 사람이 외침과 함께 뚝 떨어졌다. 그는 나무 바로 아래 있는 복면인의 머리를 박차고 뛰어올라 앞쪽에 있는 복면인까지 걷어차고 빙글, 한 바퀴 돌아 장내로 내려섰다.

그를 본 이경영의 표정이 요상하게 변했다.

"하원?"

"어? 숙부님! 이런~ 또 뵙는군요. 이거 우연이라고만 하기에는 너무도 신기한 우연인데요? 하하하!"

진짜 우연이라면 이런 식으로 만날 수 없다는 것을 모를 리 없음에도 이하원은 누가 들어도 황당한 소리를 아무렇지도 않게 해 보였다. 그리고 이경영이 뭐라 말하기도 전에 앞에 있는 복면인의 가슴을 걷어차며 앞으로 쭉쭉, 뻗어갔다.

타다다다닷―

그가 지나가는 곳으로 한 가닥의 통로가 만들어졌다.

거침없이 전진하여 결국 복면인들과 무사들의 경계선까지 가 그 사이에 떡하니 서서 여유롭게 웃고 있는 이하원을 본 이경영은 어이없다는 듯이 보던 것도 잠시, 묘한 표정을 지었다.

'설마?'

이하원에 의해 끝맺지는 못했지만 이경영은 우두머리의 말을 분명히 들었다.

그는 '산공분' 이라고 했다.

이전 오백의 무사들과는 비교도 되지 않는 정예 삼백의 무사들을 상대하는데도 고작 그 삼분지 일에 해당하는 백만 데려오고도 자신만만해하던 모습 하며 산공분이라는 말을 꺼낸 것을 보면 이들은 이전에 미리 자신들에게 산공분을 풀었던 걸지도 모르겠다.

'그러고 보니……'

조금 전 막 언덕을 넘을 당시 바람결에 달콤한 냄새를 맡았던 게 기억난다.

흔히 산공분은 무색, 무취의 독이라고 한다. 범인에게는 아무 해도 없지만 강호인들에게는 그 어떤 독약보다도 더한 독약. 그 독약은 색도 없고 냄새도 없어 언제 어떻게 중독되는지도 알 수 없다고 했다. 하지만 코가 민감한 사람은 가끔 이런 말을 한다. 단 향이 난다고.

그렇다면 그때 맡았던 그 향은 산공분에 의한 것이 아니었을까? 그리고 자신들이 그 산공분에 중독되지 않을 수 있었던 이유는…….

이경영의 시선이 이하원에게로 가 멎었다.

'저 녀석…….'

발열에, 설사에, 반 시진가량 내공을 쓸 수 없었던 것까지.

이하원이 친 장난에 무사들이 보이던 반응이다. 그때는 미처 몰랐었다. 아니, 너무 화가 나서 알려고 하지도 않았다. 그런데 지금 보니 산공분의 해독약을 복용하게 되면 딴 건 몰라도 반 시진가량 내공을 쓸 수 없다는 게 생각났다. 그들은 자신들도 모르는 사이에 해독약을 복용한 것이다. 그렇다면 그 해독약을 복용하도록 한 이하원, 그는 이리될 줄 처음부터 알고 있었던 걸까?

이경영은 고개를 흔들었다.

'아니겠지. 아니, 사실… 모르겠다.'

그래, 모르겠다. 겨우 약관의 나이에 모든 것을 꿰뚫어 볼 수 있었던 건지, 아니면 우연히 그렇게 된 건지. 하지만 단지 우연이라고 하기에는 시기가 너무도 적절했다.

이경영은 새삼스레 이하원을 다시 보았다.

만약 이 모든 것을 사전에 짐작하고 벌인 일이라면, 그리고 그러면서도 야단을 맞고 자존심 강한 성격에 내쫓기기까지 하면서도 불평 한마디 하지 않았던 것이라면, 이하원이라는 인물은 그가 상상도 하지 못할 만큼 뛰어난 인물일 것이라고 속으로 중얼거리면서.

한편, 복면인들과 무사들의 경계가 되는 지점을 차지하고 선 이하원은 그 나름대로 고민에 빠져 있었다.

'어떻게 해야 하나……'

앞을 보았다.

복면인들은 그를 향해 웬 방해꾼이냐고 묻고 있었다. 직접 말을 하지도 않았고, 복면에 가려 표정도 보이지 않았지만 유일하게 드러난 눈동자가 그렇게 말하고 있었다.

슬쩍 고개만 돌려 뒤를 봤다.

같은 편이 분명한데도 무사들 역시 반가워하는 기색이라고는 찾아볼 수가 없었다. 그들은 복면인 이상으로 불만이 가득한 눈빛으로 그를 보고 있었다. 그 순간 무사들의 생각은 비슷비슷했다.

'왜 온 거야?'

'무서운 놈. 여긴 어떻게 알고……'

'또 무슨 해괴한 짓을 저지르려고?!'

'놀려면 혼자 놀 것이지, 여기까진 왜 온 거야? 여기가 무슨 자기 놀이터라도 되는 줄 아나?'

그동안 당한 게 한둘이 아니다 보니 호감 비슷한 감정은 눈을 씻고 찾아봐도 없었다. 그들은 차마 대놓고 뭐라 하지는 못하고 그저 속으로만 궁시렁대며 이하원의 등짝을 노려보았다.

'이것들이……'

그에 대한 불만이 얼마나 큰지 감정의 기복이 크지 않으면 전해지지도 않는 생각이 속속들이 전해져 왔다.

하나하나 설명하기도 귀찮고 또 이런 저런 사정이 있어 일을 해도 그냥 하지 않고 장난질처럼 벌여놓은 게 원인이 된 듯했다. 하지만 그렇다고 벌써 이틀씩이나 지났는데 아직도 꽁해 있다니!

이하원은 도저히 믿을 수 없다는 표정을 지었다.

동행한 일주일 동안 자기가 벌인 일 같은 건 생각도 안 하고 불순한 무사들의 눈빛이 굉장히 거슬린다고 생각했다. 이미 지나간 일을 되돌릴 수도 없는 것 아닌가 이 말이다. 물론 되돌릴 수 있다고 해도 되돌릴 생각도 없었지만.

하여튼 간에 사내라면 지나간 일은 툭툭 털어버릴 줄 알아야 하는데 그렇지 않은 무사들을 보자 울화가 치밀었다.

이하원의 한쪽 눈썹이 위로 치켜 올라갔다.

'확, 그냥 가버려?'

불쑥, 그런 생각까지 들었다. 하지만 곧 이경윤과의 면담이 떠오르자 애써 그 유혹을 뿌리쳤다. 뭐가 그리 못마땅한지 어느새 이하원의 미간은 찌푸려져 있었다.

'그놈에 조건!'

"내 조건은 하나다."

"고작 반대는 하지 않겠다는 걸로 그럼 조건을 두 개씩이나 달려고 하셨습니까?"

이하원이 시비조로 말했지만 이경윤은 그것을 무시했다.

"첫 선발된 무사들은 자랑스런 대(大)풍림장의 무사들이긴 하나 정예라고는 할 수 없다. 분명 집결지까지 가는 데 많은 어려움이 있을 것이다. 팔황성의 방해도 있을 것이요, 지지부진(遲遲不進) 정마대전이 계속되기를 바라는 사파나 다른 제삼 세력의 훼방도 만만치 않을 터. 너는 그들이 최대한의 전력을 보전한 채로 집결지에 도착할 수 있도록 도와야 한다. 이것이 내 조건이다."

이경윤이 반대를 할 경우, 장주의 발언이 클 수밖에 없는 풍림장이기에 선발대에 끼지 못할 가능성이 농후해진다. 내키지 않더라도 그 불공평 조건을 들어줄 수밖에 없었다.

"어떻게 하겠느냐?"

"답은 이미 나와 있지 않습니까? 하겠습니다."

입술을 툭, 내밀고 수락했다. 하지만 이하원은 선발대에 끼지 못했고 그가 지켜야 했던 무사들은 모조리 몰살을 당했다.

두 번째 면담을 가졌다. 그때도 이경윤은 같은 조건을 내걸었다.

당연히 가게 될 줄 알았던 첫 선발대에서 이하진의 엄청난 반대에 부 딪쳐 뜻하지 않게 떨어진 이하원은 혹시라도 이경윤까지 같이 나서서 반 대를 할까 싶어 여전히 불공평한 조건을 이번에는 두말하지 않고 얼른 받아들였다. 하지만 그 두 번째 선발에서조차 이하원은 선발대에 끼지 못했다.

'그래도 약속은 약속인데, 지켜야겠지?'

선발대에 끼기는커녕 결국 가출이라는 극단적인 수를 쓰긴 했지만 말 이다. 거기까지 생각을 정리한 그는 두 손을 허리에 얹고 하하, 크게 웃 었다. 그 모습에 무사들의 눈초리가 더욱 사나워지고 있다는 것은 눈치 채지 못한 듯했다. 뒤쪽으로 은상의 한숨 소리가 들렸지만 그것 역시 들 리지 않는 듯 보였다.

실컷 웃어 젖힌 그는 빙글 몸을 돌렸다.

등짝이 뚫어져라 째려보고 있던 무사들이 순간 움찔하여 얼른 고개를 돌렸다. 하지만 이하원의 눈은 처음부터 그들을 비켜나 있었다.

그는 이경영의 바로 앞에 서 있는 우두머리를 보며 말했다.

"어이~ 이봐!"

옆집 친구라도 부르는 듯한 태도에 이하원에 비해 족히 배는 더 연장 자인 우두머리가 발끈했다.

"네놈! 뭐라고 했느냐?"

"뭐가? 그럼 산공분 따위의 비겁한 수나 쓰는 적에게 존대라도 해줄 줄 알았나? 그런 조잡한 수는 이미 다 들통났으니 혹시라도 여기서 누구 한 명이라도 내공을 잃은 건 아닐까 하는 멍청한 착각은 안 해줬으면 좋 겠군."

태연히 하는 말에 복면인들은 물론 풍림장의 무사들까지 놀랐다.

"산공분!!"

"도대체 언제?!"

우두머리와 이하원의 대화에서 그들은 자신들도 모르는 사이에 산공분에 중독될 뻔했다는 것을 알았다.

하지만 언제?

그들은 생각했다. 하지만 아무리 생각해도 기억나지 않았다. 그런 기색은 지금까지 느껴보지 못했기 때문이다. 그러나 그들 중 몇몇 무공이 고강한 자들은 알아챘다. 언덕을 넘을 당시에 단 향이 났다는 사실을. 아마도 그때 산공분이 풀어졌을 터였다.

그런데 왜 자신들은 중독되지 않았을까?

"아!"

'그때…….'

생각해 볼 것도 없이 답이 튀어나왔다.

막 복면인들이 나타났을 때, 이들이 이틀 전에 나타났더라면 어떻게 되었을까 하고 가슴이 서늘했던 적이 있었다. 복면인들에게는 참으로 안됐지만 자신들에게 운이 있어 다행이라고 생각했었다. 그런데 알고 보니 그게 아니었던 것이다.

이틀 전의 사건.

이하원이 이상한 약을 물에 탄 덕분에 반 시진가량 내공을 잃었던 바로 그 사건.

발열에 설사에 별별 게 다 겹쳤지만 산공분의 해독약을 복용한 후에는 반드시 반 시진간 내공을 잃게 된다는 것은 누구나 아는 사실이었다. 그리고 그 해독약을 복용하고 나면 일주일간 산공분에 중독되지 않는다는 것도.

지금 무사들이 이리도 멀쩡할 수 있었던 이유는 다름 아닌 그들이 그리도 속으로 악담을 퍼부어댄 이하원의 덕분이었던 것이다. 그런데도 그들은 모두 하나같이 이하원을 욕했다. 이하원을 곁에 두고도 못 본 척 험담을 하기도 했다. 그랬는데, 알고 보니 그는 욕을 얻어먹으면서 그들 모두를 살려주었던 것이다.

'어떻게 이런 일이……'

'가볍기 그지없는 겉모습과는 달리 대인의 마음가짐을 가지고 있었단 말인가?'

하나같이 놀라움을 숨기지 않고 이하원을 봤다. 하지만 그는 무사들을 보고 있지 않았다. 그의 시선은 여전히 우두머리에게 고정되어 있었다.

이미 다 들켰다고 생각한 우두머리가 순수한 궁금증을 담아 물었다.

"그때 분명 단 한 명도 살려 보내지 않았다. 그런데 네놈이 그걸 어떻게 알았지?"

이하원은 웃었다.

"때론 산 자보다 죽은 자가 더 많은 것을 말해 줄 수도 있는 법이라는 것을 몰랐단 말인가?"

우두머리는 이해를 할 수 없다는 표정이었다. 이하원은 설명을 해줘야 할 필요성을 느꼈다.

"오백에 달하는 무사들 대부분이 매우 억울해하는 표정으로 목숨을 잃었다고 들었다. 게다가 몇몇은 단전을 감싸고 있었다고 했지. 그게 내공을 잃은 고통에서 나온 행동이라는 것 정도는 쉽게 짐작할 수 있었다. 물론 다른 이유를 생각할 수도 있겠지만. 정황으로 봤을 때 습격자의 수는 채 반이 되지 않았다고 들었다. 그런데도 시체 하나 남기지 않았다. 이유가 뭘까? 강호인으로서 죽으면서까지 억울할 건 뭐며, 어떤 피해도 없이 배는 넘는 수를 없앨 수 있는 방법은 뭘까? 대답은 간단했다. 바로 산공분. 자, 더 설명이 필요하나?"

"겨우 그런 근거로 거기까지 알아냈단 말인가?"

"물론 확신할 수는 없었다. 그렇기 때문에……."

이하원은 말을 흐렸다. 하지만 이경영은, 그리고 무사들은 뒤에 생략되어진 말이 무엇인지 알았다. 확신할 수 없었기에 장난을 가장해 해독약을 풀었고 변명 한 번 하지 않고 쫓겨날 수밖에 없었다는 말임을.

이하원은 예상이 들어맞아 기쁜지 싱글싱글 웃으며 말했다.

"열심히 준비했다만, 그게 통하지 않는다는 것을 이제는 알았을 것이다. 이들 모두 산공분 따위에 중독되지 않았으니 여기서 더 해봤자 승산이 없음도 역시 잘 알 것이다. 한 번뿐이지만 나도 권고하겠다. 이대로 물러나 다시는 이따위 쓸모없는 짓을 저지르지 않겠다고 맹세한다면 자비를 베풀어 그냥 보내주겠다. 어떻게 할 테냐?"

언젠가 우두머리가 이경영에게 했던 말에 몇 가지를 더 보태 말했다. 우두머리는 도저히 믿을 수 없는 듯 이하원을 봤다.

"도대체… 네놈은 누구냐?"

갑자기 나타난 것도 그렇고 무작정 덤비고 보는 무사들과는 다른 행동을 보인 것도 그렇고 당연히 알아차리지 못할 거라 생각한 사실을 꿰뚫어 본 것도 그렇고 우두머리는 이하원이 범인이라고는 믿을 수 없는 모양이었다.

이하원은 히죽, 웃었다.

"나? 당연히 풍림장 사람이지. 그걸 말이라고 하나? 하여튼 다시 한 번 더 묻겠다. 이대로 물러나라. 그럼 봐주겠다. 어떻게 할 거냐?"

우두머리의 어깨가 가볍게 떨렸다. 표정이 보이진 않았지만 분노한 듯했다.

우두머리가 소리쳤다.

"봐주기는 누굴 봐준단 말이냐! 뭣들 하느냐? 쳐라!"

말과 함께 우두머리가 앞으로 한 걸음 내딛었다. 이하원은 쯧쯧, 혀를 차며 고개를 흔들었다.

"말이 통하지 않는군. 내 분명 두 번은 없다고 했다."

다시 이하원은 언젠가 우두머리가 했던 말을 그대로 돌려주었다. 그리고 앞으로 나온 우두머리가 이경영에게 막히고 명을 받은 복면인들이 채 공격을 가하기도 전에 바닥을 박차고 뛰어올랐다.

차앙.

검을 빼 든 그는 그대로 십성에 달하는 내공을 검에 주입시켜 날렸다. 한 번 경험한 바가 있어 잘 아는데, 이런 놈들은 웬만한 걸로는 눈도 깜짝 안 한다. 어떻게 해도 이길 수 없다는 것을 몸소 보여줘야만 물러나는 것이다.

이하원은 그것을 생각하고 처음부터 강공으로 나갔다.

쇄액—

검이 일으키는 것이라고는 믿을 수 없는 엄청난 바람이 불어닥쳤다.

"막아……!"

누군가의 외침 소리가 들렸다. 하지만 채 말이 다 끝나기도 전에 그 소리는 곳곳에서 내지른 단말마에 묻혔다.

"컥!"

"크윽!"

검은 크게 회전하며 날아가 맨 앞에 선 복면인이 들고 있던 검을 부러뜨리고 그의 이마를 꿰뚫었다. 그리고 그것으로도 모자란 듯 연이어 뒤쪽으로 늘어선 세 명의 몸을 더 꿰뚫었다.

어찌나 빠른지 이하원이 검을 빼 던진 것은 보였지만 어디로 어떻게 날아가 어떻게 한꺼번에 복면인 넷의 목숨을 취했는지 보지 못했다. 다만 검이 지나간 자리에 금빛의 잔영이 남아 대충이나마 짐작할 수 있도록 해주었다.

'금빛?'

그 한 번의 공격에 이하원도 놀랐다.

내공으로 힘을 다스릴 수 있게 된 후로 제대로 된 싸움을 해본 적이 없어 몰랐다. 그런데 이제 보니 내공을 쓸 때 미약하지만 약간의 힘이 어우러져 나갔다. 그러다 보니 기의 움직임에 따라 황금빛이 일었던 것이다. 그것을 대충 짐작한 이하원은 매우 신기한 듯 눈을 빛냈다.

우우우웅.

피를 머금은 검이 나무에 박혀 떨고 있었다.

눈 깜짝할 사이에 넷의 목숨을 앗아놓고도 아무렇지도 않은 듯 이하원은 미소까지 지으며 손을 들어올렸다.

팔 높이 정도까지 들어 앞으로 뻗었다. 그러자 나무에 박혀 있던 검이 부르르 떨렸다. 남아 있던 힘을 주체하지 못해 떨리던 것과는 달랐다. 검은 마치 공명하듯 검신을 떨더니 결국 나무에서 뽑혀 나왔다. 그리고 그것은 옆으로 꺾어 방심하고 있던 복면인의 목을 꿰뚫었다.

"크헉!"

복면인이 뒤로 넘어가기도 전에 이하원이 손을 휘둘렀다. 그러자 피를 머금은 검이 다시 뽑혀 나와 이하원에게로 회수되었다.

"이… 이기어검(以氣馭劍)!!"

그걸 보고 놀란 이들이 동시에 소리쳤다.

이하원은 한차례 미소를 짓고 빙글, 검을 한차례 돌려 피를 털어낸 후 우두머리를 봤다.

"자, 이래도 더 할 마음이 있나? 곱게 죽어준다면 고통없이 죽여줄 용의도 있는데. 물론 도망간다면 굳이 따라가서까지 괴롭히진 않겠다. 어떻게 할 거지?"

조롱기 어린 이하원의 말에 경악해 반쯤 정신을 잃고 있던 복면인들이 그제야 정신을 차렸다.

"죽어라!"

겁을 상실한 게 틀림없었다. 그렇지 않고서야 이렇게까지 끈질길 수 없다. 단 한 수에 넷이 목숨을 잃었다. 흔히 볼 수 없는 수로 또 한 명이 목숨을 잃었다. 그런데도 그들은 망설임조차 없었다. 물론 시간이 가면 승리하는 쪽은 풍림장의 무사들이었다. 하지만 그에 따른 희생도 만만치 않을 터였다.

"…최대한의 전력을 보전한 채로 집결지에 도착할 수 있도록……."

이경윤의 근엄한 음성이 귓가를 울렸다.

"아~ 젠장."

참으로 귀찮게 되었다.

이경윤이 그의 능력에 대해 모르는 것도 아니고, 많은 희생자가 생긴다면 분명 그냥 넘기지 않을 것이었다.

물론 이하원이라고 할 말이 없는 건 아니었다.

이경윤이 약속에 너무 충실하여 말 한마디 안 한 덕분에 이차 선발에조차 끼지 못하지 않았던가. 가출을 한 이상, 이경윤과의 약속은 깨진 것이나 마찬가지였다. 하지만 그럼에도 이하원이 이리 나서는 것은 우선, 가출이라는 수를 썼으니 나중에 조금이라도 덜 야단맞기 위해서였고 둘째로, 이왕이면 같은 풍림장의 사람이 무사하기를 바라는 마음에서였다.

이하원은 앞으로 몸을 날리며 소리쳤다.

"연쇄합격진(聯碎合擊陣)을 펼쳐라!"

이하원의 말이 떨어지기 무섭게 무사들은 생각할 것도 없이 즉시 연쇄합격진을 만들었다.

그들은 원 지휘자가 누구인지, 이십 년간 한 번도 별채를 나선 적이 없는 이하원이 어떻게 그 진을 아는지, 진이 상황과 적절히 어울리는지 등은 생각도 하지 않고 있었다.

사실 지금 무사들이 펼친 연쇄합격진은 소수가 다수를 상대하는 데 적합한 진법으로 현 상황과는 정확히 반대되는 것이었다. 지금과 같은 상황에서는 다수가 고수를 상대하기 위해 만들어진 합진강멸진(合鎭强滅陣)을 쓰는 게 옳았다. 정파의 특성상 소수가 다수를 상대하는 일이 많아 눈을 감고도 펼칠 수 있을 만큼 연쇄합격진이 익숙하더라도 말이다. 그런데 그것을 이하원은 모르고 있는 것일까?

'잘못되었다.'

이경영은 다급한 표정으로 주위를 훑어보았다.

진을 펼치고 남는 인원이 뒤로 밀려났다. 그러다 보니 직접적으로 복면인들과 부딪치는 이들은 채 반이 되지 않았다.

복면인들에 비해 상대적으로는 무공이 약한 무사들이다. 이리되면 다 이길 수 있는 싸움을 어처구니없이 지게 될 것이다. 조금 전 이하원이 대단한 인물일지도 모른다고 생각했을 때는 언제고, 역시 어린 녀석은 경험이 없다고 중얼거리며 앞으로 나섰다.

그때 이하원의 음성이 계속해서 들려왔다.

"연한(聯罕) 강(綱) 격쇄(格碎) 합(合) 비퇴(飛槌) 결(決)."

한꺼번에 터져 나온 지시에 무사들은 정신이 없었다. 보통 한 가지 방위를 점하고 진을 펼치면 첫 번째 변화에서 두 번째 변화로 넘어가기까지 최소 일각에 최대 두 시진은 걸리곤 한다. 그런데 그걸 이하원은 일각은 고사하고 수 초 안에 해내길 요구하고 있었다.

다행히 눈 감고도 펼칠 만큼 익숙한 연쇄합격진이기에 망정이지 만약 합진강멸진이었다면 해낼 엄두도 내지 못했을 터였다.

단 일각 동안 진은 열다섯의 변화를 거쳤다. 조금 전까지만 해도 무사들이 뒤로 빠져 밀린 듯 보이던 전선이 팽팽하게 균형을 이루기 시작했다.

"초견(超肩) 타(打) 합공(合攻) 멸(滅)."

갑자기 진의 변화와 어우러지는 지시가 아닌 엉뚱한 지시가 내려졌다. 잠시 무슨 소린가 싶었던 무사들은 곧 그 뜻을 알아들었다.

「어깨를 넘어 공격을 하고 힘을 합쳐 적을 멸하라.」

뒤쪽에 남아 있던 무사들이 일제히 앞으로 튀어나와 진의 경계에 서서 이하원의 지시에 따라 움직이는 무사들의 어깨를 밟고 날아올랐다. 그리고 그 즉시 복면인들을 향해 공격을 퍼부었다.

그렇게 되자 팽팽해진 듯 보이던 전선이 갑작스레 튀어나온 무사들로 인해 급반전했다.

이하원은 지시를 내리는 한편, 돌아다니며 진법을 펼치고도 무사들이 감당할 수 없을 듯 보이는 고수들을 하나둘 제거했다. 물론 그에 따른 피해도 만만찮았다. 진법을 신경 쓰랴 고수들을 상대하랴, 몸이 열 개라도 모자란 형편이었고, 그러다 보니 티 한 점 없이 깨끗하던 옷은 어느새 너덜너덜해졌다. 그리고 눈먼 검으로 인해 크고 작은 상처가 하나둘씩 생겨나기 시작했다.

어느새 이하원을 도와 고수들을 제거하는 것에 한몫 단단히 하고 있던 은상은 때때로 무사들이 위험에 빠지면 그들을 도와주기도 했다. 전선 곳곳에서 황금빛의 궤적이 일었고, 그때마다 어김없이 한 명의 목숨이 사라졌다.

변칙적으로 이하원은 지시를 내렸고, 그 변화가 어찌나 빠른지 복면인들은 고사하고 무사들조차 좀처럼 적응하지 못했다. 그러다 점점 이하원의 지시에 익숙해지기 시작하자 진은 매끄러운 변화를 보였다.

이하원의 지시와 잘 연계된 진법은 그 배는 더 위력을 발휘했고, 시간이 흐를수록 복면인들의 수는 급감했다. 후에는 채 이십을 넘기지 못할 정도였다.

도저히 안 되겠다고 생각한 우두머리는 어쩔 수 없이 지시를 내렸다.

"후퇴……."

"어림없다! 이제 와서 감히 어딜!"

이미 팔십에 달하는 수를 제거했다. 이 상태에서 몇몇을 돌려보내 후환을 남겨둘 수는 없다.

그렇게 생각한 이하원이 잠력까지 끌어올려 엄청난 속도로 우두머리를 향해 갔다. 그는 몸을 띄운 그대로 검을 휘둘렀다.

싸악—

우두머리는 뒤로 한 걸음 물러났다 앞으로 튀어나오며 이하원의 검을 막는 동시에 공격했다. 처음부터 몸을 띄운 상태였기에 전력을 쏟아 부을 수 없었던 이하원은 순간 팔목이 욱신거리자 들고 있던 검을 바닥으로 던졌다. 그리고 그것을 밟고 뛰어올라 우두머리의 뒤쪽까지 몸을 날렸다.

"어딜!"

이하원이 등 뒤를 점해 공격할 거라고 생각한 우두머리는 얼른 몸을 돌렸다. 하지만 이하원은 어느새 그의 품으로 파고들고 있었다. 그는 검을 든 우두머리의 손을 잡아당기며 발로 가슴을 찼다. 우두머리가 급히 잡히지 않은 손을 들어 막았지만 손으로 발을 막을 수는 없었다.

"컥!"

우두머리는 검을 빼앗기지 않기 위해 검을 쥔 손에 힘을 주는 동시에 천근추의 수법으로 바닥에 내려서려 했다. 그때 이하원이 우두머리의 손을 꺾으며 그 검을 반대로 돌렸다.

서걱.

비명도 없었다. 우두머리는 허무할 정도로 간단하게 목숨을 잃었다.

그 뒤로는 일사천리였다. 구심점을 잃은 복면인들은 끝까지 저항했지만 이하원을 중심으로 똘똘 뭉친 삼백의 무사들을 이길 수는 없었다.

한차례 피바람이 불고 나자 무려 백에 달하는 시체가 그곳을 가득 메웠다. 그리고 그 속에서 조금 전까지만 해도 미친 듯이 검을 휘두르던 이하원이 애잔하기까지 한 눈빛으로 이제는 숨도 쉬지 않는 시체들을 보고 있었다.

언젠가도 그랬지만 타인의 목숨을 취하고 난 후에는 아찔할 만큼 큰 상실감에 빠지곤 한다. 왜 이렇게 되었을까? 이렇게밖에는 할 수 없었던 걸까? 꼭 이렇게까지 해야만 했을까? 누가 악하고 누가 선하고를 떠나서 오만 가지의 생각들이 그를 엄습하곤 했다.

'하지만…….'

대충 주위를 훑어본 이하원은 부상을 입은 이들은 많으나 목숨을 잃은 이들은 채 열을 넘기지 않은 듯 보이자 그제야 미소를 지었다. 지키고자 한 것을 지켰으니 그것으로 되었다는 생각이 들었다.

'응?'

그때 문뜩 뭔가 이상한 기운을 느꼈다.

가볍게 미소를 지으며 주위를 둘러보고 있던 이하원은 그 이상한 기류에 고개를 갸웃했다. 막연하기만 하던 기운은 점차로 그 무게를 더해갔고 곧 그것은 엄청난 무게로 그의 등을 압박했다.

'뭐야?'

의아하게 여기고 별 생각 없이 뒤를 돌아본 이하원은 그 배에 달하는 빠른 속도로 다시 몸을 돌렸다. 황당하게도, 뒤쪽에서 무려 삼백에 달하는 무사들이 매우 부담스러운 눈빛으로 그를 보고 있었던 것이다. 그것도 어린아이들에게서나 볼 수 있는 반짝반짝한 눈빛으로.

　‘이거… 어째 상황이 좀 이상하게 되어버린 것 같은데…….’

　이하원은 난처한 듯 머리를 긁적였다. 물론 그때에도 무사들은 그 이상한 눈빛을 거두지 않고 있었다.

소림사(小林寺)

숭산(嵩山).

정파 십오대세력 가운데 하나로 육대문파(六大門派)의 수장이라 일컬어지는 소림사(小林寺)가 자리한 곳.

그 숭산의 소실봉(少室峯) 한 자락.

대략 이백을 넘어서는 무리가 모습을 드러냈다. 힘들게 한 걸음 한 걸음 디디는 이들. 그들은 다름 아닌 풍림장의 무사들이었다.

여기까지 오는 동안 몇 번이나 습격을 받았는지 모른다. 그러다 보니 어느새 삼백에 달하던 무사가 이백오십여 명으로 줄어들어 있었다. 하지만 백이 넘는 습격자가 몇 번이나 습격을 감행한 사실에 비추어 보면 경악스러울 만큼 전력의 변화가 적었다.

"이제 얼마 가지 않으면 소림사에 도착하겠군요."

말을 하며 땀을 훔치는 이는 왕승균(王勝均)이라는 이름의 무사였다.

그는 단단히 눈이 삐어 이하원을 철석같이 믿고 따르는 인물로, 유독 이하원과 가까운 은상을 부러움 반 시샘 반의 눈으로 보는 인물이기도 했다. 삼십이 넘는 나이에도 불구하고 그는 참으로 해맑은 미소를 짓고 있었다. 지친 듯 발걸음은 무겁지만 표정만은 살아 있었다.

그것은 다른 무사들 역시 마찬가지였다.

많은 습격을 받았고, 여기까지 오는 것만 해도 죽을 지경이었다. 하지만 그럼에도 표정은 밝았다. 보통 동료를 눈앞에서 잃게 되면 복수에 불타거나 실의에 빠지기 마련인데 이들은 슬퍼는 할지언정 절망에 빠지지는 않았다. 운이 없어 먼저 저 세상으로 간 무사들 역시 그랬다. 목숨을 잃으면서도 그들은 끝까지 저항했고 당당하게 눈을 감았다.

그들이 그리할 수 있었던 것은 어떤 큰 그림자가 어느새 그들의 마음속에 스며들어 있었기 때문이다.

이하원.

이유는 알 수 없지만 스물이 될 때까지 별채에 격리되었던 남자.

광증에 걸렸다는 소문이 돌고는 있지만 겉은 의외로 멀쩡한 청년.

이 몇 안 되는 정보가 그들이 아는 이하원이라는 인물의 모든 것이었다. 그런데 여기까지 오는 동안 겪어본 그는 그들에게 상상 이상의 신선한 충격을 주었다.

놀라운 판단력으로 습격자들이 나타나기 전에 미리 준비를 해놓고 기다리는가 하면 한 발 앞서, 반대로 습격자가 되어 복면인들을 공격하기도 했다. 한 번도 그들을 의심하지 않고 뒤를 맡겼으며 또한 몸을 아끼지 않고 그들을 위해 동분서주했다. 그러면서도 그는 단 한 번도 자신의 공을 내세우지 않았다.

끈질긴 습격을 받다 보면 누구라도 도망가고 싶어진다.

선발대에 뽑히지 않은 이라면 더 더욱 그럴 것이다. 복면인들은 엄연히 선발대를 노리고 있었고, 그렇게 따지면 괜히 같이 있다 된서리를 맞는 꼴이었다. 아마 다른 이들 같았으면 어떤 핑계를 대서라도 가버렸을 것이다. 하지만 그는 절대 피하지 않았다. 아무리 어려운 일이 있어도 거부하거나 망설이지 않았다.

하나같이 장난인 듯 행동하지만 어느 것 하나 그냥 일을 벌이는 법이 없었다. 당시에는 도대체 왜 저런 짓을 할까 싶지만 나중에 알고 보면 다 이유가 있는 행동이었다. 그러니 어찌 그런 그를 그냥 두고 볼 수 있을까.

몸과 마음을 다해 받들 수 있는 이가 있다는 것.

때로는 동생처럼 장난도 치며 웃음을 주고 때로는 큰 울타리가 되어 지켜주는 이가 있다는 것.

언제나 자신들을 믿어주는 이가 있다는 것.

그것 하나만으로 그들은 이번 선발대에 뽑힌 것을 하늘에 감사했다.

그들은 앞을 향해 걸으면서도 이따금 이하원에게로 시선을 고정시키곤 했다. 그럴 때마다 조금씩 이하원의 얼굴이 균열을 이뤘지만 눈에 콩깍지라도 씌었는지 그들은 전혀 눈치채지 못했다. 그리고 그것은 이경영도 썩 다르지 않았다. 그는 흐뭇한 미소를 지으며 시종 이하원을 따라 눈길을 옮기고 있었다. 물론 이하원에게는 그것 역시 부담스럽기는 마찬가지였다.

그는 흐르지도 않는 땀을 닦는 척 손을 들어 얼굴을 가렸다. 그러다 산중턱에 산사의 모습이 조금씩 보이기 시작하자 눈을 들었다. 갑자기 이하원의 얼굴이 활짝 펴졌다.

그는 좋게 죽겠다는 표정으로 은상을 향해 소리쳤다.

"우와! 소림사다! 소림사!! 은상! 저기가 소림사야!"

그 소리가 어찌나 큰지 귀가 다 울렸다. 은상은 한쪽 귀를 막으며 대답했다.

“압니다.”

“우와! 우와! 웅장함이 여기까지 전해져 오는 것 같아. 가슴이 막 두근 거려. 봐봐, 은상도 그렇지? 그렇지?”

“뭐, 그런 것 같기도 하네요.”

“은상! 뭘 그렇게 뚱하니 있는 거야? 좀 보라니까.”

“보고 있습니다.”

은상은 하나같이 건성으로 대답하며 고개를 돌렸다.

처음 집결지가 숭산인 걸 알았을 때, 단 두 번의 강호행에 한 번은 아미산이더니 이제는 숭산이냐면서 스님들과 무슨 인연이 그리 많아 만날 사찰이냐고 투덜댈 때는 언제고 지금의 이하원은 굉장히 기쁜 듯 보였다.

‘도대체 왜 저러는 거냐고.’

도저히 이해할 수 없어 은상은 고개만 갸웃했다. 그 생각을 읽은 이하원은 피식, 웃고 말았다.

‘나도 이렇게 될 줄은 몰랐다, 정말.’

사실 이하원은 조용하다 못해 고요하기까지 한 사찰은 좋아하지 않았다.

아미산에 갈 때만 해도 그랬다.

약혼녀를 맞이하러 간다는 것도 마음에 안 들었지만 비구니만 가득한 곳에 간다는 것 역시 그랬다. 그는 떠들썩한 것을 좋아했다.

까놓고 말해 사찰과 그는 상성이 안 맞았다. 하지만 첫 복면인들의 습격 이후 형성된 요상한 분위기는 뻔뻔하기까지 한 이하원으로서도 참기 힘들 정도였다. 차라리 사찰의 조용함이 더 좋게 느껴질 정도로.

아무리 장난을 쳐도 반응이 없는 무사들.

이하원의 장난이 어린애들이나 저지르는 수위의 장난이라면 말도 안

한다. 은상 정도나 되어야 참고 넘길 수 있을 만큼 악질적이었음에도 무사들은 다 이유가 있겠거니 하고 그냥 넘겨 버리곤 했다.

어떤 짓을 해도 그랬다.

모포를 홀라당 다 태워 버렸을 때도 그랬고, 산에서 멧돼지를 몰고 와 덮쳤을 때도 그랬다. 그들은 무조건 이하원을 믿어버렸다. 그러다 보니 이하원은 너무 심심했다.

사실 알고 보면 강호인만큼 단순한 사람들도 없다.

강호인 하면 과격과 단순함의 대표가 아니던가? 그러다 보니 한 번 이하원을 믿어버린 그들은 그의 말이라면 다 진실로 알아들었고 뭐든 물불 안 가리고 해주려 들었다.

게다가 정말 공교롭게도 단순한 장난인데도 그것이 어쩌다 보니 산공분의 해독약처럼 습격을 대비하는 역할을 하기까지 했다.

모포를 홀라당 다 태우며 산불을 냈을 때는 습격을 준비하던 습격자들이 산불 때문에 허겁지겁 튀어나와 쉽게 제압할 수 있었고, 멧돼지를 몰고 와 덮친 덕분에 피곤에 지쳐 그만 보초도 세우지 않고 푹 자고 있던 무사들을 모두 깨워 갑작스런 습격에도 침착하게 대응할 수 있었다.

어찌 이리도 딱딱 맞는지 우연도 이런 우연이 없을 정도였다.

그 덕에 무사들은 더 더욱 이하원을 믿고 떠받들어댔다. 그에 상응하여 이하원은 더욱더 심심해졌다. 이런 상황에서 소림사에 도착했다. 좋지 않을 리 없다.

이하원은 활짝 팔을 벌리며 크게 소리쳤다.

"다 왔다! 저기다!!"

그는 팔짝팔짝 뛰다 답답한 듯 대뜸 경공을 펼쳐 달려갔다. 진짜 좋아 죽겠는 모양이었다.

"주, 주군! 주군!!"

갑작스런 그의 행동에 깜짝 놀란 은상이 역시 얼른 경공을 펼쳐 그 뒤를 따랐다. 그러자 이경영과 무사들도 여기까지 오느라 지친 몸에도, 또 천천히 가도 만날 것이 분명함에도 불구하고 경공까지 펼쳐 가며 따라갔다.

"하원아!"

"주군!!"

"주구우우우운!!"

하고 소리쳐 가며. 그리고 이백이 넘는 사내들이 외쳐 대는 소리가 산을 울리자 그 소리를 들은 이하원은 잔뜩 볼을 부풀렸다.

"내가 왜 네 녀석들의 주군인 건데! 언제부터!!"

물론 그 억울함을 들어주는 사람은 아무도 없었다.

사찰은 고요했다. 마치 사람이라고는 살지 않는 것처럼.

산문을 지키는 승려의 안내를 받아 안으로 들어선 그들은 순간 당황했다. 먼저 온 사람들이 기다리고 있을 것이라 생각했다. 그런데 사람은 둘째치고 그림자도 보이지 않았던 것이다.

주위를 둘러보던 은상이 말했다.

"이거, 너무 조용한 거 아닙니까?"

"아무래도 우리가 가장 먼저 온 것 같은……."

이경영은 말을 다 잇지 못했다.

여기로 오기까지 많은 일을 겪었다. 첫 선발로 뽑은 오백의 무사가 몰살을 당했고 이차 선발로 뽑은 삼백의 무사들은 헤아릴 수 없을 정도로 많은 습격을 받았다. 다행으로 이하원이 적들의 행동을 미리 예측했기에 이만큼 전력을 보전해 여기까지 올 수 있었다. 그러느라 시일이 지체된 것은 말할 것도 없다. 그런데 그런 그들이 가장 먼저 왔다?

‘설마……?’

불길한 예감이 가슴을 저몄다. 그리고 그때 멀찍이서 누군가의 중얼거림이 들렸다.

“역시인가?”

이경영의 고개가 휙, 돌아갔다.

“하원, 너는 이 상황을 이미 알고 있었단 말이냐?”

이하원은 순간 움찔했다.

‘이것 참, 귀도 밝지. 이 먼 거리에서도 못 들으시는 게 없구나.’

“알고 있었다기보다는 그저 짐작했을 뿐입니다. 적들은 바보가 아닙니다. 우리에게 그 많은 습격자를 보내면서 그럼, 다른 이들은 곱게 보내줬을 거라 생각하셨습니까?”

“그건 아니지만…….”

이경영은 말을 끌었다.

물론 곱게 보내줬을 거라 생각한 적 없다. 단지, 아예 그쪽으로는 생각 자체를 안 하고 있었을 뿐.

‘역시…….’

이경영은 지금까지 몇 번 그래 왔던 감탄의 눈으로 그를 봤다.

생각해 보면 쉬운 답이다. 하지만 자신의 일에 정신이 없다 보면 다른 쪽까지 생각할 겨를이 없게 된다.

지금까지 그들은 적의 습격을 수시로 받았다. 이하원이라는 큰 울타리가 있었지만 그럼에도 긴장을 풀 수는 없었다. 눈 한 번 잘못 깜빡해도 목숨이 왔다 갔다 한다. 그런 상황에서 이것저것 다른 상황까지 생각할 수 있는 사람이 과연 몇이나 될까?

‘저 녀석은 나보다 한 단계… 아니, 몇 단계는 앞서 생각하는 것 같다. 역시 장래에 풍림장을 책임질 만해.’

한때 이하원을 후계로 하려는 형님을 말려보겠네 어쩌겠네 한 사람이
누군지 헷갈릴 정도였다. 이경영이 끄덕끄덕 고개를 끄덕일 때 그들을
이곳까지 안내해 온 승려가 입을 열었다.

"시주, 지객당(知客堂)으로 듭시지요. 안내하겠습니다."

"고맙소."

승려의 말에 이경영은 그렇게 대답하고 이하원에게 손짓했다. 이하원
은 미간을 찌푸렸다. 이경영의 뜻을 짐작한 탓이다. 하지만 모르는 척 물
었다.

"왜 그러십니까?"

"같이 가자."

"어디를요?"

이경영은 이상하다는 표정이었다. 이 정도도 못 알아들을 녀석이 아닌
데 싶었다. 도대체 무슨 꿍꿍이지? 그 생각을 하며 대답했다.

"몰라서 묻느냐? 지객당으로 같이 가잔 말이다."

이하원은 시큰둥했다.

"풍림장의 대표는 엄연히 숙부님이십니다. 그런데 거길 제가 왜 따라
갑니까?"

"모처럼 여기까지 왔는데 그럼 혜능 대사(惠能大師)도 뵙지 않으려고
했느냐? 네 나이 때는 많은 경험이 장래 귀중한 자산이 되곤 한다. 그러
니 아무 말 말고 따라오너라."

"그렇다고 어찌 제가 혜능 대사를 뵙겠습니까? 저는 그저 한 가문의
차남일 뿐인데요."

"그저 한 가문의 차남이 아니다. 엄연히 장래 장주가 될 몸. 미리 못
뵐 것도 없지."

"장주라니, 무슨 그런 말씀을… 아야!"

이하원은 말을 하다 말고 이경영이 성큼성큼 걸어와 귀를 잡아채자 비명을 질렀다.

이경영은 조카의 귀를 단단히 움켜쥐고 히죽, 웃었다.

"그렇게 좋은 말로 가자고 할 때 갈 것이지, 왜 되지도 않은 반항을 해서는 매를 벌어, 벌기를."

"아! 아! 아야! 숙부님, 제 발로 가겠습니다. 이것 좀 놓고……."

"처음부터 좋게 말을 할 때 들었어야지. 난 이제 이게 편해졌다. 그러니 일부러 놓아주고 싶지 않아. 어디 벗어나고 싶으면 스스로 벗어나 보려무나."

"숙부님!"

이하원이 크게 항의했지만 이경영은 들은 척도 하지 않았다.

이경영에 비해 머리 하나는 더 큰 이하원이다. 그렇다 보니 잡힌 귀를 빼지도 못하고 잔뜩 허리를 굽힌 채 질질 끌려가야 했다. 왠지 앞쪽에서 걸어가는 승려의 어깨가 가늘게 떨리는 듯도 했다.

지객당으로 들어서고 얼마 지나지 않았을 때였다.

반대쪽 문이 열리며 하얀 눈썹이 인상적인 노승이 들어섰다. 그리고 두 명의 승려가 그 뒤를 따랐다. 이경영과 이하원이 자리에서 일어나자 노승이 합장을 했다.

"아미타불. 미천하나마 소림의 방장 자리를 맡고 있는 혜능이라 하오. 풍림장에서 오시었다 들었는데 맞소?"

인사치레조차 없이 혜능 대사는 바로 본론으로 들어가고자 했다. 사태가 생각보다 더 심각한 듯했다. 이경영은 고개를 끄덕였다.

"그렇습니다. 풍림장의 이경영입니다."

"아, 유검(柔劍) 대협의 명성은 익히 들었소이다. 오늘 이렇게 만나게 되어 정말 반갑구려."

“과찬의 말씀이십니다. 그리고 이쪽은 제 조카입니다.”

“이하원입니다.”

“아! 노납이 강호 소식에 어둡기는 하나 시주에 대해서는 풍문으로 몇 번 들은 적이 있는데, 떠도는 풍문과는 많이 다르구려. 풍림장주께서는 근심이라고는 없으시겠소. 이리 훌륭한 후계를 두었으니.”

뒤늦게 인사치레가 이어졌다.

이하원은 난처한 미소를 지었다. 이건 완전히 풍림장의 후계를 소림사의 장문인에게 소개를 하는 자리 같았다. 결코 이런 뜻으로 강호에 나온 것이 아니었는데.

생각과 다르게 일이 돌아가자 그는 괜히 여기까지 왔다고 생각했다. 이경영에게 귀를 잡혔을 때 뿌리치고라도 도망갔어야 하는데…….

막 그 생각을 하는데 이경영의 음성이 들렸다.

“혹시나 했는데 그럼 정말 저희가 맨 먼저 도착한 거였습니까?”

놀란 듯 묻자 혜능 대사는 고개를 끄덕였다.

“그렇소. 도대체 여기까지 오는 동안 무슨 일이 있었던 것이오?”

혜능 대사는 분명 무슨 일인가 있었다고 짐작하고 있었다. 긴 이야기가 시작되려 하고 있었다.

이경영은 깊게 숨을 몰아쉬고 입을 열었다.

“실은…….”

그는 차분하게 여기까지 오는 동안 겪었던 일들을 모두 이야기했다. 이야기를 할수록 이하원에 대한 자부심으로 이경영의 얼굴은 빛났고, 사태의 중함을 아는 혜능 대사의 얼굴은 점점 어두워져만 갔다.

이경영의 모든 이야기가 끝나자 안은 잠시 침묵에 휩싸였다.

분명 무슨 일인가 있을 것이라 짐작하고는 있었지만 이 정도일 줄은 몰랐다. 혜능 대사는 놀라움을 추스르는 것만으로도 바빴다. 그리고 얼마의 시간이 흘러 놀라움을 진정시킨 그는 감탄 서린 시선으로 이하원을 봤다.

"허허, 어린 나이에도 불구하고 뛰어나다 짐작은 했지만 이 정도일 줄은 몰랐구려. 그 많은 일을 겪으면서도 이토록 적은 희생으로 여기까지 오다니, 정말 경탄하지 않을 수가 없소."

아직 다음 대의 방장 자리가 비어 있는 터라 부럽기까지 했다. 이경영은 마치 자신이 칭찬받은 듯 뿌듯해했다. 이하원은 미주알고주알 모두 다 불어버린 이경영을 원망스레 보았다.

'무슨 남자가 입이 이리도 가벼운 거야?'

물론 사태에 대해 설명을 해야 함은 안다. 하지만 적들이 어떤 방법으로 습격을 했는지, 어떤 식으로 대응을 했는지에 대해서만 말하면 되는 것 아닌가? 하원이 뭘 했다는 둥, 하원이 덕분에 일이 이렇게 되었다는 둥의 소리는 왜 하냔 말이다.

그는 붉어진 얼굴을 수습하며 괜히 웃음을 터뜨렸다.

"하하, 숙부께서 저를 워낙에 아끼시는지라 이런 식으로라도 절 띄워 주시려고 하는군요. 숙부께서 하신 일과 운 좋게 일어난 일을 모두 제 공으로 하시다니, 굳이 그러지 않으셔도 되는데……."

그는 그 말 한마디로 자신이 한 일의 반은 이경영의 것으로, 또 반은 운에 따른 것으로 만들어 버렸다. 이경영이 황당하다는 듯 보는 것이 느껴졌지만 무시했다.

그들을 잠시 살피던 혜능 대사가 말했다.

"그럼 앞으로 어찌해야겠소?"

"아니, 왜 절 보십니까?"

이하원이 황당한 듯 물었다. 이하원만 뚫어져라 쳐다보던 혜능 대사가 그제야 고개를 돌려 이경영을 보았다.

이경영은 어깨를 으쓱했다.

"나는 아무 생각도 나지 않으니 네가 한 번 말해 봐라."

"숙부님……."

"설마 혜능 대사께 풍림장에 그 정도의 인재도 없다는 생각이 드시게끔 하지는 않겠지?"

이하원은 한숨을 내쉬고 말했다.

"그럼 부족하지만 한 말씀 드리겠습니다."

그리고 이하원은 대뜸 이렇게 말했다.

"현재 풍림장과 소림의 인원을 대충 예상했을 때, 아직 도착하지 않은 열세 문파 모두에게 지원군을 보내는 것은 불가능합니다."

"그렇지."

그렇기 때문에 고민하는 것이다. 수만 많다면 이런 고민을 할 필요가 없지 않은가?

이하원이 말했다.

"현재로서는 어딘가에서 적들의 공격을 받으면서도 버티고 있을 이들을 짐작해 그들에게 지원군을 보내주는 게 최선이라 생각합니다. 적은 인원을 많이 나눌수록 위험은 커지는 법이니 어느 정도 안정성을 확보하기 위해서는 지원군을 보낼 곳을 두 곳에서 세 곳 정도로 압축해야 합니다."

"너는 어디 어디를 예상하고 있느냐?"

"그저… 제 얕은 생각으로 미루어 짐작했을 때 당문(唐門)과 육가장(陸家莊)은 어떻게든 버티고 있을 거라고 봅니다. 당문은 독과 암기에 능하고 육가장은 기관과 진법에 일가견이 있습니다. 그런 그들이니 적들이 흔히 쓰는 산공분에 중독되더라도 어느 정도까지 버틸 수 있을 거라 생각합니다."

"그럼 당문과 육가장이 올 만한 길목으로 지원군을 보내야겠군?"

"그렇습니다. 하지만 독이나 암기, 기관이나 진법의 특성상 어쩌면 그들은 지금 즉시 지원군을 보내지 않아도 될 만큼 잘 버티고 있을지도 모릅니다."

"다른 곳에 먼저 지원군을 보내고 나중에 다시 힘을 합쳐 도움을 줘도 된단 말이냐?"

"네."

"그럼 그 외에 아직까지 버티고 있을 만한 곳을 꼽으라면 어디를 꼽겠는가?"

혜능 대사의 질문에 이하원은 잠시 생각하다 말했다.

"제가 볼 때 적에 의해 한 번이라도 몰살당한 경험이 있다면 비록 풍림장에서는 그리하지 않았지만 지리적으로 가까운 곳에 있는 문파들은 동행하여 오리라 짐작됩니다. 당문의 도움을 받는다면 아미파와 점창파(點蒼派)가 같이 버티고 있겠고, 개방의 도움을 받는다면 하북팽가(河北彭家)가 버티고 있을 겁니다. 그리고 가까운 무당파(武當派)나 화산파(華山派), 남궁세가(南宮世家). 또 반대로 거리가 먼 곤륜파(崑崙派)나 모용세가(慕容世家)도 가능성은 있다고 봅니다."

혜능 대사는 매우 이상하다는 표정이었다.

"당문의 암기와 독이 독보적인만큼 그들을 중심으로 한 사천의 아미파, 점창파가 힘을 합쳤을 시 그들이 버티고 있을 거라는 말은 알아들었네. 하북에서부터 개방의 도움을 받는다면 미리 적이 어디로 올지 알고 피할 수 있을 터이니 하북팽가 역시 지금까지 버티고 있을 거라는 말도 알아들었다네. 가까운 곳에 있는 만큼 올 거리가 짧은 무당파나 화산파, 남궁세가가 버티고 있을 거라는 말 역시 어찌어찌 알아듣기는 했네. 그런데 그 먼 요녕(遼寧)의 모용세가나 청해(靑海)의 곤륜파가 가능성이 있다니, 그게 무슨 말인가?"

이하원이 말했다.

"흔히 긴 거리를 오는 만큼 아직까지 버티고 있지 못할 거라 생각하지만 전 오히려 그 반대로 생각했습니다. 먼 곳에 있는 만큼 여기로 오는 길목은 수십 가지가 넘습니다. 머리만 잘 쓰면 적의 수가 한정되어 있으니 쉽지는 않겠지만 따돌리고 올 수 있다고 봅니다."

"그런……."

"그건 너무 억지가 아닐까?"

혜능 대사가 말도 안 된다는 표정으로 무슨 말인가를 하려 하자 이경영이 얼른 말했다. 아무래도 장래 풍림장을 책임질 아이다 보니 비록 방장이라고는 하나 혜능 대사에게 질책을 당하는 것은 보기 싫었던 것이다.

이하원이 말했다.

"억지입니까? 하지만 만약 저라면 무사들을 몇 개 조로 나누어 보내보겠습니다. 길목으로, 또 길목이 아닌 곳으로 뿔뿔이 흩어지게 보낸다면, 물론 몇몇의 희생은 있겠지만 목적지에 도착하는 이들 역시 생기지 않겠습니까? 그렇게 되면 그들을 통해 도움을 요청할 수도 있습니다. 전 오히려 가까운 곳에서 오는 무당파나 화산파보다는 모용세가나 곤륜파 쪽의 가능성이 더 크다고 보는데요."

"들어보면 가능성이 있는 듯도 하지만 그건 너무 추측뿐이야."

이하원은 빙그레 미소를 지었다.

"그래서 그저 짐작일 뿐이라 하지 않았습니까."

이경영과 이하원의 대화를 들으며 혜능 대사는 속으로 고개를 저었다.

확실히 범인은 아니다. 성취도 보통이 아닌 듯하고 눈빛도 맑고 깊다. 나이에 비해 생각 역시 깊어 보인다.

하지만 역시 어리다고 할까?

너무 낙관적이다. 게다가 조금은 터무니없는 소리까지 한다. 낙관적인 게 좋긴 하지만 이하원의 말만 믿고 모용세가나 곤륜파를 구하러 갈 수는 없다. 혜능 대사가 생각하기에 이하원의 짐작은 크게 어긋나 있었기에.

"아미타불. 시주의 생각은 잘 들었소이다. 그럼 노납이 의견을 내보겠소. 노납이 보기에 당문이나 육가장은 충분히 가능성이 있다고 보오. 그러니 그들에게 우선적으로 지원군을 보내도록 하는 게 어떻겠소? 그리고 난 후, 사태의 추이를 보고 결정을 내리는 것이……."

"사조(師祖)! 사조! 안에 계십니까?"

갑자기 밖에서 누군가가 혜능 대사를 급히 불렀다.

혜능 대사는 말을 하다 말고 뒤쪽 승려들에게 눈짓했다. 한 승려가 문을 열자 동자승 한 명이 숨을 헐떡이며 서 있었다. 동자승은 혜능 대사를 발견하고 활짝 얼굴을 폈다.

"사조!"

"그래, 네 사조 여기에 있다. 무슨 일이냐?"

혜능 대사가 말을 받아주자 동자승은 뒤쪽의 산문을 손으로 가리켰다.

"저기… 저기… 저기에……."

"저기에 뭐가 있느냐?"

물음을 던지기 무섭게 혜능 대사는 산문 쪽이 소란스러움을 눈치챘다. 혜능 대사가 다시 물었다.

"홍인(弘仁)아, 대관절 무슨 일이냐?"

"그게……."

홍인이라 불린 동자승은 꿀꺽, 침을 삼키고 말했다.

"모용세가가 방금 도착했습니다!"

“뭣?”

혜능 대사의 고개가 휙, 소리가 나며 돌아갔다. 그의 뒤쪽에서 평정을 유지한 채 서 있던 두 승려의 눈동자 역시 빠르게 돌아갔다. 이경영이라고 다를 바 없었다. 그도 고개가 꺾이도록 옆으로 고개를 돌렸다. 그들 모두는 이하원을 보며 경악 어린 표정을 숨길 줄 몰랐다.

“하… 하하, 이런 우연이…….”

이하원은 자신에게 꽂힌 시선에 어색한 웃음을 터뜨렸다. 하지만 달라붙은 눈은 떨어질 줄을 몰랐다.

혜능 대사가 벌떡 자리에서 일어났다.

“우선 나가봅시다.”

그들은 우르르 지객당을 나서 산문으로 향했다. 그리고 본 광경은 한마디로 끔찍했다. 누구 하나 멀쩡한 사람이 없었다. 대략 백여 명에 다다르는 사람들은 경상 몇 명을 빼면 대부분이 중상이었다.

“이, 이게…….”

그들은 잠시 말을 잇지 못했다.

뒤늦게 정신을 차린 혜능 대사가 지시를 내리기 시작했다. 시끄러운 소란에 쉬고 있던 풍림장의 무사들까지 밖으로 나왔다. 그들은 지친 몸에도 불구하고 승려들을 도와 응급처치를 했다.

많은 이들이 거들어 시간은 예상보다 적게 걸렸다. 대략 반 시진에 가까운 바쁜 순간이 지나갔다. 이미 며칠 전에 마련된 천막으로 부상자를 옮기는 일을 거들고 있는 이하원을 본 혜능 대사는 옆구리의 검상을 입은 한 무사에게 다가갔다.

대략 삼십대 초반쯤으로 보이는 그는 많이 다치지는 않은 듯 다른 이들에 비해 표정 변화가 적었다. 게다가 스스로 붕대를 감고 있었다.

혜능 대사가 다가가자 고개를 들었다.

"혜능이라 하오."

"아, 모용현중(慕容顯衆)입니다."

"모용세가의 검이었구려. 위명은 익히 들었소. 그런데 어떻게 된 일이오? 이토록 많은 이들이 이런……."

혜능 대사가 한쪽 천막을 가득 메운 부상자들을 보며 말을 잇지 못했다. 모용현중의 얼굴에 아주 잠깐이지만 어두운 기색이 어렸다.

"그것이……."

그는 옆구리가 아픈 듯 한쪽 눈썹을 찌푸리며 잠시 숨을 고르고 말했다.

"자세히 설명을 해드리고는 싶지만 여의치 않은 듯해 짧게 설명하겠습니다. 그런데 그전에 저들은……."

"풍림장의 사람들이오."

"아, 풍림장에서는 멀쩡하게 여기까지 왔습니까?"

"그렇진 않소. 현재 도착한 이들은 풍림장과 더불어 모용세가뿐이고, 풍림장은 여기까지 오는 동안 수많은 습격을 받았다고 하오. 모용세가 역시 그랬소?"

모용현중이 고개를 끄덕였다.

"그렇습니다. 처음 오백의 선발대를 뽑아 보냈습니다. 그런데 한 달도 지나지 않아 모두 시체로 돌아오더군요. 심상찮다 싶어 일천 명의 무사들을 열 개의 조로 나누어 각기 백 명씩 따로 목적지로 향하도록 했습니다. 물론 소실봉 아래에서 합류하기로 했습니다. 그랬는데……."

"한 개 조만 온 것이오?"

모용현중은 고개를 흔들었다.

"아닙니다. 세 개의 조가 합쳐진 겁니다. 삼백이 넘어야 하는데 백밖에 남지 않은 거지요. 그리고 나머지 일곱 개 조의 행방은……."

그는 이만 악물 뿐 말을 잇지 못했다. 비록 따로따로 오긴 했지만 선발대의 책임자인만큼 마음이 무거운 듯했다.

혜능 대사는 허리를 폈다.

그의 시선은 부상자들이 어느 정도 정리가 되자 웬 차가운 인상의 청년과 함께 이야기를 나누고 있는 이하원에게로 향했다. 뒤에서 모용현중과 혜능 대사의 대화를 듣고 있던 승려들이나 이경영 역시 같았다. 그들 모두는 더 이상 놀랄 힘도 없는 듯 그저 멍하니 이하원을 보기만 했다.

'유검 시주의 말은 결코 거짓이나 과장이 아니었어. 풍림장은 정말이지, 엄청난 인재를 얻었구나. 드디어 강호에도 신성(新星)이 뜨는구나.'

혜능 대사는 그동안 가졌던 이하원에 대한 평가를 모두 수정했다.

그날 밤, 방장실(方丈室)에 몇몇 인물들이 모였다.

소림사를 대표하는 혜능 대사를 비롯하여 풍림장을 대표하는 이경영, 모용세가를 대표하는 모용현중이 그들이었다. 혜능 대사는 그를 수행하는 승려 둘을 데려왔고, 이경영은 이하원을, 모용현중은 오른쪽 손등에 긴 검상을 새긴 청년을 대동했다.

이렇게 자리를 잡고 앉은, 또 뒤쪽에 시립하고 선 일곱 명은 잠시간 서로를 쳐다보기만 했다. 그리고 얼마의 시간이 흐르자 하나둘 시선이 움직이기 시작했다.

"왜… 다들 절 쳐다보고 그러십니까?"

이하원이 황당하다는 표정으로 물었다.

처음 이경영이 고개를 돌려 본다 싶더니 그 다음으로 혜능 대사가, 그리고 그 뒤에 있던 두 승려가, 혜능 대사의 시선을 따라 모용현중이, 모용현중을 따라 뒤에 서 있던 청년이 그를 보았던 것이다.

쉽게 말해 방장실에 있는 모든 이들이 어느새 이하원에게로 시선을 고정시키고 있었다.

혜능 대사가 입을 열었다.

"앞으로 어떻게 해야 할지 시주의 의견을 들어보고 싶어서 그런다네. 말해 보겠나?"

이하원은 더욱 황당하다는 표정을 지었다.

"제 의견이라니요? 왜 제게 그런 어려운 것을 말하라고 하십니까? 앞으로 어떻게 할지에 대해서라니……."

그는 말을 끌다 이경영과 모용현중을 보고 말했다.

"여기 숙부님도 계시고 모용 대협도 계십니다. 그러니 대사님, 그런 질문은 저 말고 이분들께 물어보십시오. 죄송하지만 저는 식견이 짧아 무슨 의견을 낼 만한 처지가 못 됩니다."

그때 이경영이 끼어들었다.

"한번 말해 보지 그러느냐?"

"아니, 숙부님까지 왜 이러십니까? 제가 알면 얼마나 알겠습니까? 어린 나이에 천방지축으로 날뛰며 아무렇게나 한 말이 어찌어찌 딱 한 번 맞아떨어진 것뿐입니다. 절 너무 과대평가하지 마십시오. 이러다 제가 기고만장해져 이상한 의견이라도 내어 하고자 우기면 어쩌려고 이러십니까?"

"나라고 네가 무슨 대단한 의견이라도 내리라 생각해서 이러는 줄 아느냐? 그저 무슨 이상한 의견을 내는지 한번 들어보기나 하려는 것일 뿐이다."

기어코 듣겠다는 소리였다. 이하원은 인상을 썼다.

'그 왕승균인지 뭔지, 엄연히 부대표라는 작자가 있는데도 날 대동하겠다고 할 때부터 이상하다 했더니…….'

이경윤이 무슨 생각을 하는지 눈에 보였다.

사실 그의 계획은 앞으로 일어날 팔황성과 정파의 싸움에 스리슬쩍 끼어 몰래 목적한 바를 이루는, 즉 어부지리를 노리는 것이었다. 듣기에 따라 치사한 방법 같기도 했다. 하지만 무엇보다 그렇게 하는 것이 가장 수월했다.

이하원은 쓸데없이 힘 빼는 것을 싫어했다. 그렇기에 오로지 그 이유 하나로 이미 그리하기로 단단히 마음먹은 상태였다. 그런데 처음부터 이하진의 반대에 걸리고 이경윤의 조건에 걸리고 풍림장 무사들의 절대적인 추종에 걸리더니 이제는 여기에서까지 걸리고 있었다.

"하원아."

이경영이 낮은 음성으로 그를 불렀다.

고개를 드니 여전히 모두의 시선이 그에게 찰싹 달라붙어 있었다. 이하원은 한 번 더 발을 빼기로 했다. 한무결의 조건을 들어주기 위해, 또 자신이 짠 계획대로 움직이기 위해서는 지금 주목을 받아 좋을 건 아무것도 없었다.

"다시 한 번 말하지만 전 정말 무슨 의견을 낼 만한 인재가 아닙니다. 그럴 능력이 못 된단 말입니다."

답답하다는 표정까지 지어내며 말했다. 그러자 지금까지 듣고만 있던 모용현중이 나섰다.

"능력이 안 된다니, 절대 그렇지 않네. 우리가 오기 전 본 세가에서 계획한 일을 정확히 예측했다고 들었네. 보지도 않았는데 그리하는 것도 쉽지 않을뿐더러 사실 그 계획은 다름 아닌 둘째 형님께서 생각해 낸 것이었다네."

폭탄선언과 같은 말에 그 자리에 있던 모두가 놀랐다.

"둘째 형님이라니? 모용세가의 두뇌라는 그……."

"모용민(慕容敏) 대협이?"

모용현중이 고개를 끄덕였다.

“그렇습니다. 처음 형님께서 이 계획을 냈을 때 불가피한 희생이 따른다는 이유로 몇몇 이들이 반대를 했습니다. 또 한꺼번에 몰아서 가면 살 수 있지 않겠냐는 의견도 나왔습니다. 하지만 결과적으로 보면 형님의 의견이 옳았습니다. 적들은 산공분을 사용했고, 아마 한꺼번에 몰려갔더라면 역시 첫 번째와 마찬가지로 몰살당했을 겁니다.”

모용현중은 거기까지 설명하고 다시 이하원에게 시선을 고정시켰다.

“그런 형님의 생각을 나는 적들을 대면할 때까지 이해하지 못했네. 다른 사람들 역시 마찬가지였고. 그런데 그것을 자네는 정확히 꿰뚫어 봤네. 장담하건대 자네라면 분명 좋은 의견을 갖고 있다고 생각하네. 그러니 겸양하지 말고 허심탄회하게 말해 보게.”

“그래, 말해 보아라. 분명 모용세가의 일을 너는 본 것처럼 정확히 알고 있었잖느냐. 모두 그 하나를 믿고 묻는 것이다. 그러니 네 생각을 말해 보는 것도 나쁘지 않다고 생각한다.”

이경영이 또다시 거들고 나섰다. 그는 시종 이하원의 반대편에 서서 그가 여기 있는 모든 이들에게 주목을 받도록 만들고 있었다.

이하원은 미간을 찌푸렸다.

“숙부님, 무슨 말씀을 그리하십니까? 제가 언제 그렇게 자세히 알고 있었다고…….”

“지금에 와서 발뺌이라도 하겠다는 거냐?”

“숙부님…….”

일부러 불쌍한 표정까지 지었다. 하지만 이경영은 물러나지 않았다. 그는 모용현중과 그 뒤에 선 청년을 보았다. 그리고 고개를 돌려 이하원에게 시선을 고정시켰다.

“모용세가가 도착하기 전 넌 분명히 말했다. 너라면 무사들을 몇 개의 조로 나누어 보내겠다고. 그리 뿔뿔이 흩어지게 하여 보내면 희생은 있겠지만 목적지에 도착하는 이들 역시 있을 거라고. 내 이렇게 정확히 기억하고 있는데도 이 같은 말을 하지 않았다 우길 참이냐?"

"숙부님, 그건……."

"우연이라고 해도 소용없다. 이렇게 딱 맞아떨어지는 우연이 세상천지 어디에 있겠느냐? 우리가 여기까지 올 때도 그랬다. 넌 자꾸 우연이라 했지만 만약 그 모든 게 정말 우연이었다면 넌 하늘이 내린 사람이라는 것과 다름 아닐 것이다. 겸양은 그만 해라. 옛말에 겸양도 지나치면 교만이 된다 하질 않았느냐. 그러니 그만 빼고 어디 생각한 바를 말해 보아라."

"후우."

이하원은 한숨을 내쉬었다.

'어떻게 할까?'

그는 고민했다.

뭐든 한 번 생각해 둔 바는 무조건 이루고 마는 이하원이다. 하지만 이번에 짠 계획은 스스로 생각해도 영 시원찮았다. 아니, 사실 계획은 완벽하지만 마음에 들지 않았다는 말이 맞으리라.

마음만 먹으면 누구보다 냉정해질 수 있는 이하원이다. 하지만 같은 풍림장의 사람들이, 그리고 같은 정파의 사람들이 피를 흘리는 것을 자신의 계획을 위해 멀뚱히 지켜보기만 하고 싶지 않았다. 그것이 그의 솔직한 심정이었다.

그래서일까?

주목을 받는 것을 피할 수 없다면 최대한 희생을 줄일 수 있도록 직접 나서보고 싶은 마음까지 들었다.

'한 번만 더 우겨보고 안 되면 어쩔 수 없지.'

이미 반쯤 마음이 기울었지만 그는 일부러 경고하듯 말했다.

"더 이상 빼기만 해서는 안 될 듯하니 그럼 제 생각을 말씀드리겠습니다. 하나 미리 알아두실 것은 제 말을 무조건 진실로 믿고 받아들여서는 안 된다는 겁니다. 저는 그저 한 가지의 가정을 말하고 그에 따른 제 나름대로의 최선책을 내는 것뿐입니다. 그러니 무작정 제 의견을 받아들이려 하지 말고 최대한 심사숙고해 보신 후 무리가 없다 판단되면 그때 그를 실행해 주시길 바랍니다. 그리 해주실 수 있겠습니까?"

"물론이지."

"정확히 알아들었으니 이제 말해 보게나."

이경영과 모용현중이 번갈아가며 재촉했다.

결국 이하원은 자신의 의견을 말하기로 했다.

아무리 머리가 비상하다지만 모든 정세를 꿰뚫어 볼 수는 없는 법이다. 다행으로 지금까지는 틀리지 않았지만 처음으로 실수라는 것을 할지도 모른다. 그래서 경고의 말까지 덧붙였다. 물론 그러면서도 속으로는 십중팔구 자신의 예상을 벗어나지는 못하리라 생각하고 있었다.

어쨌거나 그런 그를 보는 모두의 눈은 무섭도록 빛났다. 그 모습이 마치 그의 말이 무리가 없다는 판단을 하고 말고 할 것도 없이 무조건 그것을 실행부터 하고 보겠다고 말하는 듯했다.

이하원은 저도 모르게 눈살을 찌푸렸다.

'이거… 괜찮을까 모르겠네.'

『이하원』 2권에 계속…